Virginia Bramati

Un bacio con gli occhi

GIUNTI

Questa è un'opera di fantasia. Ogni riferimento a fatti accaduti e a persone esistenti o realmente esistite è puramente casuale.

www.giunti.it

Via Bolognese 165 – 50139 Firenze – Italia
Via G. B. Pirelli 30 – 20124 Milano – Italia

Prima edizione: aprile 2022

A chi, dentro gli ospedali
o dietro le finestre dei nostri cortili,
ha lottato, ha sperato, si è preso cura;
a chi soffre, a chi rimane per sempre
nei nostri cuori, a chi guarisce;
a chi, nonostante tutto,
illumina la vita con il suo sorriso.

Milano
Dicembre 2019

Agata

È una domenica pomeriggio quando lascio la BreBeMi e mi inoltro nel traffico di una Milano piovosa e arruffata, ma nonostante questo attiva e vivace, cercando di tenere a bada l'inquietudine provocata dal fluire di pedoni ombrellomuniti che si affrettano sui marciapiedi e all'occorrenza attraversano la strada come se fosse il giardino di casa loro. E in tutto questo devo cercare di concentrarmi sulla segnaletica stradale... Per me, che ho imparato a guidare sulle quiete colline del lago d'Iseo, è quasi come affrontare di nuovo l'esame di anatomia.

E così, raggiungere in macchina il centro della città assume rapidamente per me i contorni della missione suicida. Ma non ho alternative, perché due mesi fa ho giurato sulla mia Yaris blu mat appena ritirata dal concessionario che per almeno un anno non mi sarei più servita dei mezzi pubblici. Ne ho avuto abbastanza del tragitto casa-università-casa, che prevedeva l'utilizzo di: una bicicletta, un traghetto, due autobus, una metropolitana e un paio di gambe allenate e veloci. Tragitto a cui ho sempre pensato mancasse solo la traversata del lago a nuoto e il tiro con la carabina all'arrivo in facoltà, per essere riconosciuto come disciplina olimpica.

Ma oggi sono troppo, troppo felice e nessuno riuscirà a distogliermi da questo stato di beatitudine, e quindi rispondo sorridendo ai furiosi colpi di clacson e ai rudi consigli non richiesti dei colleghi automobilisti. Ed ecco che finalmente Google Maps mi avverte che ho raggiunto la mia destinazione.

Quando ho chiesto all'ufficio del personale un aiuto per trovare casa mi hanno dato un elenco di alloggi molto più vicini all'ospedale, ma quello che ho trovato io ha il posto auto: non potevo aggiungere l'ansia del parcheggio all'Ansia Da Specializzanda (nei manuali comunemente identificata come ADS) – quella che, so già, non mi abbandonerà mai, nemmeno quando sarò specializzata e dovrò saper affrontare qualunque emergenza. E quindi, con una delle mie peggiori "manovre a S", parcheggio la macchina e in breve sono al portone.

Il palazzo è vecchiotto ma ben tenuto, con una facciata di mattoni rossi e modanature in marmo bianco che lo fa risaltare in una via dove dominano gli intonaci a base grigio-beige. Entro nell'atrio elegante ma un po' fané, salgo l'ampia scala di marmo coperta da una consunta passatoia verde scuro. Il vetusto ascensore in ferro battuto a volute eleganti mi porta fino al terzo piano cigolando in modo poco rassicurante.

Infilo con un certo batticuore la chiave nella porta di legno scuro al di là della quale mi aspetta la mia nuova vita. Una vita che prevede un incarico in un importante ospedale milanese, una casa in affitto in una città praticamente sconosciuta e anche la convivenza con una coinquilina, ché il primo stipendio non consente di meglio. Ed è proprio una voce femminile che mi accoglie appena varcata la soglia. La seguo, raggiungo il soggiorno, ed eccola qui, una ragazza alta che parla al cellulare guardando fuori dalla porta finestra. Il tono è esasperato:

«Ma certo che ci tengo! Ma come faccio? San Donato non è mica dietro l'angolo, meh!!».

Poi scuote con un gesto sconsolato la testa affollata da riccioli scuri e si gira, alla mia vista pare illuminarsi:

«Scusa mamma, un attimo...» E poi rivolgendomi un sorriso speranzoso: «Non è che tu hai la macchina, per caso?».

Annuisco rivolgendo un pensiero preoccupato alla mia Yaris, e il mio gesto, seppur accennato, ha il potere di far cambiare improvvisamente umore alla mia coinquilina:

«Tutto risolto! Ho trovato l'auto! Benissimo martedì prossimo... sì, con la corsa della sera, non ti preoccupare, mi accompagna...» si interrompe guardandomi in maniera interrogativa.

Rimango a fissarla per un attimo. Il mio nome. Giusto.

«Agata, mi chiamo Agata.»

«Ecco, mi accompagna Agata, sì, la mia coinquilina... oppure mi presta l'auto» mi lancia uno sguardo implorante a cui rispondo di nuovo con un cenno affermativo del capo. «Sì, è gentile... molto... sì sì, sembra simpatica e sì cercheremo di andare d'accordo...» Alza gli occhi al cielo in un gesto fra il divertito e l'esasperato. «Ma ora devo proprio andare, sì... sì» scoppia in una risata «ci starò attenta, promesso!»

Chiude continuando a ridacchiare.

«Era Madre... mi ha raccomandato di stare attenta a non pungermi con le siringhe... proprio da lei!»

Poi, senza che io abbia il tempo di infilare una parola, allunga la mano.

«Bene, allora Agata, eh? Io sono Chiara. Sai che ho una zia che si chiama Agata?»

«Sì, lo so» sospiro.

«Come lo sai?» mi chiede incuriosita.

Nel corso degli anni ho imparato che a quanto pare ce l'hanno tutti una zia, una prozia o una nonna che si chiama o si chiamava Agata.

Mi stringo nelle spalle:

«Era un nome piuttosto comune in passato».

«In ogni caso è un bel nome, un gran bel nome, devo dire.» Chiara è tutta un sorriso, si capisce che le ho risolto un grosso problema. Torna alla sua telefonata: «Allora, siamo d'accordo, martedì 10 dicembre alle sette si va a San Donato perché Madre ci manda su il pacco con la Marino. Io sarò di smonto notte, quindi sono libera, se puoi vieni anche tu, in caso contrario, per favore, prestami la macchina. Sai, ne vale la pena, vedrai. Questa volta ci saranno anche le cartellate! Il pacco di dicembre è spaziale, proprio spaziale!». E nel dirlo batte le mani felice come farebbe una bambina.

Poi si ricorda perché sono qui:

«Ma vieni, vieni che ti mostro la tua camera! Ha la vista sul giardino... be', se possiamo definire giardino due bossi e una magnolia, ma lì nell'angolo, vedi? Quel rampicante è un glicine, vedrai che spettacolo in primavera. Ecco, il bagno è qui di fronte e la mia camera là in fondo. Certo ci hanno dato dentro di IKEA ma con un certo gusto, non trovi?».

Chiara ha ragione, la casa è arredata con semplicità ma con un gusto sicuro. I mobili chiari, i divani a fiori, la cucina un po' spartana rivelano il tocco scandinavo del design. Pochi oggetti sulle superfici. Un grande vaso rosa pronto per accogliere mazzi di fiori, un piatto decorato da utilizzare come vuota tasche, un attaccapanni formato da bastoni che paiono legati insieme solo per caso.

La mia camera è piacevolmente femminile: il letto, una piazza e mezza molto apprezzata, è addirittura già fatto con lenzuola romantiche ma non leziose, un bel copriletto di piquet bianco nasconde una trapunta verde granny smith.

«Ti piace?»

Le sorrido:

«Sì, molto».

«Ti lascio sistemare, se hai bisogno sono in cucina, ti dispiace se ceniamo un po' presto? Questa settimana faccio la notte.»

«No, certo che no... anzi, un minuto e vengo a darti una mano.»

«Non ti preoccupare, è tutto pronto. Fai con calma, io ti aspetto di là.»

E più tardi, di là, trovo ad aspettarmi non solo la mia coinquilina, ma anche, in tavola, quello che sembra un pasticcio di patate.

«Ho preparato la pitta, avevo fretta e poi Madre mi ha mandato le caroselle...»

Credo di avere uno sguardo vacuo.

«Carosella in leccese significa giovincella, ragazzina insomma, sono le inflorescenze più giovani del finocchietto selvatico, quelle tenere e dal sapore più delicato. Assaggiale, vedrai, sono spaziali.»

Guardo il mio piatto con sospetto. Sto per mangiare dei fiori, pare.

«Poi cipolle, olive, capperi, peperoni e ho aggiunto anche

due acciughe per mantenerla leggera dando un tocco di sapore… il tutto ricoperto da patate schiacciate. E le caroselle, naturalmente. Una meraviglia, assaggia.»

Sul palato un'esplosione di sapori. Mi domando se mai digerirò questo piatto colorato e sapido.

Accenno un sorriso:

«Buonissimo».

E si vede che lei è tutta contenta.

«Te l'avevo detto che erano spaziali.»

Per un po' Chiara e io mastichiamo in silenzio, avrei tante cose da chiederle ma assaporo la sua cena e il primo momento di quiete da diverse settimane a questa parte.

Poi d'improvviso lei guarda il cellulare ed esclama:

«Gesummaria, quant'è tardi! Devo schizzare che a noi tirocinanti prima dell'inizio del turno ci fanno il briefing ci fanno… a proposito, trovi il calendario dei miei turni sul frigorifero così sai quando ci sono e quando no. Ah, per domattina in cucina c'è della focaccia, la nostra pugliese con i pomodorini».

Si è già allontanata afferrando nel frattempo borsa e piumino, quando di colpo si gira e mi guarda con gli occhi sbarrati come se un dubbio terribile le avesse attraversato la mente.

«Non è che sei un tipo da dolce a colazione vero? Magari brioche e cappuccino? No, perché io con il dolce… sì, insomma… sono più portata al salato, ecco.» E sembra attendere con una certa ansia la mia risposta.

Io mi limito a scuotere la testa e non oso confessarle che in realtà sono un tipo da caffè nero a colazione e, in generale, per nulla incline a quelli che si definiscono i piaceri della tavola.

Lei è già alla porta quando di nuovo si volta verso di me e, sempre con quel tono di gioiosa complicità, mi intima: «Domani sera pasta con le vongole! Mi raccomando, torna a casa non mangiata!» e dopo un incomprensibile e sempre ridacchiato «Meh!!! Devo scappare o la Flo mi uccide!» mi lascia sola nel soggiorno, che sembra improvvisamente troppo vuoto e silenzioso, a domandarmi dove sia e che cosa esattamente andremo a fare a San Donato.

Mi concedo un po' di lettura seduta sul divano, scrivo via WhatsApp a mia mamma che mi chiede come mi sono sistemata e poi mi preparo per la notte. Non riesco a prendere sonno: è chiaramente un attacco di ADS per quello che mi aspetta domani, ma credo che la pitta di patate e il tram che sferraglia sotto le finestre abbiano le loro responsabilità.

Mi sveglio di soprassalto, un'occhiata all'orologio conferma il mio terrore: se voglio presentarmi in ospedale in orario per il mio primo giorno devo mettere le ali ai piedi, e la focaccia ai pomodori di Chiara rimarrà intatta sulla credenza.

Mi controllo nello specchio dell'atrio mentre abbottono il mio adorato cappotto rosso. È uno dei miei acquisti eccentrici in evidente opposizione ai dettami di mia madre, che mi ha sempre imposto colori sobri. Un'infanzia passata in blu navy illuminato al massimo da dettagli bianchi. E molto, molto velluto. Credo siano poche le bambine che nel guardaroba hanno sempre avuto un abito di velluto nero con colletto di pizzo bianco, appropriato per i *foyer* dei teatri. Questa mattina, quindi, indosso il cappotto rosso proprio perché questo nuovo lavoro rappresenta per me una svolta, il mio presentarmi al mondo.

Esco e mi incammino lasciandomi di nuovo guidare da Google, e un quarto d'ora più tardi mi trovo davanti all'entrata in pietra grigia di quella che è destinata a diventare la mia seconda (o forse la prima) casa per almeno quattro anni.

La struttura ospedaliera è distribuita su un ampio lotto di terreno edificato all'inizio dell'Ottocento e ha subito molti rimaneggiamenti nel corso dei decenni. Il reparto dove sono diretta si trova nel padiglione più moderno, tutto acciaio e vetri, e spicca in modo un po' incongruo tra le costruzioni liberty.

Attraverso il grande atrio affollato di pazienti e mi metto alla ricerca dell'ufficio del personale, dove devo ritirare camice e badge. Ricerca non facile, dato che sembra ci sia una chiara volontà di celarlo ai non iniziati.

Quando finalmente lo trovo, nascosto nel sottotetto di questo labirinto fatto di piani, ammezzati e seminterrati, mi fermo un attimo prima di entrare. Sento i battiti aumentare per l'emozione, il momento della consegna del badge ha una sua certa solennità. Tipo un'investitura, oserei dire.

Quando però l'impiegata mi allunga con gesto sbrigativo la busta con il mio nome e impila sul tavolo cinque camici bianchi e cinque completi blu senza nemmeno guardarmi, mi rendo conto di essermi soffermata troppo sul valore simbolico del momento (che pare gli attribuisca solo io, in verità) e troppo poco su quello pratico.

«Ha una borsa dove metterli?» mi chiede di fronte al mio tentennamento. La mia borsa è molto capiente, ma già occupata dal paio di Crocs gialle comprate per l'occasione.

Pochi minuti dopo esco dall'ufficio con le braccia cariche e, cercando di guardare davanti a me al di sopra della pila di abiti, decido di non dirigermi verso gli spogliatoi ma di andare subito in reparto, dove indosserò il camice e troverò il modo, spero, di appoggiare tutto il resto.

Di certo devo evitare di arrivare in ritardo al primo incontro con Edoardo Ruggeri, il medico strutturato a cui farò riferimento. Darei una pessima impressione di me. E non devo. Proprio no.

Edoardo

Sono le sette e mezza e ho già fatto un primo giro per controllare come hanno passato la notte i miei pazienti, soffermandomi nell'area dei trapiantati. Due su cinque presentano un sensibile rialzo termico che sembra non rispondere al trattamento antibiotico: per il momento non ci sono altri sintomi che ci facciano pensare al rigetto, ma ordino un controllo dei parametri ogni mezz'ora e nuovi esami di laboratorio. E cerco di tenere a bada l'ansia.

Ho poi rivisto e corretto tutte le cartelle cliniche con gli specializzandi e per l'ennesima volta ho trovato sconfortante la loro sciatteria nel compilarle. Fra poco ci sarà l'incontro di aggiornamento quotidiano, quindi il secondo giro con i giovani apprendisti. Quello che viene chiamato il "controgiro". D'improvviso mi viene in mente che oggi arriverà anche un *primo anno* di cui non ricordo il nome. Mi metto a spostare le fotocopie di articoli, i fogli di appunti, i ricettari e le vecchie copie del «Journal of Hematology & Oncology» che ormai hanno creato un sedimento cartaceo sulla mia scrivania, cercando il post-it dove me lo sono appuntato. Dopo qualche minuto ci rinuncio, chiederò alla caposala, lei sicuramente lo sa.

Fare da balia ai giovani medici è la cosa che meno amo del mio lavoro. Dover verificare in continuazione che non commettano errori mi toglie la concentrazione che devo ai pazienti, ma in una clinica universitaria la formazione di nuovi medici è parte integrante dell'attività e so che dovrei essere io a lavorare sulla mia difficoltà a relazionarmi con loro e non il contrario. Mi sfugge un sospiro di esasperazione: so anche che non lo farò.

Avrei voglia di un caffè, il secondo della mattinata, ma non vorrei proprio prenderlo dal distributore del reparto, che eroga un liquido più somigliante a olio per motori, ma preferisco evitare la caffetteria dell'ospedale, dove a quest'ora gli aiuti e i primari si attardano intorno al bancone e ai soliti argomenti del lunedì mattina: i risultati delle partite, l'andamento della Borsa, le ultime prodezze dei figli. Con lo stesso identico fervore. Tutti argomenti che mi trovano in egual misura impreparato.

Di calcio ne so poco, e da sempre tendo (con un certo snobismo, lo ammetto) a dichiarare il mio tifo per piccoli club semi-sconosciuti. Seguo con lo stesso distaccato interesse le vicende del rugby, che ho praticato al tempo del ginnasio e poi abbandonato durante l'università per il meno impegnativo canottaggio, tanto che ancora oggi armo e metto in acqua lo skiff almeno un paio di volte alla settimana, è la mia valvola di sfogo.

Per quanto riguarda la Borsa, potendo contare solo sullo stipendio elargito dall'ospedale, non ho di certo l'impellente esigenza di decidere dove e come investire che attanaglia alcuni miei colleghi dediti anche alla professione privata. Peraltro, se avessi voluto arricchirmi, avrei dovuto scegliere una specialità diversa, come dermatologia, oculistica o pediatria, per citare le più remunerative. Se poi avessi scelto odontoiatria, ora passerei i sabati e le domeniche sui campi da golf e non qui in reparto.

Infine, non avendo figli, sono avulso da un mondo che sembra abitato solo da ultimi modelli di cellulari, social media di vario genere, cantanti dai nomi incomprensibili, youtuber e influencer, qualsiasi cosa questi due ultimi termini significhino.

Lancio uno sguardo fuori dalla finestra. La strada trafficata, il parco, e poco lontano le guglie del Duomo. Ho sempre amato la mia città, bella anche nel suo grigiore, accogliente nella sua rudezza. Devo confessare che, pur apprezzando i periodi trascorsi all'estero, un po' di nostalgia l'ho sofferta ed è sempre stato bello tornare. E ora, ora c'è la speranza concreta che questa rimanga casa mia per un lungo periodo di tempo. Infatti il nostro primario, la dottoressa Sue Ellen Brambilla, a partire dal primo di marzo andrà a ricoprire una posizione "prestigiosa e con reali possibilità di crescita" (parole sue) all'Agenzia Italiana del Farmaco a Roma. Ma per come lo racconta lei questo sarebbe solo il primo passo verso l'EMA ad Amsterdam.

«Non ne posso più dell'attività clinica... troppa pressione. Non ho più la forza emotiva per gestire un reparto di questo genere, Edoardo, credimi, mi sento vicinissima al burnout» ha sospirato sconsolata il mese scorso nel darmi la notizia. «E poi sono convinta che la mia *seniority* sarà molto utile all'AIFA.»

In realtà, quello che credo è che l'esaurimento emotivo non l'abbia mai neanche sfiorata, né potrebbe mai farlo. E per quanto riguarda l'esperienza...

Conosco Sue Ellen da molti anni, era medico strutturato in questo stesso ospedale quando sono entrato da specializzando. E il suo nome, lo ammetto, mi aveva molto incuriosito, ma da allievo del primo anno non avevo osato porre una domanda su un argomento così personale, limitandomi a utilizzare il cognome per evitare ogni imbarazzo. Era stata lei, quando ormai ero al quarto anno, a spiegarmi, all'ennesima battuta ironica di un collega, che sua madre era una grande fan delle soap opera americane e che suo padre, essendo la femmina tanto desiderata nata dopo tre maschi, non era intervenuto a far notare quanto stridesse un nome così improbabile con un cognome dalla connotazione indiscutibilmente lombarda.

Chissà se si immaginavano che un giorno sarebbe diventata primario e funzionario dell'AIFA.

In ogni caso, lei ha sempre coraggiosamente pubblicato con il suo nome completo, prestando negli anni il fianco a una certa dose di battute in tutte le lingue del mondo, e alla fine tutti noi, a poco a poco, ci siamo abituati a chiamarla Sue Ellen senza sentirci parte del cast di una fiction.

E mentre io andavo e tornavo dagli ospedali in cui mi sono specializzato, lei è sempre rimasta qui, sotto l'ala protettrice del precedente primario. Mai conosciuto nessun medico interagire così controvoglia con i pazienti: da quando è dirigente si contano sulle dita di una mano le volte che l'ho vista visitarne uno ed è presumibile che il suo stetoscopio giaccia negletto e abbandonato in qualche cassetto della scrivania.

E anche sulle doti di team leader avrei da dire, è sempre intervenuta malvolentieri nell'organizzazione del lavoro dei suoi sottoposti e solo su precisa e pressante richiesta mia o delle capo sala.

Ma è un'esperta burocrate, e negli anni si è creata una rete di conoscenze a livello politico che le ha garantito un flusso continuo di finanziamenti, permettendoci di mantenere un servizio sempre all'altezza del nostro status di centro di eccellenza.

«E poi, questa mia decisione ti apre le porte del primariato. Impossibile trovare qualcuno in Italia con il tuo curriculum, nonostante tu sia ancora giovane... chi se non tu?» ha continuato ammiccante. Come se io non avessi formulato subito lo stesso pensiero: la dirigenza di secondo livello finalmente a portata di mano.

Perché è vero, con le sue dimissioni c'è la concreta possibilità che sia io a superare il concorso che verrà indetto quando lei lascerà e a diventare quindi primario del reparto di Oncoematologia. Ho l'anzianità necessaria e un curriculum adeguato, nettamente superiore rispetto a quello degli altri candidati che si sono palesati finora. Non che per me cambi molto, ci sono momenti in cui già mi sento il primario, data la latitanza di Sue Ellen, ma almeno, finalmente, mi verrà riconosciuto il ruolo.

Lascio il mio studio per andare a prendere il caffè, ma prima che possa avvicinarmi al distributore ecco che proprio il nostro primario appare sulla soglia del suo ufficio e mi blocca:

«Edoardo scusa... una parola». Le mani in tasca, lo sguardo sfuggente.

Già la sua presenza in ospedale prima delle dieci mi dovrebbe insospettire, insieme al fatto che non abbia mandato quel mastino della sua segretaria a chiamarmi, e poi ha quell'espressione compita che assume sempre quando entra in modalità “dirigente di secondo livello”, normalmente per dirti qualcosa che, puoi starne certo, non ti piacerà.

E infatti, appena siamo seduti una di fronte all’altro, eccola la brutta notizia:

«Per correttezza ti devo informare che Tedeschi – hai presente? È primario ai Generali di Roma – ecco, lui ha chiesto il trasferimento qui».

Mi appoggio allo schienale spiazzato. Questa proprio non me l’aspettavo.

«Tedeschi?» Sono incredulo.

«Ci siamo sentiti al telefono, sai, voleva sapere come stanno le cose... chi si sarebbe candidato.»

«E tu gli hai detto che...»

«Che l’unico candidato che al momento ha delle possibilità sei tu.»

Lo ero, certo, finché lui...

«E come mai lascerebbe gli Ospedali Generali?»

Sue Ellen aggrotta la fronte, mi rendo conto anch’io di quanto la domanda sia futile.

«Pare che la moglie sia di Milano e desideri tornare qui ora che i genitori sono anziani e cominciano ad aver bisogno di lei.»

Le lancio un’occhiata scettica.

Lei apre le braccia in un gesto che vuole esprimere la sua impotenza:

«Sì... sì, sembra strano anche a me che sia questa la ragione, il reparto di Oncoematologia che dirige a Roma gode di grande prestigio, non so quindi cosa ci sia sotto, ma rimane il fatto che è interessato a questa posizione e a questo punto se mi verrà chiesto un parere... insomma lui è già primario, capirai anche tu che nella mia posizione… te l'ho voluto dire appena l'ho saputo. Sai, per correttezza» ripete.

Già, per correttezza.

Rimaniamo per un minuto in silenzio. Fra di noi, il non detto. Se il consiglio approverà, Tedeschi passerà da Roma a Milano senza la necessità di un concorso e lei, in questo caso, lo appoggerà. È un duro colpo da assorbire.

«Sì, grazie. Apprezzo la tua… correttezza.» Lei non rileva la mia, peraltro infantile, ironia e prosegue:

«Bisognerà vedere se il trasferimento gli verrà concesso e cosa ne penserà il consiglio regionale. Non è che il mio parere sia poi così determinante».

«Certo. Il consiglio.» Annuisco con molta più convinzione di quella che in realtà provo. Rimaniamo ancora un attimo in silenzio. Poi mi scuoto: «Ora vado, c'è la riunione di coordinamento. Ci vediamo lì?» E so di porre una domanda retorica.

«Ah, sì… il coordinamento… ti dispiacerebbe condurlo tu questa volta? Io ho molto da fare, sai, sto rivedendo il rapporto per il VEQ…»

Sarebbe inutile e forse controproducente farle notare che ho condotto io le ultime cinque riunioni, anche quando non era impegnata a compilare i formulari relativi alla valutazione esterna di qualità e così mi limito a un cenno affermativo.

Sue Ellen mi guarda uscire con un'espressione di chiaro sollievo dipinta in volto.

Io però non riesco a scacciare dalla mente le ricadute della decisione di Tedeschi sulle mie ambizioni. Perché io forse posseggo i numeri per diventare primario, ma lui primario lo è già. E che primario: gli Ospedali Generali sono un polo ospedaliero all'avanguardia. È chiaro che non c'è partita.

Il caffè sa di fiele ancora più del solito, ma forse non è la qualità della miscela ad averne responsabilità. Accartoccio il bicchierino di plastica e lo lancio con una certa veemenza nel cestino, poi attraverso il corridoio ed entro nella sala riunioni.

Agata

Martedì sera, e mi trovo in un piazzale illuminato a giorno in una zona di periferia insieme a Chiara e a qualche altro disperato, tutti in attesa di un pullman in arrivo dalla Puglia.

Non è stato facile attraversare Milano, ma devo dire che la mia coinquilina mi è stata di grande aiuto, evitando che entrassi nella ZTL e salvandomi all'ultimo secondo da un frontale con un tram. Poi, con mio grande sollievo, ho scoperto che qui i parcheggi sono a pettine.

Intorno a noi macchine parcheggiate e pendolari che escono alla spicciolata dalla metropolitana e si allontanano rapidamente.

A rendere ancora più disagevole la situazione, un freddo pungente che il riscaldamento dell'auto riesce solo a mitigare e la pesante stanchezza che ormai mi accompagna da una settimana e che mi fa persino lacrimare gli occhi. Ho dormito troppo poco in queste notti. Un po' per il letto sconosciuto, un po' perché lo sferragliare del tram, che secondo la padrona di casa dovrebbe "tenermi compagnia", fa sì che fino all'ultima corsa delle due io non riesca a prendere sonno e che la prima corsa delle quattro mi costringa letteralmente a saltare sul letto. Con Chiara, questa mattina a colazione, si è addirittura discussa la possibilità di lanciare una petizione nella via per far togliere le rotaie, ma una ricerca in internet ci ha fatto scoprire, con nostra somma sorpresa, che esistono petizioni per mantenerle e nessuna per eliminarle. Abbiamo quindi desistito.

E così, in attesa che subentri l'abitudine allo stridio dei freni e allo scampanellio, per tutta la notte non faccio praticamente altro che agitarmi nel letto, tornando in continuazione con la mente alla mia prima settimana da specializzanda, durante la quale tutto si è rivelato spaventosamente arduo. Mai mi è successo di sentirmi così fuori posto e non all'altezza. E l'atteggiamento di Edoardo Ruggeri di certo non ha aiutato.

Mi stringo nel cappotto e osservo Chiara che sul marciapiede, sotto una pensilina color rosso ruggine, scambia convenevoli con altri expat suoi conterranei in un dialetto irto di consonanti.

Chiudo gli occhi per un momento, per provare a riposare, ma eccolo lì, il mio strutturato che mi osserva con le sopracciglia aggrottate, le braccia conserte e quella espressione intransigente che ti carica d'ansia, mandandoti in confusione e portandoti, come diretta conseguenza, a sbagliare. E ogni errore non fa che confermare il suo giudizio negativo e aumentare il mio senso di inadeguatezza. Già piuttosto alto, in verità.

E anche se continuo a ripetermi che una settimana dovrebbe essere per legge un periodo troppo breve per farsi un'opinione su una persona, sono anche consapevole che la prima impressione è spesso quella che ne condiziona la valutazione finale.

È iniziato tutto male, lunedì scorso. Scesa dalla mansarda

dove si trova l'ufficio del personale, ho raggiunto il reparto con i miei camici tra le braccia, finché l'infermiera all'accettazione, impietosita, ha acconsentito a tenerli sotto il bancone, avvertendomi allo stesso tempo che la riunione di coordinamento era già iniziata.

«Prima però vorrei cambiarmi...» ho detto con voce venata di una certa ansia.

«Se vuole un mio consiglio, dottoressa, io darei priorità al briefing... Il dottor Ruggeri è sempre puntuale e pretende la puntualità da tutti. Lei doveva essere qui per le otto, no? Sono già le otto e cinque. Si cambierà più tardi.» Chiaro che ormai il fattore puntualità me l'ero giocato. Poi ha aggiunto squadrandomi: «E indossi il badge, così almeno sapranno chi è».

E così ho fatto, ho quindi attraversato il corridoio, tirato un bel respiro e cercato di entrare nella stanza senza dare troppo nell'occhio. Come se fosse possibile. Ero una macchia scarlatta che spiccava fra il bianco e l'azzurro tenue dei camici di medici e infermieri.

Situazione diventata ancor più imbarazzante quando il dottor Ruggeri si è interrotto e mi ha fissato corrucciato per qualche secondo, per poi ignorarmi fino alla fine della riunione, portata avanti con mano di ferro e nessun guanto di velluto. Dopo aver infatti ripreso e criticato gli astanti (capo sala, infermieri, specializzandi e psicologa) per ogni decisione passata, presente e futura che avessero avuto l'ardire di aver preso o voler prendere, nonché stroncato sul nascere ogni (timido in realtà) tentativo di spiegazione o giustificazione, li ha congedati in maniera sbrigativa e nella stanza ci siamo ritrovati solo in quattro: io, due giovani uomini dall'aspetto stanco ma dallo sguardo spavaldo e il dottor Ruggeri.

Io sono rimasta lì, in coraggiosa attesa degli eventi, ma devo ammettere che a quel punto ho provato il forte desiderio di tornarmene velocemente fra le mura di casa mia, a centodieci chilometri da lì.

Tutti mi fissavano con una certa curiosità mentre sfoderavo un sorriso, un po' stolido credo, ma prima che potessi presentarmi Ruggeri mi ha trafitto con un'occhiata colma di rimprovero che un po' me lo ha spento:

«Immagino lei sia la specializzanda del primo anno che aspettavamo» ha esordito.

Il sì di conferma che sono riuscita a pronunciare risentiva della secchezza delle mie fauci.

«E possiamo conoscere il suo nome?»

«Molteni, Agata.»

«Ha intenzione di fare il giro in corsia in cappotto, Molteni?» ha domandato freddo squadrandomi da capo a piedi.

«No, certo che no... solo che...» ho quasi balbettato sotto quello sguardo severo.

«Ha un camice?»

«Sì, certo che sì...»

«Bene, allora lo indossi e ci raggiunga appena è pronta», poi è uscito seguito dalla sua corte per iniziare il giro.

Passandomi accanto, gli altri due specializzandi mi hanno stretto la mano presentandosi: Alessandro del quarto anno ed Enrico del secondo. Avrei scoperto nel corso della giornata che lo specializzando del terzo anno si chiama Giovanni ed è di turno al pomeriggio.

Mi sono quindi precipitata a ritirare pantaloni, casacca e camice e mi sono infilata in un bagno per cambiarmi e indossare le mie Crocs gialle, affidando poi borsa e cappotto di nuovo all'infermiera e infine raggiungendo con un po' di fiatone il gruppo di medici che, con la caposala e un paio di infermieri, erano intenti a discutere di un caso di leucemia acuta.

Ruggeri ha alzato gli occhi dalla cartella, mi ha interpellata:

«Dottoressa, lei che è fresca di studi, ci dica, quali sono le più note traslocazioni e i relativi riarrangiamenti della leucemia acuta promielocitica non classica?»

E io ho pensato che anche quello no, che non ci poteva stare anche la domanda difficile davanti a tutti, che era una cattiveria, e l'ho guardato forse un po' supplice mentre lui aspettava e io aprivo freneticamente e frugavo nei cassetti della mia mente nel tentativo di trovare la risposta corretta.

Quando ormai sarei stata disposta perfino a chiedere un consulto a Meredith Grey, dietro di me ho sentito una voce suggerire:

«La traslocazione t(11;17), che determina il riarrangiamento PLZF-RARα, e la traslocazione t(5;17) che determina il riarrangiamento NPM1-RARα».

E allora, sull'onda dell'aiuto che mi stava giungendo, ho cominciato a ripetere, tentando di tenere la voce ferma:

«Traslocazione (15;17) che determina il riarrangiamento PML-RARα...».

Ma Ruggeri ha fulminato all'istante la mia voce amica:

«Non siamo più a scuola, anche se qualcuno sembra dimenticarlo». Per poi rivolgersi infastidito a me: «Molteni, ripassi l'argomento, su cui è chiaramente impreparata... incredibile come...» e ha scosso la testa lasciando ai presenti la possibilità di completare il suo pensiero con varie opzioni, sicuramente tutte critiche nei confronti della mia preparazione e del livello dei test di specialità.

Enrico, il mio gentile suggeritore mi ha fatto un vano sorriso d'incoraggiamento.

E per tutto il resto della settimana, Ruggeri mi ha su per giù ignorata, salvo in un paio d'occasioni abbaiarmi degli ordini, mentre io, lo ammetto, cercavo di non farmi notare troppo. «Dottoressa, mi faccia vedere come raccoglie un'anamnesi... Molteni, esegua lei l'esame obiettivo sul prossimo paziente... Lei, là in fondo, vada a prendere la SUT di questo paziente e provi a formulare una diagnosi», lasciandomi lì a domandarmi: a) cosa fosse una SUT, b) dove avrei potuto trovarla e soprattutto c) come potesse pretendere una diagnosi da me! E se trovo strano ma possibile che gli altri specializzandi siano tutti uomini (di certo il Concorso nazionale di ammissione alle scuole di specializzazione non può essere tacciato di discriminazione di genere), non capisco questo interloquire di Ruggeri sempre e solo con loro. Anche se, in verità, è brusco con tutti noi, sembra che non si ricordi nemmeno i nostri nomi.

Una sera mi sono sfogata con Chiara. Siamo entrambe allieve, quindi posizionate alla base della gerarchia ospedaliera. Lei aveva appena preparato un piatto di cavatelli rucola e pomodorini, che a me sembrava pasta al pomodoro con aggiunta di insalata ma aveva in effetti un sapore squisito, e io non riuscivo a pensare che al gelo che cala appena Ruggeri passa in corsia.

«Sai? Fra di noi lo chiamiamo Orco. E a volte Orco Cattivo.»

Lei ha riso.

«Dovresti provare la Flo! PDAC è il suo credo: preparazione, dedizione e amorevole cura. Se non trovi una vena subito o se non esegui un emogas alla perfezione spiegando prima tutta la procedura al paziente, tranquillizzandolo e facendo in modo che non si chiuda in bagno per sfuggire al prelievo successivo... ecco, se non riesci a fare tutto questo, lei non urla, non parla proprio, si limita a fulminarti con lo sguardo e a schioccare la lingua facendoti sentire una vera nullità. Ma ci sta, no? Siamo lì per imparare.»

La Flo, spesso citata da Chiara quale spauracchio di ogni allieva infermiera, è Luisa Torresi, decana delle infermiere del nostro ospedale, ora responsabile della preparazione tecnica delle stesse, chiamata (credo a sua insaputa) "Flo" in onore di Florence Nightingale, la donna che ha creato il corpo infermieristico.

Mi riscuoto. Un enorme pullman fa manovra nella nebbia di San Donato dopo aver percorso più di mille chilometri dalle Puglie fino a qui. Scendo dalla macchina per aiutare la mia coinquilina con lo scatolone: è enorme e ha scritto "Divella" in rosso su campo bianco.

«Spaziale, vedrai, roba a dir poco spaziale.»

Io seguo distrattamente i suoi discorsi sul contenuto del pacco, il cibo non riveste un ruolo centrale nella mia vita. A casa, risottini bianchi o raramente gialli, scaloppine al limone, prosciutto cotto, purè e poco altro; quando sono con i miei genitori vige il culto del Parma e della mozzarella italiana, ma si capisce, loro vivono all'estero per molti mesi dell'anno. Nel periodo dell'università poi, mi sono praticamente nutrita solo di tè e cracker.

Ma mi piace sentire Chiara parlare con "Madre" o con le

sue molteplici amiche, mi piace ritrovarla a cena quando i nostri turni coincidono, mi piace il suo chiacchiericcio allegro, il suo ottimismo. Il suo considerare tutto "spaziale".

Anche se ha quella bizzarra fissazione.

Edoardo

Mi allaccio le scarpe, infilo gli auricolari, lascio che la musica degli AC/DC pervada le mie cellule ed eccomi pronto per la mia corsa mattutina. Percorro via Ancona lasciando che la chitarra di Angus Young dia il ritmo al mio passo, proseguo poi addentrandomi nelle stradine di Brera, ancora così mia nel freddo buio delle prime ore del giorno. Passo davanti all'Accademia, il cui portone chiuso nasconde la statua di Napoleone, sfioro il muro dell'orto botanico, costeggio la sede del «Corriere della Sera» e, prima di raggiungere i giardini, mi fermo in via Goito davanti al mio liceo.

In realtà sono riuscito a frequentare qui solo il ginnasio. Per il liceo siamo stati costretti a organizzarci diversamente e devo ammettere che, se ho un rimpianto, è proprio questo: non aver vissuto quegli anni da studente, lo considero uno scippo che ho subito dalla vita.

Correre mi aiuta a liberare la mente dai pensieri, dalla difficoltà di venire a patti con i miei limiti di medico, che vorrebbe guarire tutti, e di uomo, che sente avvicinarsi il momento dei bilanci. Dal peso delle decisioni che dovrò prendere per la mia carriera, con la candidatura a primario ormai irrimediabilmente compromessa. Dal mio impegno di tutor a volte frustrato dall'impreparazione e dal pressapochismo degli studenti, che invece vorrei motivati e ricettivi, consapevoli di ciò che li aspetta. Professionalmente e umanamente.

Spesso ho la tentazione di chiedere loro cosa li ha indotti a scegliere di diventare medici, se la pigrizia nel seguire le orme paterne (o materne), la speranza di lauti guadagni, o una profonda consapevolezza di ciò che questa professione offre e pretende, ma poi preferisco evitare, so già che ne trarrei solo delusioni.

E il pensiero scivola su Agata Molteni.

Chissà poi perché l'allieva Molteni mi irrita così tanto. Più degli altri, ed è tutto dire. Certo è un po' insicura, un po' imprecisa. Ma non lo sono tutti al primo anno? Saranno i suoi occhi azzurri che sembrano così ingenui a infastidirmi, o quel suo sorriso candido da liceale in gita. O forse, soprattutto, quel suo essere sempre palesemente in ansia in mia presenza, il suo arrossire al primo inciampo. E invece è fondamentale possedere una certa forza d'animo per affrontare la nostra professione, l'emotività in medicina è pericolosa. Mi rendo conto che neppure la sua capacità di entrare immediatamente in sintonia con le persone, un talento che considero basilare per un medico, riesce ad attenuare la mia insofferenza nei suoi confronti.

Nonostante questo, devo dire che riesco a non far trapelare questi miei sentimenti e che mi sto comportando con lei come mi comporto sempre con gli allievi. E infatti ieri l'ho convocata nel mio studio per il solito discorso e per accertarmi del fatto che sia consapevole di cosa comporti diventare un ematologo, in particolar modo nell'ambito oncologico. Non è di certo una specializzazione per tutti.

Sono stato troppo brusco? Forse. Ma ci sono cose che devono essere messe in chiaro subito. E quindi, appena si è accomodata davanti a me, ho esordito:

«Spero che ematologia sia stata la sua prima scelta...».

Ha risposto con un «Sì» deciso e, mi auguro per lei, sincero.

«Perché vede, Molteni, esercitare l'ematologia oncologica è estremamente impegnativo, questa è una specializzazione che pretende molto da un medico. Come do per scontato lei sappia già, le patologie ematologiche richiedono ripetuti cicli di chemio-immunoterapia finalizzati alla remissione completa della malattia e si caratterizzano per una storia clinica fortemente logorante dal punto di vista psicofisico. Inoltre, diverse forme di leucemia e linfomi possono condurre al trapianto di midollo con lunghe e delicate degenze, e quindi è importante capire che qui ogni giorno ci si rapporta a pazienti fragili fisicamente e psicologicamente.» L'ho fissata per qualche secondo mentre lei annuiva risoluta. «Diventare questo tipo di ematologo richiede molto lavoro, forza morale e nervi saldi ed è per questo che lei deve essere convinta della sua scelta, del fatto che questa sia in assoluto la specializzazione a cui, più di ogni altra, lei aveva e ha intenzione di dedicarsi.»

«È così» mi ha risposto con tono pacato ma convinto, con una sicurezza che fino ad allora non avevo ancora intravisto in lei. Non mi ha però permesso di capire cosa o chi l'abbia spinta a specializzarsi in ematologia. Ho cercato sul suo volto segni di esitazione, ma lei non ha mai abbassato lo sguardo.

«Lei viene da Brescia, giusto? Si è laureata lì?»

Ha annuito.

«Ho visto che si è piazzata molto bene al concorso. Avrebbe potuto scegliere gli Spedali Civili, che hanno un'ottima Ematologia.»

Si è limitata a confermare con un criptico «Sì, avrei potuto» senza dare ulteriori spiegazioni.

«E quindi, perché non l'ha fatto?» mi sono trovato incongruamente a domandarle. Perché mi interessava così tanto entrare nelle questioni logistiche dell'allieva Molteni?

«Desideravo frequentare qui, a Milano.» E siamo rimasti a fissarci per qualche secondo. Chiaro che non avrei avuto ulteriori delucidazioni.

«E i suoi genitori, cosa ne pensano?» I suoi genitori? Ma che razza di domanda era? Ne ero forse più stupito io di lei.

«Loro vivono all'estero e, avendo io ventisei anni, mi lasciano libera di decidere della mia vita.» Il tono (e il sorriso) fra il sorpreso e il divertito.

Quando è uscita sono rimasto seduto a domandarmi che cosa mi stesse sfuggendo di quella ragazza. E perché mi sentissi così. Strano.

Torno a casa per una doccia e un caffè, e mentre me lo sto versando ricevo una telefonata. È Paola. Mia sorella.

«Ciao, già in ospedale?» La voce ha come sempre una sfumatura di preoccupazione materna, anche se in realtà a separarci c'è solo un anno.

«Non ancora, mi sto preparando per andarci.»

«Sei uscito a correre.» Non una domanda. Lei mi conosce.

«Sì. Tu?»

«Sto tornando a casa ora, ho fatto la notte al giornale...» Il tono denuncia tutta la sua stanchezza, che non commento, mi limito ad aspettare che mi riveli la ragione di questa telefonata così mattiniera.

«Ti chiamo perché... volevo sapere se ci vedremo per Natale, se verrai a Roma o se vuoi che si venga noi a Milano.»

«Vengo volentieri io a Roma» e mentre lo dico mi sento un po' meschino. Entrambi sappiamo che preferisco limitare il tempo che passo lontano dall'ospedale, fuori da quella che, per quanto assurdo possa sembrare, è la mia comfort zone, ma averli ospiti a Milano potrebbe significare dover fare il padrone di casa per un lungo periodo, muovermi io significa invece poter dosare i giorni di assenza. O non muovermi affatto...

«Non è che ci darai buca anche questa volta?» Sembra leggermi nel pensiero e forse è proprio così.

«Farò di tutto per esserci, promesso.» Ma mentalmente incrocio le dita. Alla minima urgenza l'ospedale e i pazienti avranno la precedenza e lei lo sa.

Sento che esita.

«È che ti dovrei chiedere un favore.»

Un favore. Mi si stringe lo stomaco.

«Che tipo di favore?» sono in allerta. Che favore si può chiedere a un fratello medico?

«Avrei voluto parlartene di persona ma il tempo stringe e...» lascia in sospeso la frase.

«Paola, che tipo di favore?» ripeto, cercando di non caricare di troppa impazienza il tono della domanda.

Lei emette un lungo sospiro. Non mi ha mai chiesto favori, chiaramente le pesa farlo, e io comincio a preoccuparmi.

«State bene?» È la prima domanda, la più semplice per me.

«Sì, sì, stiamo bene... non è *quel* genere di favore» mi rassicura e io riprendo a respirare.

Un'altra pausa, un altro sospiro, poi credo avverta il mio nervosismo:

«Il giornale mi chiede di andare a Pechino per un grosso reportage sull'economia cinese... potrebbe preludere a un incarico da inviato, capisci? Devo dare la disponibilità a rimanere lì per almeno un paio di mesi».

«Bene, immagino tu ne sia contenta, no?» Questa è proprio una bella notizia.

«Estremamente. È il riconoscimento che aspetto da una vita, ma...»

«Ma?»

«Non so cosa fare con Sebastiano.»

Già, Sebastiano, il figlio che Paola ha avuto da Giulio Arteni, giovane promessa della sinistra indipendente, deputato europeo per due legislature, morto di infarto a poco più di trent'anni quando il mio unico nipote aveva solo tre anni e mia sorella ventisei.

«Pensavo... insomma... pensavo potessi tenerlo tu per questi due mesi.» Il tono è titubante, la richiesta veramente impegnativa. Io? Io e un adolescente che a malapena conosco?

«E la scuola?» mi aggrappo alla prima cosa che mi viene in mente. Non so nulla di mio nipote, i pochi giorni all'anno in cui ci vediamo non sono mai ovviamente stati sufficienti per instaurare il benché minimo rapporto.

«Potrebbe iscriversi a Milano, ho già sentito il nostro liceo e...»

«Quindi non saranno solo due mesi.»

«Per ora sono due mesi, ma ho dato la disponibilità a fare il corrispondente e spero che a questo incarico ne segua subito un altro. E non me la sento di trascinare Seba in giro per il mondo per il momento. E poi quest'anno ha la maturità e, sinceramente, gli farà bene avere accanto per un po' una figura maschile di riferimento e tu sei l'unico uomo nella nostra famiglia.»

«E cosa mi dici del tuo compagno? Non potrebbe stare con lui?» Paola da alcuni anni ha una relazione con un fotografo freelance, di cui a dire il vero non ricordo neanche più il nome, ma so che è una domanda assolutamente retorica, atta soltanto ad allontanare il momento in cui cederò e acconsentirò che Sebastiano si trasferisca da me. Per frequentare in un liceo diverso gli ultimi mesi che lo separano dalla maturità. Per compromettere le mie consolidate abitudini di uomo solo per scelta. Insensato.

«José è impegnato in un servizio fotografico che lo porterà ad attraversare il continente americano… è partito il mese scorso e non tornerà prima di marzo. E poi lo sai che lui e Seba…»

Già, lui e il ragazzo non vanno d'accordo. Vero.

Che a me Sebastiano sta anche simpatico, ma il pensiero di dover condividere i miei spazi con un diciottenne praticamente sconosciuto mi spaventa. Sono solo da sempre, una scelta in cui mi trovo bene. E poi come si fa a occuparsi di un adolescente quando non si sa cosa dire o fare o forse, semplicemente, non se ne ha la forza? Quando i tuoi ricordi non ti possono aiutare, dato che sei stato costretto a vivere un'adolescenza assolutamente atipica?

So anche però che devo molto a Paola. E non solo per il fatto che non ha mai espresso il desiderio di vendere il nostro appartamento nel cuore di Brera, acquistato dai miei bisnonni negli anni successivi alla Prima guerra mondiale, permettendomi quindi di continuare a viverci. Le sono molto grato soprattutto per aver sacrificato parte della sua giovinezza per starmi vicino nel momento più difficile della mia vita, ma questo non mi impedisce di sollevare delle perplessità:

«Ascolta, Paola, io ho una vita che non è tanto compatibile con la convivenza, per di più con un adolescente che non sarà certo felice di venire strappato da compagni e amici».

«È un ragazzo maturo, ha capito, e, Edoardo, se non mi aiuti tu, io sono costretta a rinunciare.»

«Veramente non c'è altra soluzione? Una tua amica? Un convitto?»

Il silenzio che segue vale, devo ammettere, più di mille parole.

«Se la metti così...» cedo sospirando «quando devi partire?»

«Subito dopo Natale, ho il volo il 26.»

Milano
Gennaio 2020

Agata

Un mese che questo reparto rappresenta praticamente tutta la mia vita, e un pezzo per volta ho cominciato a capirne la routine e a veder definiti in maniera più chiara i miei compiti: ora le cose cominciano ad apparirmi meno spaventosamente complicate. All'inizio mi sembrava di essere sempre nel posto sbagliato e sul punto di fare la cosa sbagliata. Poi, ed era ora, il puzzle si è andato completando e ha riservato anche qualche piacevole sorpresa. Ma non di certo per quanto riguarda il rapporto con Ruggeri.

Ogni mattina lo seguo durante il giro con gli altri specializzandi, molto raramente con il primario (due volte in questo mese e solo per il controgiro), si controllano gli esami, e poi io ed Enrico abbiamo il compito di aggiornare le cartelle, programmare eventuali esami e preparare le lettere di dimissioni che passano poi alla firma della dottoressa Brambilla o di Ruggeri in sua assenza.

Poi si fa il controgiro e si controllano anche le sale di infusione del day hospital, dove si somministra la terapia.

Io cerco di destreggiarmi mantenendo un'espressione professionale, o almeno intelligente e concentrata, il tutto con l'aiuto, il supporto e le preziose indicazioni di Enrico, lo specializzando del secondo anno. Senza di lui sarei un'allieva morta. È stato lui a spiegarmi come funziona qui per noi:

«È vero, il turno dovrebbe essere 8-14 o 14-20, insomma di sei ore. Niente notti, un sabato su tre e niente domeniche. Questo sulla carta perché, se posso darti un consiglio, non ti limitare ai tuoi turni, stai in reparto tutto il tempo che puoi, cerca di imparare e di rubare le conoscenze e le tecniche, ti tornerà utile anche per l'esame. E, a questo proposito, qui hanno una biblioteca ben fornita dove troverai tutti i testi necessari alla preparazione». Mi ha guardato per capire se stavo seguendo, poi, soddisfatto, ha continuato: «A noi, come allievi dei primi due anni, viene chiesto di lavorare soprattutto in reparto, mentre durante il terzo e il quarto anno potremo occuparci del day hospital e dell'ambulatorio. È tutto molto graduale per permetterci di osservare e poi di praticare tutte le manovre: aspirati, biopsie, rachicentesi, trapianti... io credo sia il caso di dedicarsi anche al laboratorio, se fossi in te cercherei di passare qualche mese in citofluorimetria e nel laboratorio di biologia molecolare... naturalmente poi ci sono le lezioni frontali, i seminari...»

Insomma, la mia vita per i prossimi due anni si può riassumere in cinque parole: studio, reparto, laboratorio, reparto, studio.

In questo momento io ed Enrico stiamo cercando di mangiare un panino seduti in un angolo dello spogliatoio, nell'intento dichiarato di prenderci una pausa che definire "pranzo" sarebbe millantare e in quello implicito di nasconderci da Ruggeri per almeno dieci minuti, prima che lui venga a controllare che le cartelle non contengano le "solite molteplici imprecisioni" (parole sue). Le sue critiche mi risuonano ancora nella testa: "Vi devo ricordare i punti delle linee guida per la compilazione?". E ce li ha elencati tutti e sette, da "chiarezza" a "pertinenza", alzando un dito per ciascuno, come se parlasse a degli incapaci.

Ma proprio quando stiamo per addentare i nostri panini, da dietro un armadietto spunta la caposala Antonella:

«Ecco dove vi eravate nascosti! Ruggeri vi sta cercando, su, forza!».

Ancora con i panini in mano ci precipitiamo dal nostro strutturato, che senza degnarci di uno sguardo (che è anche meglio) controlla, corregge (non senza irritarsi con noi) e firma, mentre Antonella, con gesto pietoso, ci libera le mani dal nostro pranzo.

Alla fine, lui ci lancia la solita occhiata carica di riprovazione e dice secco:

«Molteni...» si blocca per un attimo osservandomi perplesso «Molteni, cos'è quella che ha sulla punta del naso? Maionese?». Io arrossisco e mi affretto a pulirmi il baffo di salsa frenando la tentazione di coinvolgere il camice nell'operazione, mentre lui scuote la testa esasperato per poi proseguire: «Tornando alle cartelle, non capisco cos'ha scritto qui... per cosa starebbe CA?».

«Chiesto aiuto» e già mentre pronuncio queste due parole mi rendo conto di quanto possano sembrare strane su una cartella clinica.

«E ST?»

«Secondo tentativo.»

Noto che si trattiene dal dire cosa pensa esattamente, limitandosi a rimbrottarmi:

«Questa poi! Si ripassi le sigle, queste sono di pura fantasia e pericolosamente fuorvianti.»

Annuisco. «Lo farò» dico, cercando di caricare le parole della giusta dose di umiltà.

«E domattina presentatevi in sala prelievi, darete una mano e farete un po' di pratica.» Poi si gira e se ne va.

Con la coda dell'occhio vedo Enrico ridacchiare, ma quando mi volto verso di lui si è già ricomposto:

«Le sigle corrette sono RC, richiesta consulenza, e SD, seconda diagnosi... certo che "secondo tentativo"...» e riprende a ridacchiare. Poi però deve notare la mia espressione perché cerca di consolarmi:

«Be', diciamo che riflettevano la realtà, non far caso a Ruggeri, probabilmente oggi è di cattivo umore.»

Affermazione a cui vorrei rispondere "come sempre", ma mi limito a sospirare.

«E ora cosa c'è?» Io ed Enrico stiamo ora rivedendo le cartelle seduti uno di fronte all'altro all'unica scrivania destinata a noi specializzandi e raramente lasciata libera dagli allievi più anziani.

Alzo le spalle. Sono troppo avvilita persino per cercare solidarietà.

«Ti ho già detto di non prendertela, sai, tocca a tutti prima o poi.»

Gli lancio uno sguardo obliquo:

«Scusa, ma sono qui da più di un mese e finora sembra che ce l'abbia solo con me, a voi non dice mai niente... be', soprattutto a Giovanni e Alessandro».

«Ti assicuro che anche loro hanno ricevuto la loro bella

dose di lavate di capo, non devi credere che ti abbia preso di mira… lui è così con tutti, un po'… un po'…»

«Orco?» suggerisco.

Lui scoppia a ridere. «Sì, proprio così, un po' Orco. Ma non è cattiveria, è naturale attitudine al comando» mi dice sorridendo.

Lui lo trova divertente, ma a me Ruggeri terrorizza.

Succede, per esempio, di incontrarlo in corridoio (mentre tu sei fuori turno e lui è sempre lì) che ti dice «Lei, venga!», e ti porta nel suo ufficio e tu ti senti morire perché ti vedi già (dati i precedenti) cacciata dal reparto con ignominia e stai già cercando le parole per perorare la tua causa, per implorarlo, insomma. E lui ti fa un discorso che forse vorrebbe di tipo motivazionale e invece a te sembra di stare sotto interrogatorio della STASI e rispondi con monosillabi, o quasi, che all'apparenza lo lasciano soddisfatto e ti fa pure una sorta di sorriso arcigno e tu pensi che forse… ma al giro successivo ritorna a inchiodarti con una raffica di domande insidiose a cui sai rispondere correttamente e con sicurezza, meritando una pacca sulla spalla da Enrico e un cenno, pure se brusco, di approvazione da Ruggeri. Poi, però, dopo una pausa che capisci essergli servita a trovare una domanda particolarmente ostica, eccolo che colpisce di nuovo:

«E qual è il range di incidenza della sindrome da differenziazione nella leucemia promielocitica acuta?» mi ha domandato qualche giorno fa.

E qual è?

«Dal cinque al venti per cento» ho buttato lì.

A questo punto lui ha alzato quei suoi occhi dalla cartella per dirmi con tono asciutto:

«Sa, Molteni, che a volte mi sembra che lei tiri a indovinare? La risposta è naturalmente sbagliata, il range va dal due al trenta per cento... spero si renda conto che un'imprecisione di questo genere può avere ricadute fatali per il suo paziente. Legga, dottoressa, legga, l'aggiornamento nel nostro campo è vitale».

Facendomi sentire un'assassina in pectore.

E penso a quando ci fulmina con lo sguardo, riuscendo a essere micidiale. Uno sguardo carico di riprovazione indirizzata quasi esclusivamente a me.

«Oltretutto ha quegli occhi... quegli occhi...» di un verde chiarissimo, quasi trasparente, che le ciglia e le sopracciglia scure fanno spiccare con un effetto sconcertante.

Enrico mi lancia un'occhiata curiosa per poi proseguire:

«In ogni caso, è un ottimo insegnante. Sai, ho dei compagni di corso che mi raccontano che i loro strutturati li abbandonano in reparto, oppure gli permettono solo di occuparsi di scartoffie... con lui invece vedi e impari. Ti coinvolge in tutto. Ruggeri ti ascolta e tiene in conto la tua opinione».

«Forse lo farà quando ne avrò una» sospiro.

«Vedrai. Semplicemente non ama l'atteggiamento passivo nel rapporto docente-discente, vuole vederti coinvolta in quello che fai. Io lo stimo moltissimo. I pazienti lo adorano... insomma, non è sempre un orco. Non ti sei accorta di quanto sia gentile e attento nei confronti dei malati?»

Enrico, nel raccontare, si è infervorato. Lo guardo con affetto. Mi sta simpatico questo napoletano alto e magro con gli occhi nocciola più dolci che abbia mai visto in vita mia, un carattere aperto e gioviale e una gran voglia di fare, capace per osmosi di caricare di adrenalina anche me.

Non ho osservato abbastanza Ruggeri per notare il suo comportamento nei confronti dei pazienti perché me ne tengo lontana, sempre in fondo al gruppo che lo segue nel giro, ma di sicuro ho notato quello di Enrico, che conosce per nome tutti coloro che sono in cura presso il nostro reparto. È bello vederlo chiacchierare in sala infusione, chiedere a tutti della loro vita, del lavoro, della famiglia, dei figli e nipoti. Lui racconta di sé, dei suoi genitori e dei suoi fratelli che, ma guarda un po', posseggono una pizzeria a Napoli, "che come la mangi a Napoli...", e ha sempre la battuta pronta, comunica, coinvolge. Se non è in reparto è in biblioteca immerso nel *Wintrobe's Atlas of Clinical Hematology*, oppure al computer intento a consultare la medline, o in laboratorio chino sul microscopio. Infaticabile, un vero stacanovista. Io vorrei essere come lui. Prenderlo ad esempio.

«Sì, ma è sempre così... così brusco e scostante» ritorno al nostro strutturato.

«Secondo me, è che tiene ai pazienti e vuole che siano affidati a medici competenti. Tutto qui, per il resto è brusco solo con noi. E poi è uno serio, per esempio sai che è famoso per essere l'unico che ai congressi segue tutte le sessioni e non va in giro a fare il turista?»

In questo momento rientra Ruggeri che, dopo averci radiografato, ci chiede:

«Il Pronto Soccorso ci ha chiamati per una consulenza, chi di voi due vuole venire con me?».

«Agata, vai tu.» Enrico mi guarda di sottecchi con un sorrisetto ironico. Io arrossisco violentemente. «E salutami Ferrari se lo incontri» mi sussurra.

Ruggeri ci lancia un breve sguardo interrogativo, poi ci

gira le spalle e si avvia, e mentre affretto il passo per raggiungerlo penso che forse non è stata una buona idea essermi confidata con Enrico. Ma eccomi che sto già scendendo le scale quasi di corsa, il cuore che mi batte un po'. Chissà se Vittorio è di turno.

E non so se augurarmelo o no, perché non so se sono preparata a rincontralo per la prima volta dopo quello che è successo (o non è successo) la Vigilia di Natale.

Edoardo

Osservo lo sguardo imbarazzato che Molteni, naturalmente arrossendo, lancia a Ferrari, lo specializzando del Pronto Soccorso che ha richiesto una consulenza e che a sua volta le indirizza un sorriso rapace.

È chiaro che il nostro ha colpito ancora. Dal suo arrivo, cinque anni fa, questo seduttore seriale è stato eletto dal personale femminile (e probabilmente non solo) il più affascinante dell'intero policlinico, e se la voce è arrivata fino a me, che dai pettegolezzi da corsia mi tengo lontano, è perché è stata rapidamente condivisa da tutti i dipendenti. Insomma, dovrei essere sordo e cieco per ignorarla.

Alto, biondo, fisico d'atleta, ha tutti i numeri per attirare l'interesse di una donna. Mi è capitato di vederlo arrivare la mattina su una Harley 883 e mettere in scena il suo show, togliendosi il casco integrale e scuotendo la folta chioma a favore dello sguardo di qualsiasi rappresentante del gentil sesso fosse in quel momento nel suo raggio d'azione. So con certezza come la sua presa sull'universo femminile ospedaliero (e, ripeto, non solo femminile) gli permetta di ottenere molti benefit: esami di laboratorio in tempo record, consulenze immediate, sale operatorie lasciate prontamente libere.

E altro facilmente intuibile, naturalmente.

Abbiamo già avuto qualche vittima, come quella giovane specializzanda di cardiologia sorpresa dall'intero consiglio ospedaliero a scambiarsi fluidi corporei con lui sul divano della sala riunioni dell'ultimo piano, luogo che il nostro considerava sicuro e deserto perché raramente utilizzato. Lei aveva reagito con pudico imbarazzo, lui con spavalda sicurezza. Il racconto dell'episodio che l'aveva visto protagonista era rapidamente tracimato dal quarto piano a tutto l'ospedale, sortendo come risultato un consolidarsi della sua fama e un abbandono della borsa di studio da parte della ragazza.

Io, francamente, lo trovo irritante nella sua sicumera e, devo ammettere, scoprire che Molteni subisce il suo fascino mi stupisce e in qualche modo infastidisce. È sorprendente come siano sempre le ragazze più brillanti a essere anche le più ingenue. Peraltro non mi meraviglia che abbia puntato la mia allieva. Con quei suoi occhi azzurri, il sorriso sempre pronto e le lentiggini sul naso che le danno un aspetto da ragazzina, sembra il ritratto della preda perfetta per il nostro mandrillo in camice bianco.

Quindi sono particolarmente maldisposto nei suoi confronti quando domando «Allora, cosa abbiamo?», con tutta la rudezza di cui sono capace e sperando, senza una ragione, di trovarlo impreparato.

Lui mi allunga la cartella e inizia a illustrare con seccante precisione:

«Paziente in shock settico, all'arrivo in Pronto Soccorso presentava un rialzo termico a 38°, brividi, tachicardico, frequenza respiratoria superiore a 20 e PaCO2 inferiore a 32 mmHg. Leucocitosi con blastosi».

Lo guardo:

«È vigile o confuso?».

«Al momento è ancora lucido e critico.»

«Pressione arteriosa?»

«90 su 60. Già somministrati liquidi e abbiamo iniziato la terapia antibiotica empirica in vena.»

Scorro velocemente la cartella.

«Bene, stabilizzatelo, poi mandatelo su in reparto, gli troveremo un letto.»

Sulle scale Molteni pronuncia le sue prime parole da quando abbiamo lasciato Ematologia:

«Pensa che risolta l'infezione potremo procedere subito con la chemioterapia?».

La domanda e il tono speranzoso con cui viene formulata hanno il potere di irritarmi e mi giro con l'intenzione di spiegarle che non si tratta di preveggenza e che non si "pensa", ma si procede a una diagnosi dopo avere raccolto tutti gli elementi necessari, punto di partenza per impostare la terapia e deciderne i tempi e i modi. Quando però la vedo due gradini sotto di me che mi fissa con quegli occhi azzurri colmi di fiduciosa attesa, mi trovo invece a rispondere:

«Sì, penso di sì, sono ottimista», pentendomi subito di questa mia debolezza, oltretutto mostrata a una specializzanda a cui sto dando una lezione di faciloneria senza precedenti. Cerco quindi di recuperare, passandole la cartella mentre le ordino, forse un po' troppo bruscamente:

«Si occupi lei del ricovero con la capo sala, non ci dovrebbero essere problemi di letti e, se ci fossero, fate in modo di risolvere. Non voglio sentire ragioni».

Sto per allontanarmi, ma mi viene in mente un'altra cosa:

«E da ora in poi, Molteni, la voglio in prima fila nel giro, non più nascosta nelle retrovie. Non è di certo così che si impara».

Le leggo il panico negli occhi e un po' mi dispiace, ma non ho tempo di fermarmi a rincuorarla, cosa che peraltro non mi compete, perché devo telefonare a Sebastiano e avvertirlo che farò tardi. È una delle cose che sono cambiate nella mia vita, insieme alla biancheria sporca lasciata sul pavimento del bagno e alla Nutella a colazione: il dover rendere conto dei miei orari a qualcun altro. Mio nipote esce presto alla mattina, alle due è già a casa e pranza da solo, non posso di certo lasciarlo solo anche la sera. Si cena insieme, normalmente molto tardi, ma insieme.

Uscito dall'ospedale, passo a prendere una pizza da Mario, la pizzeria all'angolo di via della Commenda che spesso ha risolto le mie cene. Ordino una margherita per me, una salsiccia e friarielli per Sebastiano e tre lattine di Coca-Cola, mio nipote a tavola è un'idrovora.

«Hai sentito la mamma oggi?» domando quando siamo seduti uno di fronte all'altro in cucina con i cartoni vuoti davanti a noi. Mi colpisce sempre osservare quanto mi assomigli.

«No, però mi ha lasciato un vocale di diciotto minuti, praticamente un podcast. Dice che va tutto bene, Pechino è molto inquinata, il cibo le crea qualche problema e non ha ancora trovato un interprete. Ma il resto è ok. Ah, sì, e ti saluta.»

«E le ci sono voluti diciotto minuti per dirti questo?»

«In mezzo a un sacco di "consigli materni", naturalmente...»

«Ah, ecco.»

Mi appunto mentalmente che devo ricordarmi di chiamarla, appena la differenza di fuso orario me lo consentirà, dato che non oso immaginare quale "resto" possa essere ok.

Nonostante le mie remore, la convivenza non mi crea grossi problemi. Certo io non ci sono praticamente mai e quando ci sono lui è attaccato al cellulare, impegnato in videochiamate o a chattare via WhatsApp con i suoi amici di Roma. Il tutto da sdraiato sul letto o sul divano. Negli spazi rimasti, si immerge in un raccoglitore di vecchio tipo dalla consunta copertura gialla che non ho idea di cosa contenga, mentre non l'ho mai visto interagire con dei libri scolastici.

Non si lamenta mai, almeno con me, ma il cambio di città è un avvenimento di per sé traumatico. Soprattutto se lo subisci.

Temo che dovrò parlargli, un discorso vero che vada un po' più a fondo del consueto scambio di batture standard: "Oggi a scuola?", "Tutto bene", "Cosa avete fatto?", "Il solito", allargato a volte a "Ti trovi bene, ti stai facendo degli amici?", alzata di spalle, "Boh", che è il massimo che finora sono riuscito a ottenere da me e da lui. Devo parlargli. Credo sia inevitabile. Un ruolo, quello del genitore (pur putativo che sia), che non pensavo proprio di ricoprire nella vita, anzi, che ho evitato accuratamente di ricoprire. Cerco di ricordare come fosse mio padre: lavoratore indefesso, stupito sempre dei nostri risultati scolastici, orgoglioso di noi. La mamma era più di polso e non ci risparmiava sgridate epocali. Ma non ci ha mai fatto venir meno il suo appoggio. Sono mancati presto, usurati dal lavoro e dalle preoccupazioni. Credo in parte per colpa mia.

Devo però ammettere che quello dei ragazzi d'oggi è un mondo veramente troppo lontano dal mio, anche nelle cose più superficiali. Me ne sono reso conto quando, spinto da mia sorella che mi ha intimato di evitare il solito bonifico come regalo di Natale e persuaso ad acquistare per Sebastiano qualcosa di pensato, mi sono recato in un negozio specializzato in giochi per consolle.

Paola mi aveva infatti offerto un assist, dicendomi che lo aveva sentito discutere con gli amici di un gioco, Fortnite, per cui tutti impazziscono. E così la mattina della Vigilia di Natale, a poche ore dal mio volo per Roma, sono riottosamente entrato in un GameStop, con la serenità e la presuntuosa sicurezza di chi è convinto che farà presto e bene.

Non avevo idea di quanto mi stessi sbagliando.

Il commesso, giovane, fin troppo dedito alla sua missione e deciso a darmi del tu per tutto il corso dell'operazione, non ha mostrato nessuna pietà nel minare le mie certezze:

«Fortnite non è un gioco in vendita, lo si scarica, addirittura c'è una modalità gratuita, la Battle Royale, la preferita dai giocatori… poi si acquistano, sempre online, le skin, se vuoi eh…».

Le skin, già. E io lì avrei dovuto tacere e invece mi sono scioccamente giustificato:

«Guardi, non ho idea a quali skin si stia riferendo, l'ultima volta che mi sono avvicinato a un videogioco è stato molti anni fa, quando mi cimentavo con Dragon's Lair…» decretando così la fine del teorizzato "presto e bene" perché il ragazzo si è infervorato:

«Allora sei un amante del retro gaming! Capisco, molti

amano i videogiochi arcade o coin-op, se vuoi chiamarli così, pensa che ho un cliente che...».

«Sì, ma ora sarei qui per mio nipote...» l'ho interrotto prima che arrivasse a raccontarmi di quali bizzarrie si rendevano colpevoli i suoi clienti.

«Giusto, tuo nipote! Bene, ho bisogno di sapere qualcosa in più su di lui... per esempio se ama castare, cioè lanciare incantesimi, in quel caso significa che ama gli Rpg...» Una mia occhiata lo costringe ad aggiungere: «Role-playing game, ovvero "gioco di ruolo d'azione" di ambientazione fantasy... quelli con draghi, maghi e nani, tipo il *Signore degli Anelli*, per intenderci...».

La mia espressione deve avergli lasciato intuire quali erano le mie emozioni in quel momento, perché si è affrettato a continuare:

«Magari invece ama gli FPS, cioè i First Personal Shooter... insomma gli sparatutto in prima persona, i giochi di simulazione dove sei nei panni di un tipo che va in giro a sparare ai cattivi, be', non solo ai cattivi, in realtà. Sono dotati di prospettiva tridimensionale e spesso sono vietati ai minori di diciotto anni anche se...» la pausa mi ha fatto capire che quella non è proprio una regola sempre rispettata.

Alla fine sono uscito con un discreto mal di testa, un rassicurante FIFA 2020 (che mio nipote ha fatto finta di gradire) e qualche insulto mormorato dagli altri avventori che erano andati via via affollando il minuscolo negozio.

E la rinnovata consapevolezza che fra me e Sebastiano c'è un divario culturale e generazionale difficilmente colmabile.

E si stava parlando solo del regalo di Natale.

Agata

Dopo aver trovato un letto per il paziente in arrivo dal Pronto Soccorso, torno soddisfatta alle cartelle cliniche.

«Allora?» chiede curioso Enrico.

«Un'altra leucemia purtroppo, stiamo aspettando che stabilizzino il paziente e che ce lo mandino in reparto.»

«E Vittorio Ferrari?» Lo sguardo sopra gli occhiali è malizioso.

«Vittorio Ferrari niente, te l'ho detto che...»

«Sì, sì, me l'hai detto. Ma io la sera della Vigilia di Natale ti ho vista sfrecciare via sulla sua Harley stretta stretta a lui. Non posso credere che non ci siano strascichi, quando si tratta di uno come Ferrari.»

Mi stringo nelle spalle, non vorrei proprio ricordare la Vigilia di Natale.

Era stata una giornata emotivamente stressante. A colazione Chiara, di pessimo umore, si era molto lamentata del turno di notte assegnatole poco prima dell'agognato ritorno a casa. Peraltro, io avrei avuto lo stesso turno, fra Natale e Santo Stefano.

«Guarda, io amo questo lavoro e sono contenta delle mie scelte. Mi sento infermiera dentro. Pensa che d'estate, quando sono in tram, osservo tutte quelle braccia nude alzate con le vene in evidenza e mi sorprendo a considerare quale ago dovrei usare. E la cosa mi eccita anche un po'... Ma questo... questo non è giusto, e solo perché siamo le ultime arrivate! Ma lo sai che è il primo Natale in assoluto che non trascorrerò a casa? E sarò fortunata se troverò due minuti per fare almeno una videochiamata ai miei! Mi hanno dato la notte, mi hanno dato! Sai, il Natale da noi è qualcosa di spaziale... be', veramente da noi tutto ciò che ruota intorno alle feste è qualcosa di spaziale... si mangia, si incontrano i parenti, si mangia, si partecipa alle funzioni, si mangia... I miei hanno fatto buon viso a cattivo gioco, ma so che ne soffrono. E Antonio, Antonio l'ha presa sul personale, l'ha presa! Come se fosse colpa mia!» E si era addirittura asciugata una lacrima di sconforto prima di chiedermi, gentile: «Dispiacerà anche a te non vedere i tuoi genitori, no?».

«Be', sì, naturalmente sì, ma i miei in questo momento sono negli Stati Uniti e sarebbe stato in ogni caso difficile raggiungerli per pochi giorni.» Va da sé che il mio tentativo di razionalizzare cozzava terribilmente contro il sentirmi un po' persa all'idea di passare la sera della Vigilia da sola.

«Negli Stati Uniti? In questo periodo dell'anno e senza di te?» Tono e parole rivelavano un giudizio negativo circa la scelta scellerata di abbandonarmi per Natale.

«No, no, è che mio padre lavora lì» ero intervenuta, pronta a difendere i miei genitori. E dato che lei mi guardava interrogativa, avevo proseguito: «A Cleveland, in Ohio».

«Ma guarda... e cosa fa il tuo babbo in Ohio?»

«Il direttore d'orchestra.»

La notizia doveva averla un po' spiazzata, perché per un po' non aveva proferito verbo, continuando a inzuppare biscotti sfregola pugliesi DOC nel latte, unica deroga concessa alle colazioni salate. Quindi aveva domandato:

«E tu? Come mai tu sei qui e non stai con loro?».

«Li ho seguiti in giro per l'Europa fino all'inizio delle superiori poi, quando sono partiti per San Diego, mi sono fermata in Italia, e ora loro sono a Cleveland.»

«Deve essere stato spaziale vivere all'estero, deve essere stato!» E mi guardava con occhi incantati.

Spaziale? Insomma... Fino ai quattordici anni la mia vita è stata un turbinio di volti, voci e lingue diversi.

Nata negli Stati Uniti, le scuole materne a Vienna, elementari in varie città della Francia (Strasburgo, Tolone, Nantes e infine Parigi), medie fra Dublino, Edimburgo e Londra, al seguito degli ingaggi sempre più importanti di mio padre. Quando però era stato chiamato come direttore d'orchestra a San Diego, Texas, con la prospettiva di tournée in tutti gli stati, mia madre aveva preso in seria considerazione l'idea di ristabilirsi con me in Italia lasciandolo da solo, ma mia nonna si era opposta:

«Se è vero che i ragazzi hanno bisogno di stabilità, è ancor più vero che il rapporto fra marito e moglie necessita di continuità, perché si nutre del quotidiano, di abitudini condivise. In caso contrario si aprono degli spazi, delle crepe che presto verranno riempite da altro... o da altri. Agata starà con noi e tu seguirai come sempre Arturo» aveva sentenziato.

Questo pragmatismo ha sicuramente contribuito alla solidità della coppia, dato che i miei sono ormai sposati da trentacinque anni, ma è stato anche la causa della mia infanzia e giovinezza solitaria, aggravata dall'unica concessione che mia nonna aveva fatto a sua figlia: non avrei frequentato il liceo di

Iseo, il più vicino a Monte Isola, dove i miei nonni vivevano e dove mio nonno praticava come medico di famiglia, ma avrei avuto degli insegnanti privati. Mia nonna aveva acconsentito in quanto anche lei consapevole di come la mia preparazione scolastica avesse sensibilmente risentito del nomadismo dei miei genitori, anche se quel patchwork di paesi e scuole aveva avuto il merito di regalarmi la padronanza delle principali lingue europee.

A Peschiera Maraglio, ogni giorno per cinque anni, il traghetto aveva dunque sbarcato due anziane professoresse, una per le materie umanistiche e un'altra per le scientifiche. Oltre a madame Gobulev, naturalmente, la mia insegnante di pianoforte. Una vita fra adulti, quindi.

E così la Vigilia di Natale ho fatto un ultimo giro in corsia, dove le stanze erano quasi completamente vuote, dato che avevamo mandato a casa per Natale tutti quelli che potevamo giudiziosamente far uscire dal reparto e permesso ai parenti dei pochi rimasti di fermarsi con loro fin quando volevano.

Salutati i colleghi del turno di notte, mi sono quindi diretta verso lo spogliatoio, dove mi ha raggiunto la telefonata di mia madre.

«Buon Natale, tesoro! Te li faccio adesso gli auguri, che domani qui impazziremo, lo sai. Come stai?»

«Tutto bene mamma, e buon Natale anche a voi! Papà?» Domanda retorica, sapevo bene dove papà poteva essere alle 14.01 della Vigilia di Natale.

«Sta provando, naturalmente. Quest'anno abbiamo il coro delle voci bianche e un repertorio che tuo padre trova leggero in modo imbarazzante, sai quanto lui odi i Christmas Concerts, ma qui la tradizione lo pretende.»

«*White Christmas?*» E conosco già la risposta.

Mia madre sospira.

«Non può mancare, lo sai, a papà è venuta l'orticaria, come ogni anno.»

Ho ridacchiato. Lui ha un'idiosincrasia verso la popolare canzone natalizia e verso i concerti di Natale in generale, che da quando è direttore musicale della Cleveland Orchestra, una delle big five americane, è costretto a dirigere. L'unica volta che ha osato variare il repertorio e introdurre brani di Bach, Verdi e Mozart ha ricevuto critiche così aspre dai media e dal pubblico (e a nulla era servito inserire anche qualche polka di Strauss) da aver desistito *obtorto collo* dal ripetere il tentativo.

Poi mia madre ha voluto sapere se mi sono sistemata bene, se la mia coinquilina è una ragazza come si deve e se riesco a esercitarmi.

«Lo so, lo so che hai scelto la tua strada ed è giusto così, ma il pianoforte è disciplina, prepara alla vita prima che al palcoscenico, e attraverso la musica si impara a esprimere le proprie emozioni controllandole...»

E io a quel punto non ho avuto il coraggio di confessarle che nel mio bell'appartamento luminoso non c'è nessuno strumento. Non avrebbe capito. Per lei, che del piano ha fatto il suo lavoro e la sua ragione di vita, una casa senza almeno un pianoforte verticale con qualche notturno di Chopin sul leggio e un metronomo a segnare il tempo non può definirsi tale.

Per mia madre, donna di carattere nonché grande pianista, come per mio padre, la musica è un'esperienza totalizzante, dalla quale io ho capito presto di essere esclusa. È stato infatti chiaro fin dai primi anni che io non possedevo né il talento né la determinazione necessari per raggiungere i miei genitori dentro la loro bolla sonora. Risuonano ancora nella mia mente le parole di mia madre alla fine di un mio saggio di fine anno: "L'esecuzione di *Per Elisa* più svogliata che io abbia mai sentito". Avevo otto anni, il tono era dolcemente divertito e lei non sapeva che io stessi ascoltando, ma in quel momento ho capito che suonare non sarebbe mai stata la mia vita. E l'hanno capito anche i miei genitori. Tutti e tre l'abbiamo accettato con serenità. O quasi.

Quando poi ho scelto di iscrivermi a Medicina, è parso evidente a tutti che avevo preso un'altra strada, quella tracciata da mio nonno materno.

Lei è sempre stata una mamma affettuosa ed è riuscita a essere una presenza vera nella mia vita nonostante i suoi molti viaggi; salutandola, ho avvertito forte la nostalgia e credo di non essermi mai sentita così inutile e sola come quella sera.

È stato proprio alla fine della telefonata, mentre attraversavo l'atrio ormai deserto e animato solo dalle luci intermittenti del grande albero di Natale, che l'ho visto, in piedi vicino al distributore di merendine: il ragazzo più bello che avessi mai incontrato. E lui ha visto me, mi ha rivolto uno sguardo obliquo e domandato con un sorriso pigro ma non privo di fascino che gli si accendeva sulla bocca:

«E tu chi sei?».

«Agata. Agata Molteni. Allieva del primo anno di Ematologia. Ho appena finito il turno.» Il suo sorriso si è allargato e tinto di ironia davanti a quella mia presentazione piena di dettagli superflui e un po' militaresca, che aveva reso manifesto il mio imbarazzo di fronte a quel dio biondo.

«Piacere, Agata Molteni allieva di Ematologia.» Poi si è indicato con un dito: «Vittorio», con una maggiore capacità di sintesi rispetto a me, devo ammettere.

«Piacere» ho risposto rimanendo lì a domandarmi chi potesse essere quel ragazzo bello come un attore o un fotomodello che infilava monete in un distributore automatico nell'atrio semibuio di un ospedale deserto.

Lui mi ha fissato per qualche secondo e poi:

«Posso offrirti qualcosa? Taralli? Smarties? O forse sei più una da mela tagliata a fette?».

«No, no nulla, grazie. Sto andando a casa.» Ma sono rimasta lì vicino a quell'unica, casuale fonte di calore umano dotata oltretutto di una notevole carica di sex appeal.

Lui mi ha osservato ancora per qualche secondo, e credo abbia colto il mio stato d'animo perché ha insistito:

«Dài, dividi con me qualcuna di queste leccornie, ci troviamo una panchina e festeggiamo la Vigilia insieme».

Vorrei dire che solo l'*horror vacui* di ciò che mi aspettava a casa mi ha spinto a consumare barrette al caramello, arachidi e lemon Schweppes con uno sconosciuto seduta nella sala d'attesa vuota di un reparto che non era il mio. Ma credo che mentirei sapendo di mentire.

Vittorio ha molto parlato di sé e poco chiesto di me, ed è andata bene così.

Mi ha raccontato di essere uno specializzando del quinto e ultimo anno di medicina d'urgenza e si è molto dilungato nello spiegarmi le ragioni della sua scelta, ragioni che ne delineavano anche nettamente il carattere ambizioso. Gli sembrava una specializzazione molto *cool*, insomma.

«Sono figlio, nipote e bisnipote di medici. Mio padre è

primario di cardiologia al Niguarda, mia madre è neuropsichiatra infantile al Besta… insomma, una strada tracciata per me e per i miei fratelli. Io ho scelto il Pronto Soccorso perché non amo la medicina settorializzata, sono più per le cose veloci, per l'adrenalina scatenata dal non sapere mai cosa ti troverai davanti, la capacità d'individuare subito cause e cura… è un po' come essere in guerra, mi piace l'idea di poter fare la differenza. E il Pronto Soccorso è la palestra dove si impara di più e dove si deve essere pronti a far fronte a ogni tipo di emergenza. Non potrei mai fare a meno delle emozioni che provo ogni giorno davanti a un codice rosso… Sono malati tempo-dipendenti, hai solo pochi secondi per salvare una vita e in quei momenti è impossibile non sentirti un po' Dio…»

Poi, quando anche l'ultimo Oreo è stato mangiato e l'ultima barretta di Twix divisa, lui ha lasciato cadere con seducente noncuranza:

«Ti va un giro in moto?».

E io ho scoperto che mi andava. Scioccamente, ma mi andava, perché non volevo tornare in un appartamento vuoto la notte di Natale.

E così mi sono ritrovata a cavalcioni di una grossa moto nera avvinghiata a Vittorio Ferrari, specializzando del quinto anno in medicina d'urgenza che si sente un po' Dio e che mi ha portato in un tour delle vie milanesi decorate con le luminarie natalizie. Corso Buenos Aires e Porta Venezia con fili di lucine bianche e rosse, l'eleganza dei sempreverdi da bosco incantato del quadrilatero della moda, San Babila con le riproduzioni luminose di bottiglie di profumo Dior, l'assurdo albero tecnologico di piazza del Duomo e quello scintillante nella Galleria, La Rinascente illuminata con i colori di una festa patronale nel Sud Italia, l'originale albero della stupefacente piazza Gae Aulenti.

Un tour innegabilmente ricco di frizzante romanticismo che dà la misura di quanto il nostro sappia toccare le corde di animi sentimentali. Come il mio.

«I miei abitano in via Santa Radegonda, sono abituato a scorrazzare per le vie del centro» mi spiega quando finalmente scendiamo dalla moto all'inizio del Naviglio Grande, anche lui parato a festa.

E lì, mentre ammiravo l'effetto da levare il fiato delle luci sull'acqua, lui si è avvicinato e ha appoggiato inaspettatamente le sue labbra sulle mie. A quel punto io mi sono sentita terribilmente stupida per essere così sorpresa, e ho provato ad abbandonarmi e a "far partire l'*Eroica* in sottofondo" come dice mio padre… ma proprio no, per me non era il momento. Era tutto troppo veloce, troppo *finto*. Lo so, ho anch'io la mia bolla nella quale con fatica lascio entrare gli altri. Non è fatta solo di musica, come quella dei miei genitori, ed è davvero invisibile e sottile, eppure così resistente. L'ho sperimentato tante volte: è la mia salvezza e il mio tormento, il luogo in cui riesco a concentrarmi sugli obiettivi e a non ascoltare le voci critiche del mondo… ma anche il posto dove assaporo la mia affollata e indaffarata solitudine.

Vittorio Ferrari, però, tutto questo non poteva saperlo, non poteva immaginare quanto io desideri spezzare la mia bolla e anche quanto io tema quel momento. Credo che mi abbia semplicemente considerata una gattamorta, fatto sta che ha rapidamente allontanato la sua bocca dalla mia.

Quando siamo arrivati sotto casa, si è tolto il casco senza scendere dalla moto:

«Non finirà qui, Agata Molteni, sappilo!» ha detto prima di sparire in mezzo al traffico, ma il suo tono dolcemente ironico non ha attenuato il mio disagio. Non è che lui si aspettava...

«Eccerto che si aspettava!» mi ha detto poi Chiara.

«Cioè avrei dovuto proporgli di *salire in casa con me* perché lui mi ha offerto una barretta di Lions e un giro in moto?»

«Salire era il minimo, cara, fidati. Non voleva certo una tisana della buonanotte! Vittorio Ferrari è famoso in ospedale, sai? Come direbbe Madre: è uno che ne frigge di polpi!»

Qualche giorno più tardi ho scoperto che Enrico ci aveva visti e da allora è tutto battutine e ammiccamenti. Da lì il mio imbarazzo a incontrare Vittorio Ferrari, che, peraltro, credo non si ricordi nemmeno il mio nome. E non so se questo mi faccia piacere, anche se ho capito che molti pensano che fingiamo di ignorarci per nascondere chissà cosa.

«Vedrai che prima o poi troverai qualcuno adatto a te» ha voluto consolarmi Chiara «qualcuno di fighissimo... uno come Vicino magari! L'hai visto? Porta le borse della spesa alla signora anziana, la sua dirimpettaia... troppo carino!»

Perché poi, appunto, c'è Vicino. O meglio, colui che noi abbiamo deciso di chiamare così. L'argomento preferito di Chiara. In assoluto. Il nostro vicino di casa. O, per la precisione, il nostro dirimpettaio, da cui è, ammettiamolo, un po' ossessionata.

Tanto da osservarlo con una certa inquietante frequenza.

Inizialmente non ci avevo fatto troppo caso, poi però quel

continuo trovarla a guardar fuori dalla portafinestra mi aveva incuriosito.

«Ma, esattamente, cosa guardi?» le ho domandato un giorno.

«Vieni, vieni a vedere anche tu questo strafigo, un vero *birifet*, come diciamo noi… ha una tartaruga spaziale da fare invidia a tutte quelle delle Galapagos!»

Mi sono avvicinata e ho scoperto che dalla nostra portafinestra si poteva avere una panoramica quasi completa dell'appartamento di fronte, grazie al fatto che i due palazzi sono al vertice di un giardino triangolare e i nostri balconi distano poco più di un metro.

E così il (poco) tempo che passiamo insieme in casa è contrappuntato dalle attività di Vicino che, mi hanno riferito, è arrivato pochi giorni prima di me.

«Vedrai che adesso si dà al fitting… ecco, vedi? Ha preso i pesi. Ma quant'è bello lui? Ecco che si toglie la maglietta. Sei lattine ha lì!» Poi, scuotendo la testa: «Spaziale, è proprio spaziale!».

«E si prepara la cena! Lui con le sue mani! Dimmi se non è un soffritto fatto come Dio comanda quello lì!»

«Tu cosa ne dici, avrà fra i trenta e i trentacinque anni, eh?»

«Ma quanto bello è con quel completo scuro? E la cravatta grigia? Veramente un figurino! Spaziale!»

E così, giorno dopo giorno, sono stata trascinata in un buco nero.

L'abbiamo chiamato Vicino, per praticità. E abbiamo cominciato a seguirne la vita. Anche se, per fortuna, non sono molti i momenti in cui siamo a casa tutti e tre contemporaneamente.

Perché, insomma, 'sta cosa un po' mi inquieta.

Edoardo

«Linfoma di Burkitt? E su quali basi formula questa ipotesi?»

Tredici gennaio, lunedì. Osservo scettico l'allievo del quarto anno che si è lanciato in una diagnosi tanto avventurosa quanto scorretta.

«Be', trattandosi di una persona che proviene dalla Somalia e guardando i dati...»

Sospiro. Arriva sempre il momento in cui bisogna ricordare agli studenti che quando sentono il rumore degli zoccoli devono pensare a un cavallo piuttosto che a una zebra.

«Deve escludere le patologie più comuni prima di prendere in considerazione quelle esotiche. In questo caso la patologia più comune qual è?»

Mi giro e mi ritrovo a fissare gli occhi azzurri di Agata Molteni.

«Agata, vuole esprimere un parere?»

Le pupille le si dilatano per lo stupore. È la prima volta che la chiamo per nome. O meglio, è la prima volta in assoluto che chiamo un allievo per nome. Ne sono stupito anch'io. E molto.

«La manifestazione clinica più ricorrente associata al virus Epstein-Barr è la mononucleosi infettiva acuta» risponde con sicurezza, per poi proseguire senza che nemmeno la debba sollecitare: «È un virus che appartiene alla stessa famiglia degli herpes ed è lo stesso che provoca il linfoma di Burkit».

«E da qui l'errore.» Faccio un cenno di approvazione ad Agata e lei mi sorride di rimando. Un sorriso felice che di riflesso fa sorridere anche me. Noto lo sguardo perplesso del mio specializzando del quarto anno.

«Fategli una flebo per idratarlo, prescrivetegli dei FANS, dategli le solite indicazioni e mandatelo a casa.» Consegno la cartella ad Agata ed evito gli occhi del ragazzo.

Guardo l'ora, anche solo per togliermi dall'imbarazzo che mi ha stupidamente colto, e mi accorgo che manca poco al mio appuntamento con Pesenti, il direttore sanitario, incontro che ho richiesto io.

Ettore Pesenti è un chirurgo toracico, o meglio lo è stato prima di scegliere la carriera amministrativa, e il problema è che io non vado molto d'accordo né con i chirurghi né con gli amministrativi, sono entrambe categorie che tendono a non guardare al di là della loro sfera di attività e a intervenire "tagliando".

Devo parlargli di quello che ho saputo ieri da Paola e che mi preoccupa molto.

Appena varco la soglia del suo ufficio, lui assume come sempre quell'aria da persona oberata da impegni, cosa che dovrebbe servire a scoraggiare chi gli chiede udienza.

«Spero sia una cosa breve, Ruggeri. Come vedi sono molto occupato» e nel dirlo muove fogli a destra e a manca.

Non mi prendo neanche il fastidio di rispondergli, mi siedo davanti a lui e comincio a raccontargli cosa sta succedendo in Cina.

«Lo sai che a fine dicembre le autorità sanitarie cinesi hanno dato notizia di polmoniti bilaterali atipiche? Al momento hanno riscontrato decine di casi e messo sotto osservazione centinaia di persone...» e gli riferisco tutto quello che Paola mi ha raccontato nell'ultima telefonata circa la delicata situazione sanitaria che si va delineando in Cina. Il mio scopo è di allertarlo, in modo che l'ospedale sia pronto a ogni evenienza.

Lui si appoggia allo schienale della grande poltrona di pelle, unisce i polpastrelli e, guardandomi con un sorriso ironico, chiede:

«Un mercato? Dove vendono pipistrelli? In Cina... e dove esattamente?».

«A Wuhan, nella provincia dell'Hubei, il patogeno responsabile è un nuovo ceppo di coronavirus, della stessa famiglia dei coronavirus responsabili della Sars e della Mers ma anche di banali raffreddori, però diverso da tutti questi – nuovo, appunto.»

Lui strizza gli occhi nel tentativo di capire, poi domanda:

«E l'OMS si è pronunciata a riguardo?».

«Ha emesso un avviso di livello tre e per il momento si è genericamente raccomandata di evitare i contatti con gli infetti. Non ha ancora posto restrizioni ma...»

«Livello tre?» mi interrompe. «Quindi ritiene che la trasmissione interumana sia fortemente limitata.»

«Ma secondo me si sbagliano e credo che sia il caso di non farsi cogliere impreparati.»

«Si sbagliano, eh? Sei un virologo? Un infettivologo?»

«No, sono un ematologo con un reparto di immunodepressi da mandare avanti e se questo virus arrivasse in Italia...»

«Da Wuhan, giusto? Non ti sembra di esagerare? Non sappiamo neanche dove sia 'sta città, non credo proprio che ci dobbiamo preoccupare. E poi cosa dovrei fare, secondo te? Disporre un piano pandemico?»

Molta ironia nella sua voce. Troppa per i miei gusti, ma mi impongo di rimanere calmo. E non è facile.

«Ti chiedo solo di controllare se ce l'abbiamo un piano pandemico, di vedere cosa prevede e magari ordinare qualche presidio, come camici o maschere adatte al caso nell'ipotesi che...»

«Cioè spendere soldi per un virus che qui non arriverà mai? Ruggeri, scusa ma stai reagendo in modo eccessivo a qualcosa che sta succedendo molto lontano da noi.»

«Per il momento è lontano da noi» cerco di usare un tono incisivo.

Lui mi lancia uno sguardo di compatimento.

«E tua sorella? Tornerà in Italia?»

Mi passo una mano fra i capelli, imbarazzato. Questo è stato argomento di un'accesa discussione, perché se da una parte Paola avverte chiaramente la tensione che cresce nel Paese, dall'altra non è intenzionata a rinunciare a quello che definisce il servizio giornalistico della sua vita.

"E poi io sono a Pechino, a più di mille chilometri da Wuhan... e ti prometto che per un po' non mi nutrirò di pipistrelli."

E così non sono riuscito a convincerla a tornare.

Scuoto la testa.

«No, per il momento rimarrà in Cina.»

Lui apre le braccia:

«Quindi direi che possiamo stare tranquilli, no?».

E il tono è quello del commiato. Non mi rimane che tornare in reparto, dove incrocio Veronica Bisleri, l'altro strutturato di Ematologia, che mi chiede, dopo avermi scrutato:

«Tutto bene?».

Sospiro, e le riporto brevemente la conversazione con il direttore sanitario.

«Già, Pesenti, l'illuminato... al solito, non farà nulla se non costretto dalle autorità.»

«Lo so.»

«Ne hai parlato con Sue Ellen?»

«Certo, è lei che mi ha consigliato di discuterne con Pesenti.»

«Un altro capitano coraggioso...»

«Ho l'impressione che abbia già attivato il conto alla rovescia e stia solo aspettando il giorno in cui ci lascerà per l'AIFA...»

«Sì, sembra sempre più stanca e apatica, sai...» aggiunge con tono ironico «è in pieno burnout.»

«L'ha detto anche a te» commento.

Veronica alza gli occhi al cielo:

«L'ha detto a tutti, c'è solo da sperare che non l'abbia confidato anche ai, pochissimi peraltro, pazienti che ha dovuto visitare, ne sarebbe capace. Senti, ti va un caffè? Nel bar qui di fronte però. Così mi racconti come va con Sebastiano».

Le sorrido. Veronica mi è sempre piaciuta e per un certo periodo la nostra conoscenza ha trasceso il puro rapporto professionale. Ma lei voleva molto di più e io non potevo e non volevo impegnarmi; ora è sposata e ha due figlie, ed è diventata la mia guida nell'incomprensibile mondo dell'adolescenza.

Rilancio con un caffè alla macchinetta, lei acconsente, e quando finalmente riusciamo a conquistare il nostro bicchierino di plastica, torna a inchiodarmi alle mie responsabilità:

«Allora, stai controllando il registro elettronico?».

«No, non l'ho ancora fatto», nonostante mia sorella mi abbia inviato le password in una lunga e dettagliata e-mail piena di cose da fare e da non fare con Sebastiano.

«Devi, il controllo va esercitato. Da lontano, con mano ferma anche se leggera, ma ci deve essere, ci tengono.»

«Ci tengono?» La guardo scettico.

«Certo. Moltissimo. È una delle tante contraddizioni dell'adolescenza, vogliono sentirsi liberi, ma senza l'occhio vigile dei genitori si sentono abbandonati...»

«Stagione bizzarra della vita.» Scuoto la testa perplesso.

«Non sai quanto! Sai cosa si dice dell'adolescenza, no? Un giorno qualcuno ne scoprirà la cura meritandosi un Nobel, il problema sarà decidere se conferirgli quello per la medicina o quello per la pace.»

Mi scappa un sorriso. Veronica ha da sempre questa capacità di rasserenarmi.

«Credo tu abbia proprio ragione, ora scusa ma devo tornare dai miei allievi. Questa mattina uno ha diagnosticato come Burkit una mononucleosi...»

Lei ridacchia:

«È capitato a tutti, no? Soprattutto da specializzandi. A volte si tende a pensare in grande. A proposito, ho visto l'ultimo acquisto... una ragazza, finalmente».

«Sì.» Annuisco sovrappensiero. «Agata Molteni.»

Lei mi lancia uno sguardo incuriosito:

«Nome e cognome... complimenti».

«Cosa vorresti dire?»

«Nulla, non voglio dire nulla.» Ma il sorriso è malizioso.

Appena ritorno in reparto mi siedo alla mia scrivania, accendo il computer e cerco notizie dalla Cina, scoprendo che finalmente hanno isolato e sequenziato il virus e che stanno svolgendo un monitoraggio intensivo. Ma questa notizia, invece di rassicurarmi, ha il potere di inquietarmi ancora di più. Ho uno strano, pessimo presentimento. Certo però che non posso stare tutto il giorno al computer alla ricerca di informazioni, oltretutto i siti stranieri paiono molto più ricchi e io, a parte l'inglese, non conosco altre lingue.

Proprio in questo momento vedo passare in corridoio la mia allieva.

«Molteni!» la chiamo. Lei si blocca e sembra sorpresa. Poi, un po' titubante, si avvicina.

«Che lingue conosce?» le chiedo, come se fosse una domanda del tutto normale in un ospedale.

«Be'... il francese, l'inglese e il tedesco, perché?»

Ma guarda.

«A che livello?»

«Ho studiato in Francia, Austria e Inghilterra...»

Ancora una volta mi ha stupito.

«Avrei un compito per lei. Immagino stia seguendo quello che sta succedendo in Cina...»

«Sì, certo, il mercato umido di Wuhan, il salto di specie dal pipistrello all'uomo, le polmoniti bilaterali...»

«Ecco, sì, vorrei che lei monitorasse l'andamento di questa vicenda e mi tenesse aggiornato.»

Mi guarda incuriosita.

«Credo ci sia la possibilità che non si riesca a contenere localmente un virus di questo genere, voglio seguirne gli sviluppi e le chiedo di raccogliere tutte le informazioni attendibili che riuscirà a reperire in rete.»

«Sì, volentieri.»

«Ci aggiorniamo quando ha notizie.»

«Bene, professore.»

E se ne va tutta sorridente, come se le avessi assegnato un compito piacevole. C'è qualcosa che mi sfugge di questa ragazza.

Quando, dopo un'altra giornata estremamente impegnativa, torno a casa, trovo Sebastiano davanti allo schermo del pc che, completamente isolato dal mondo grazie alle cuffie, è impegnato in una lotta per la salvezza dell'umanità e agita il joypad parlando in remoto con quello che credo sia un suo alleato:

«Questo lo faccio fuori anche se poi il fucile a pompa mi si scarica! Edo, ho preso tutte e due le armi mitiche! Grandeeee!».

Mi posiziono dietro di lui e osservo sul monitor un tipo in elegante completo scuro, camicia bianca e cravatta, volare su un aliante, nuotare e arrampicarsi senza che l'abito faccia una grinza. Poi inizia a sparare. E a sparare. E a sparare. Conto dodici, spero cattivi, colpiti e spariti nel giro di pochi secondi. Quindi questo è un First Personal Shooter, come l'aveva chiamato il ragazzo del negozio? Sparatutto, giusto.

«Sono vicino a prendere il *loot*!»

«Il *loot*. E cosa sarebbe?» La domanda mi è sfuggita e a questo punto Sebastiano si accorge di me.

«Edo, scusa ti devo lasciare, è arrivata la pizza.»

Di certo questa sua constatazione non fa bene alla mia autostima. Per mio nipote sono una metonimia.

A tavola cerco faticosamente un argomento che non preveda solo monosillabi come risposte.

«Ho notato che nel gioco i nemici colpiti spariscono senza mostrare ferite.»

«Ah, sì, è un gioco *family friendly.*»

«Quindi un gioco che prevede spari e uccisioni in quantità diventa per famiglie dato che non si vede sangue?» Cerco di infondere nel mio tono una certa quantità di disapprovazione.

«Sì, certo.» Annuisce, ingoiando un enorme boccone di pizza. «Non è splatter, ci stanno attenti.» Ne è compiaciuto, la mia disapprovazione non ha chiaramente raggiunto lo scopo.

«Ah.» Non so cosa dire, e per un attimo mi scopro a rallegrarmi insieme a lui per la delicatezza dei programmatori, che uccidono senza spargimento di sangue.

«Però, zio, mi pare che sei un po' in fissa con il sangue. È *cringe* andare sempre a parare lì.»

Come dargli torto?

Milano
Febbraio 2020

Agata

«Ma tu cosa ne pensi?»

Io e Chiara siamo sedute al tavolo davanti alla portafinestra, facciamo colazione e nel frattempo osserviamo Vicino che si prepara ad andare al lavoro mentre parla al telefono e sorride.

«Credo stia parlando con una ragazza, che in questo momento sente il sorriso nella sua voce...» Sospira. «Antonio è sempre così sbrigativo con me al telefono...»

Appoggio la fetta di focaccia e bevo un sorso di caffè nero e forte che Chiara prepara religiosamente con la moka.

«Magari sta commentando i risultati delle partite con il suo migliore amico e, in ogni caso, non stavo parlando di Vicino.»

«Di cosa allora?» mi domanda con voce ancora sognante. «Ma l'hai visto oggi? È spaziale con quel completo, gli sta d'incanto...»

«Del coronavirus, sto parlando del Covid-19. Cosa ne pensi?» cerco di riportarla alla realtà.

«Ah ecco, è di quello che parlavi... da noi a Pneumologia comincia a esserci un po' di agitazione. E da voi? Cosa si dice?»

«Da noi se ne parla in continuazione come di qualcosa che ci toccherà presto.»

O almeno, io e Ruggeri lo facciamo. Come da sua richiesta, per tutto il mese di gennaio ho monitorato ciò che succedeva e l'ho aggiornato a ogni inizio turno.

I primi giorni si limitava a stare in piedi davanti alla scrivania, ad ascoltare in silenzio le notizie che arrivavano dalla Cina e dal mondo tamburellando con le dita sul piano di finto legno e annuendo come se fossero cose che già si aspettava.

Ma quando il 21 gennaio si è diffusa la notizia che il virus, oltre ad aver fatto il salto di specie, si trasmetteva da uomo a uomo e il governo italiano ha raccomandato di non recarsi in Cina se non per stretta necessità, l'ho visto chiaramente stringere i denti.

«Raccomandano, eh? Ma come pensano...»

«In Cina hanno isolato la zona sospetta e annullato i festeggiamenti per il Capodanno.»

Lui ha scosso la testa e si è passato la mano fra i capelli in un gesto di esasperazione.

È stato a fine mese, però, quando la notizia dei due turisti cinesi ricoverati allo Spallanzani di Roma è apparsa sulle prime pagine di tutti i giornali, che l'ho sentito imprecare, seppure a bassa voce e quasi fra sé e sé.

Poi, allontanandosi da me, ha detto a tutti e a nessuno:

«Fino a quando ci culleremo nell'illusione che a noi non toccherà?» E per tutta la giornata è rimasto di pessimo umore. Peggio del solito, insomma.

E poi è stato un crescendo. Di giorno in giorno le notizie si sono susseguite sempre più allarmanti.

Finisco la mia fetta di focaccia.

«Ma a che ora ti sei alzata questa mattina per infornarla?» chiedo a Chiara.

Lei fa un gesto incurante con la mano.

«Ero sveglia presto. Mi ha chiamato Madre.»

«Come mai? Sei anche rientrata tardi ieri sera.»

«Pensava dovessi fare il primo turno e che fossi già sveglia.»

«E a che ora ti ha tirato giù dal letto?»

«Alle 5.07.»

«Povera.»

«Sì, ma mica si è scusata, quando le ho fatto notare che sarei arrivata in ospedale con la faccia sconvolta sai cosa mi ha detto?»

Faccio cenno di no.

«Ma sì, un po' di correttore, un po' di rosso sulle guance e via, sembrerà che ti sei svegliata almeno per le sei.»

Scoppio a ridere, ho imparato che la mamma di Chiara è una forza della natura. Nulla la smuove.

«E lei cosa ci faceva sveglia a quell'ora?»

«Stava bollendo le patate per i panzerotti.»

«Giusto.» Che altro?

Poi entrambe rivolgiamo lo sguardo al di là del giardino.

«Credo che abbia una ragazza… non vedo l'ora di conoscerla.»

«Non penso che la "conoscerai" mai.»

«Ok, di vederla. Spero sappia quanto è fortunata.»

Guardo Vicino, effettivamente è un gran bel vedere. Adesso, senza mai smettere di parlare e sorridere al cellulare, prende la sua elegantissima postina in pelle, se la mette a tracolla ed esce di casa, nascondendo la chiave sotto il vaso accanto alla porta.

«Sono convinta che sia una persona gentile, uno di quegli uomini capaci di gesti premurosi… persino romantici.» È chiaro che la stiamo perdendo.

Poi si rivolge a me con sguardo trasognato:

«Non mi ricordo più quando Antonio ha fatto un gesto romantico o magari gentile nei miei confronti, è sempre così pratico! E tu, quand'è l'ultima volta che un uomo è stato particolarmente carino con te? Be', a parte il tipo del Pronto Soccorso che hai schifato, intendo».

Scuoto la testa:

«Molto tempo fa, direi».

Anche se da qualche tempo Ruggeri, quando ci troviamo per gli aggiornamenti sul coronavirus, porta un caffè anche per me. Ma non credo questo si possa annoverare fra i gesti "carini", perché lo fa con la solita ruvidezza. Il primo giorno infatti ha appoggiato il bicchierino vicino alla tastiera del computer dicendo solo «Caffè» con tono definitivo, i giorni successivi si è limitato a posarlo senza aggiungere altro per poi sedersi di fronte a me.

Un inizio particolare per le mie giornate, che sono sempre pesanti, fisicamente e mentalmente. Si macinano molti chilometri su e giù per il reparto e per i vari piani, si deve sempre rimanere concentrati e cercare di imparare anche dalle più piccole cose. Sebbene di certo non si possa includere fra i momenti di relax aggiornarlo sotto quel suo sguardo, quei suoi occhi verdi che sembrano capaci di estrarti ogni minimo pensiero per usarlo contro di te.

Ha una chiara tendenza, per esempio, a fare il processo alle intenzioni quando commetti un errore:

«Molteni, immagino lei sospetti una disfunzione piastrinica della parete del vaso perché il paziente presenta sanguinamento massivo, giusto?».

No, io non sospetto nulla, ho solo nominato la prima patologia che mi sembrava attinente al caso ma preferisco annuire piuttosto che ammetterlo.

«Commettendo un errore comune ma non per questo meno grave, perché, come può vedere, i valori della conta piastrinica e dei test di coagulazione sono normali.»

Insomma, è evidente che quella mezz'ora passata insieme tutte le mattine e quel caffè nulla cambiano nel nostro rapporto, lui rimane lo strutturato severo ed esigente di sempre, il solito Orco insomma, quello che non ti perdona niente, ma ora mi chiama per nome e a volte, raramente ma succede, mi sorride.

Devo ammettere però (e sinceramente mi suona non poco inquietante) che anche se ci sono momenti divertenti e di condivisione con i colleghi, e momenti in cui ho imparato a creare, con mia grande soddisfazione, un rapporto con i pazienti, la parte più interessante della giornata è l'aggiornamento-pandemia con Ruggeri. Ok. È chiaro che sto perdendo l'uso della ragione.

La mia coinquilina sembra leggermi nel pensiero perché improvvisamente esclama:

«Ma sai che ho visto Ruggeri ieri? Il tuo strutturato! È venuto da noi per una consulenza. Ma mica me l'avevi detto che anche lui è un gran bell'uomo! Alto, spalle larghe, tanti capelli scuri, occhi verdi... proprio niente, niente male!».

«Dici?» La guardo stupita. Io non ho mai visto Ruggeri sotto quella luce, mi mette ancora troppa soggezione, per non dire paura.

«Dico.»

«Per me rimane un Orco.» Un Orco cattivo, per l'esattezza.

«Per me dovresti rivedere le tue posizioni» è il suo invito finale.

Tornata a casa, come sempre tardi, mi dirigo verso il frigorifero, dove so troverò qualche avanzo della cena di Chiara, che questa sera studia da un'amica per l'ultimo esame prima della tesi. Sul frigo, fra i calendari colorati con i turni di entrambe e vari post-it gialli di servizio con i giorni di ritiro della spazzatura e la lista della spesa, spicca un foglietto rosa shocking:

Vicino è uscito con una ragazza!

E così aspetto Chiara seduta sul divano, con l'intento dichiarato di studiare ma in realtà curiosa di sapere da cosa l'abbia dedotto. Devo dire che non mi stupirei di scoprire che ha acquisito l'arte di leggere il labiale giusto per l'evenienza.

Infatti, appena arriva a casa, senza neanche togliere il piumino o posare la borsa esclama:

«È uscito con un enorme mazzo di fiori! Ha una ragazza!».

La guardo perplessa:

«Magari erano per un'anziana zia... non possiamo escluderlo, no?»

«Erano peonie rosa! Capisci? Un enorme mazzo di peonie rosa a febbraio! Le avrà pagate una fortuna, le avrà pagate!»

Continuo a guardarla, senza capire.

«Le peonie rosa, nel linguaggio dei fiori, significano "amore romantico" e poi sono dei fiori così belli, magnifici direi, non è spaziale? Se penso che Antonio non va mai al di là delle rose rosse...»

«Be', io non me ne lamenterei...»

«È che è senza fantasia, non ha mai degli slanci romantici... qualcosa di pensato, di suo... solo cioccolatini, rose rosse... ecco, cose così.» Così averne, direi.

«Ma tu lo ami, no?» Domanda che comincia a sembrarmi opportuna.

«Ma che scherzi? Certo che lo amo! Stiamo insieme dalla scuola materna, stiamo insieme!»

Argomentazione di cui, confesso, mi sfugge la logica.

Edoardo

Osservo Agata Molteni mentre sciorina i dati raccolti oggi:

«Tremila casi globali di cui duemilasettecento in Cina, cinquantanove italiani rientrati con volo militare...». Distoglie lo sguardo dal computer e mi lancia un'occhiata perplessa. «Secondo l'OMS però, le notizie sono sì preoccupanti ma è ancora solo un'emergenza sanitaria internazionale, oltretutto i quattordici giorni di incubazione rendono difficile il tracciamento... ah ecco, i due turisti cinesi ricoverati allo Spallanzani migliorano.»

So che non c'è più necessità che sia lei ad aggiornarmi sull'andamento di quella che l'OMS si ostina a non dichiarare come pandemia. Le notizie sono ormai a disposizione di tutti, tutto quello che mi riferisce lo leggo da solo sui quotidiani e lo apprendo dalle telefonate con Paola e dalle circolari ministeriali.

Eppure, scopro che l'idea di interrompere la nostra routine mi infastidisce. Che cosa assurda che io trovi interessante questo nostro scambio di informazioni sul Covid-19 mentre beviamo un caffè insieme e il reparto a poco a poco torna operativo.

E a proposito di Paola, ecco che mi arriva una sua chiamata e io mi allontano da Agata con dispiacere.

«Qui gli ospedali sono al limite.» Ormai non ci concediamo più neanche lo standard minimo di convenevoli. «Stanno costruendo nuove strutture a tempo di record, è chiaro che si aspettano a breve un peggioramento della situazione, che è già molto grave. Quattro le città isolate e in totale lockdown per il momento, ora mi è impossibile uscire da Pechino.»

La voce tradisce una certa delusione e a me sorge un dubbio:

«Perché tu eri uscita da Pechino? Ci sei andata? A Wuhan, intendo?». Non posso crederci.

«Be'...»

Chiudo gli occhi cercando di frenare rabbia ed esasperazione, senza però riuscirci, e il tono è aspro quando domando:

«Ma dovevi proprio?!».

E passo un quarto d'ora a farle pesare tutta la mia conoscenza medica, sperando di spaventarla e suscitare in lei un bel senso di colpa per aver deciso di rimanere in Cina e di non tornare in Italia come le chiedevano la sua famiglia e il suo giornale.

«Il giornale in realtà è contento che io rimanga qui, sul campo.»

«Immolata sull'altare dell'informazione?» Il sarcasmo, l'ultima arma che mi rimane.

«Non essere tragico. Mica siamo in guerra.»

E invece Paola non capisce che questa sarà eccome una guerra, contro un nemico mortale, subdolo e invisibile, e lo sappiamo sia io che lei, perché, anche se in modi diversi, entrambi siamo in prima linea a combattere la stessa battaglia.

Chiudo la telefonata con un senso di frustrazione crescente.

E ora devo incontrare Sue Ellen per le rivalutazioni delle terapie globali in seconda linea e l'utilizzo delle Car-T. So già che finiremo per scontrarci. Io vorrei adottare la nuova terapia genica sin dall'esordio della malattia, lei invece, più prudente, la riserva a chi è andato incontro a una ricaduta dopo uno o più cicli di terapie convenzionali.

La discussione è come sempre faticosa, anche se, devo dire, a pochi giorni dal trasferimento a Roma, trovo Sue Ellen sensibilmente più propensa ad accogliere le mie istanze. Alla fine del nostro incontro, la solita richiesta, aggiornata però nella giustificazione:

«Edoardo, direi che non è più il caso che sia io a condurre il briefing…». Sto per lanciarle un'occhiata ironica, quando lei mi stupisce continuando: «La direzione è d'accordo con me ad affidarti la gestione del reparto ad interim, finché non sarà nominato il nuovo primario». E anche se in realtà me lo sarei dovuto aspettare, ne sono felicemente sorpreso.

Ma fuori dall'ufficio dell'ancora per poco nostro primario, trovo Agata ad attendermi con uno sguardo pieno di preoccupazione.

«Abbiamo un primo caso italiano di Covid-19…» annuncia con voce grave.

Non la faccio neanche finire:

«Dove?».

«A Codogno, in provincia di Lodi, e ci sono casi sospetti a Vo' Euganeo, in Veneto… Si parla di venticinque contagi in Lombardia e si sta decidendo se mettere queste zone in lockdown.»

Annuisco, so che questo è solo l'inizio e decido che è arrivato il momento di prendere provvedimenti impopolari e, probabilmente, incomprensibili ai più.

Entro nella sala riunioni molto determinato. Le decisioni rispetto alla gestione del reparto sono da ora in capo a me, e io ho intenzione di far valere la mia autorità.

Lancio uno sguardo circolare per assicurarmi di avere l'attenzione di tutti prima di informarli:

«Da adesso in poi, i nostri ricoverati dovranno indossare la mascherina Ffp2, rileveremo la temperatura regolarmente a tutti, personale e pazienti, e appena possibile vedremo di fare il tampone ai nuovi ricoverati, non sarà difficile dato che i ricoveri sono programmati. Mascherina anche per tutti i pazienti dell'ambulatorio e del day hospital. Nessun estraneo dovrà entrare in reparto, nessun parente, nessun volontario».

Anche se tutti sono informati dei nuovi casi italiani gli sguardi sono stupiti.

«Ma Edoardo...» Maria Grazia Tenca, la psicologa, mi fissa orripilata. «Non ti sembra immotivatamente crudele?»

«No, Maria Grazia, non mi sembra. Ed è ovvio che anche tutti noi indosseremo sempre, e sottolineo sempre, le mascherine. Inutile, credo, invitarvi a una scrupolosa e frequente disinfezione delle mani, se non coperte da guanti.»

Antonella, la capo sala, non dice nulla, ma il suo sguardo parla per lei. Finito il briefing mi avvicina:

«Edoardo, scusa...». Ma io l'anticipo:

«So cosa vuoi dirmi. Farò in modo che ci vengano consegnati i tamponi, le mascherine e tutti i presidi medici necessari e in un quantitativo congruo. Tu nel frattempo cerca di fare incetta di disinfettante per le mani, di mascherine chirurgiche e delle tute che utilizziamo nel reparto trapiantati. E fai distanziare le sedie in sala d'attesa, almeno un metro una dall'altra… e appena possibile vorrei parlare con la responsabile dei volontari».

Lei annuisce:

«Vedrò cosa posso fare».

Mi volto e incrocio lo sguardo azzurro di Agata.

«Preoccupata?» Gli altri si sono già dispersi, probabilmente stanno commentando come minimo le mie inaspettate decisioni e quindi siamo soli nel corridoio. Il che non giustifica questa domanda troppo intima.

«Be'… sì… un po'.»

«Si farà di tutto per mettere il reparto in totale sicurezza e per limitare al massimo i pericoli per pazienti e personale» e assurdamente vorrei toccarla per rassicurarla. Le mie parole e questo mio desiderio mi turbano.

Lei si morde le labbra e poi:

«Il fatto è che c'è tutto un mondo là fuori che non seguirà le sue regole, professore».

Non mi permetto di confessare neanche a me stesso quanto mi infastidisca il fatto che mi chiami "professore" in questo momento.

Mi limito a dirle:

«Ognuno di noi deve fare quanto in suo potere». Ma non riesco a produrre un sorriso rassicurante. Decido che per oggi ho detto e fatto abbastanza.

«Andiamo, iniziamo il giro…» Poi affronterò Pesenti. Non sarà facile.

E infatti non lo è.

L'ufficio del direttore sanitario è affollato dai primari di tutti i servizi presenti in questo edificio, dal Pronto Soccorso fino a Nefrologia. Non ne manca nessuno. Tutti con i loro camici bianchi ben stirati, le loro camicie fatte su misura e le cravatte di Marinella. Io in tuta blu, camice spiegazzato e zoccoli.

Pesenti non si perde di certo in preamboli e mi attacca subito duramente:

«Che cosa credi di fare, Edoardo?».

«Difendere il mio reparto da un virus mortale» rispondo mettendoci tutta la serenità possibile.

«Prendendo decisioni che non spettano a te, aggiungerei.» Fa il gioco duro, dunque.

«È vero, sono decisioni che spettano al direttore sanitario, ma dato che tu non le hai prese...»

Il tono irritato con cui risponde alla mia osservazione fa capire quanto lo abbia infastidito:

«Non le ho prese perché mi sembrava e mi sembra prematuro. Sai quanti decessi per influenza abbiamo avuto la scorsa settimana in Lombardia?» Non mi dà modo di rispondere, questo è un one-man-show. «Quarantasette. E sai quanti per Covid-19? Nessuno! Nessuno, Edoardo! Zero! E poi le mascherine sono inutili per le persone sane, lo sai benissimo anche tu, basta il distanziamento... l'OMS...»

Non lo lascio finire, sono convinto che l'OMS stia perdendo tempo e che questo ci costerà carissimo:

«Ora abbiamo avuto un morto, giusto? E ne avremo altri, vedrai. E poi, come puoi essere sicuro che i decessi rubricati come morti per influenza o polmonite non siano in realtà stati causati dal nuovo virus? E per quanto riguarda le mascherine, le persone sono sane finché non vengono contagiate, e a questo punto vorrei ricordare che ho un dovere verso i miei pazienti, che non solo devono combattere la loro malattia, ma che si trovano a essere due volte più fragili del resto della popolazione di fronte a un'infezione. Ricordo che la chemioterapia, l'immunoterapia, il trapianto di midollo e anche le terapie più innovative inducono uno stato di immunodepressione che li rende molto più vulnerabili alle infezioni, compresa quella da Covid-19. Inoltre, molti malati ematologici, soprattutto quelli anziani, sono affetti da patologie concomitanti e questo li espone a un rischio ancora maggiore».

«Fai quello che vuoi nel tuo reparto, ma sappi che sarà l'unico a adottare certe misure.»

«Pesenti, io ti chiedo solo di provvedere ad acquistare…»

Ma lui mi interrompe:

«No, Ruggeri, non farò come nel 2003, quando sembrava che la SARS avrebbe fatto milioni di vittime e invece l'emergenza è rientrata praticamente subito, dissolvendosi come una bolla di sapone, e io mi sono ritrovato con la farmacia dell'ospedale piena di antivirali scaduti. Aspetterò indicazioni precise dagli organi competenti».

Mi passo la mano fra i capelli mostrando tutta la mia frustrazione.

«I nostri virologi cosa dicono?» tento l'ultima carta.

«Ma cosa vuoi che dicano quelle cassandre? Hanno già iniziato a gridare "al lupo, al lupo", a volte mi viene da pensare che siano al soldo delle case farmaceutiche.»

Come no, Big Pharma che allunga i suoi tentacoli sui nostri specialisti di virologia.

A questo punto interviene Monti, il primario del Pronto Soccorso, a chiarire la sua posizione:

«Non c'è alcun bisogno che tu venga a tenerci una lezione di ematologia, Edoardo. Ora il reparto è sotto la tua responsabilità, agisci come meglio credi. Ma sia chiaro che non voglio che i tuoi scendano al Pronto Soccorso con la mascherina a spaventare inutilmente i miei pazienti».

Tutti annuiscono.

Sarà una guerra. Ed è appena iniziata.

Agata

Sono le sei e mezza di mattina e mi sto accingendo a uscire, quando ricevo una telefonata di mia madre che, dopo poche battute, mi comunica:

«Ti passo papà». Spiazzandomi. Io e mio padre ci sentiamo poco, i rapporti li tiene quasi esclusivamente la mamma, ma ciò non significa che non ci sia affiatamento e affetto fra noi.

Il fatto è che il suo lavoro lo impegna molto, la musica è un'amante estremamente esigente e richiede una dedizione totale. E la circostanza che io non abbia scelto una carriera nel solco della sua limita un po' i nostri argomenti di conversazione.

Ma è proprio alla musica che sono legati i più bei ricordi che ho di noi.

Avrò avuto cinque anni, non di più, ed eravamo a Montisola, a casa dei nonni. Mio papà aveva passato un pomeriggio intero a spiegarmi il significato dei gesti del direttore d'orchestra. Seduti al tavolo dove avevamo pranzato, sotto il bersot di *Clematis*, entrambi muniti di grissino, ne avevamo imitato le movenze, mentre lui mi illustrava la funzione della mano destra (dare il tempo) e della sinistra (indicare le dinamiche o le entrate dei vari strumenti). E spesso quel ricordo riaffiora, il ricordo di un giovane padre che mostra alla sua bambina come distinguere in base ai gesti qual è la suddivisione ritmica di un brano o quali sono le note in battere o in levare, mentre canticchia brani del suo repertorio e dirige una fantomatica orchestra fatta di cespugli di rose e aiuole di iris che danno il meglio di sé come archi e fiati.

Oppure – ecco un altro ricordo! – quando mi ha insegnato a leggere il pentagramma usando termini infantili che, a pensarci ora, trovo commoventi.

Era chiaro il suo desiderio di condividere, farmi entrare nel suo mondo. Perché quando ami la musica, questa diventa una parte imprescindibile di te, e si può proprio dire che papà è carne, sangue e musica.

E ora, con il suo volermi parlare, mi fa capire quanto sia percepita come seria la situazione della Lombardia vista dagli Stati Uniti.

La sua voce ha il tono di sempre, quello asciutto e sicuro di chi è abituato a farsi ascoltare, e però non riesce a nascondere del tutto un filo di preoccupazione, ed è strano sentirlo così.

«Agata, ma cosa succede? Le notizie che arrivano dall'Italia, soprattutto dalla Lombardia, sono estremamente preoccupanti e pensarti medico nel pieno di un'emergenza sanitaria...» Lui, anche un po' per la sua professione, è un uomo dal carattere forte (ne sanno qualcosa i suoi orchestrali, perché pur non essendo Toscanini...) e quindi la sua apprensione paterna mi colpisce.

«Papà, ti assicuro che qui stiamo prendendo tutte le precauzioni, non vi preoccupate. Lì com'è la situazione?» chiedo nel tentativo di allontanare da me la sua attenzione.

«Qui al momento è tutto tranquillo, tranne qualche caso isolato di persone che sono rientrate dalla Cina, dove oltretutto stanno affrontando molto bene l'emergenza. L'amministrazione Trump tende a tranquillizzare, ma, sinceramente, non so se stanno sottovalutando la situazione e quanto ci si possa fidare.»

«Credo che ci si giocherà tutto nelle prossime settimane. Vedremo cosa succederà, ma finché non si troverà una cura o un vaccino...» Ho un brutto presentimento.

Lo sento sospirare al di là dell'oceano, e la vena di delusione nella sua voce mi tocca nel profondo quando mi dice:

«Pensavamo di vederti presto, ma ora...».

«Ci vedremo quest'estate a Montisola, come sempre» lo rassicuro.

«Riuscirai a trovare del tempo per noi? Ti lasceranno libera per qualche giorno?»

«Ma certo che sì! Sono una specializzanda, non una reclusa. In ogni caso, raccontami di te, cosa stai preparando?»

«Stiamo provando la sinfonia numero tre per la serata *Romantic Brahms*.» Tono di ironica disapprovazione per la tendenza al marketing degli americani.

«Tante note nere con la gambina, allora» gli dico sorridendo.

«Tantissime» sta al gioco lui e nella voce quella tenerezza divertita che da molto non sentivo.

Poi un altro sospiro e la vera ragione della telefonata:

«Vorremmo averti qui con noi, saremmo più tranquilli».

«Lo so, papà.»

Una lunga pausa. Non abbandonerò l'ospedale e la specializzazione per raggiungerli a Cleveland. Non posso. Non voglio.

«Abbi cura di te.»

«Sì, promesso.»

Termino la telefonata, che mi lascia in ogni caso un buon sapore, e sto per uscire quando l'occhio mi cade sull'appartamento di fronte. E lì stanno succedendo cose. Ma guarda. Rapida scrivo un post-it e lo appiccico sul frigo:

Avvistata ragazza di Vicino. Seguiranno dettagli.

Poi esco di corsa. Non vedo l'ora di essere in reparto e iniziare la giornata con il solito aggiornamento e bevendo un caffè dal sapore disgustoso di cui, francamente, non sentirei né la necessità né la voglia, insieme a Edoardo Ruggeri. Ho grande ammirazione per il mio mentore, non solo per come conduce il reparto ora che ne ha assunto la responsabilità, ma anche per come sta affrontando, praticamente da solo, l'emergenza Covid-19 in questo ospedale.

Adesso faccio a gara con gli altri specializzandi per prontezza nelle risposte. Di norma perdendo, naturalmente, essendo io al primo anno. Ma qualche soddisfazione me la sono presa, meritandomi occhiate stupite da parte di Enrico. E vedo che Ruggeri approva i miei tentativi e volentieri si sofferma ad analizzarli, prendendoli come reali possibilità e non come eresie uscite dalla bocca di un'allieva ancora troppo impreparata.

Ormai in corsia mi sento a casa, conosco tutti e tutti mi chiamano Agata. E questo mi fa sentire a mio agio. E sono sempre qui.

Oltre al turno (sempre abbondantemente superato) do una mano nel day hospital e in sala infusione, inoltre sostituisco i volontari (insieme a Enrico) che non possono più accedere al reparto. Facciamo due chiacchiere con i pazienti (più Enrico che io) e leggiamo (più io che Enrico).

All'inizio avevo pensato ai classici, credevo che potessero piacere a tutti. Ma quando stavo per riprendere da pagina 283 di *Guerra e Pace*, Enrico mi ha fatto trovare sopra al tomo di 1412 pagine un libro (indiscutibilmente più breve) di Wodehouse. Al mio sguardo perplesso, lui è stato tassativo:

«È della serie di Jeeves, vedrai, piacerà».

E in effetti il cambio, devo dire, è stato molto apprezzato e le risate si sono sentite fino in reparto. Soprattutto quando a leggere è Enrico, che si diverte a prestare una voce diversa a ciascun personaggio.

Io e lui trascorriamo molto tempo insieme, in realtà io gli sto attaccata come un'ostrica allo scoglio. La caposala Antonella ci chiama "Bibì e Bibò". Siamo dovuti andare a cercare chi fossero: due monelli che apparivano sul «Corriere dei Piccoli» molti anni fa. La cosa ci ha molto divertito e ha dato finalmente un'età ad Antonella.

Ieri sono anche scesa al Pronto Soccorso con Alessandro, lo specializzando del quarto anno, per una consulenza, e lì sono stata avvicinata da Vittorio che, indicando la mia mascherina, ha commentato:

«Vedo che sei appena uscita dalla sala operatoria. Non sapevo che avessi cambiato specializzazione», battuta che, nonostante il sorriso che la mitigava, mi ha infastidito.

«È il protocollo» ho risposto piccata.

«Un protocollo tutto vostro, lo ammetterai. Ho visto che fate indossare le mascherine anche ai pazienti del day hospital. Ma non sapete che basta il distanziamento?»

«Stiamo ponendo in essere tutti gli accorgimenti per mettere in sicurezza i pazienti e il reparto» ho detto con voce ferma.

«Già. Giusto.» Ha scosso la testa sorridendo ironico. «Credo che Ruggeri stia sovrastimando il problema rendendosi, francamente, ridicolo.»

L'ho fulminato con lo sguardo, e me ne stavo andando inalberata quando lui ha aggiunto, da vero impunito:

«In ogni caso, la mascherina ti dona».

Ma io ero troppo irritata per domandarmi se il sottolineare che qualcosa che mi copriva mezzo volto potesse donarmi fosse un complimento o un'offesa.

Torno a casa che ormai è tardi, Chiara è già uscita per il turno, sul frigorifero il solito foglietto rosa con solo un grande punto di domanda al centro.

Lancio uno sguardo all'appartamento di fronte, ma le luci sono spente e tutto tace.

Mentre scaldo le orecchiette con le cime di rapa, scrivo un nuovo post-it per la mia coinquilina:

Romantica colazione a due per Vicino e ragazza dai lunghi capelli scuri. Lui ha preparato i pancakes ai mirtilli e messo una rosa bianca accanto al piatto di Ragazza di Vicino. Caffè e baci a volontà.

Ora, non che io abbia visto proprio bene. I pancakes potevano essere anche altro e sicuramente non possiedo l'ultravista per poter appurare se c'erano dei mirtilli o se bevevano tè o caffè… insomma, arricchisco la narrazione con un po' di fantasia. Non rimane altro da fare a questa specializzanda, presa in giro dal più figo dell'ospedale e con il cuore al momento miseramente libero, che sognare attraverso la vita degli altri.

Edoardo

Io e Veronica stiamo controllando fianco a fianco le cartelle al banco dell'accettazione. È il primo momento di quiete della giornata.

«Sai, ho poi dato un'occhiata al registro elettronico» le comunico.

«Adesso? Adesso che staranno a casa per quindici giorni e poi chissà? Un po' fuori tempo massimo, direi.» È sempre molto critica circa il mio comportamento come zio e tutore temporaneo, e devo ammettere che ha ragione, ma è stato confortante scoprire che Sebastiano, in un mese, è riuscito a prendere solo voti sopra la sufficienza. Ho addirittura chiamato la coordinatrice di classe, l'insegnante di latino e greco, la quale mi ha assicurato che mio nipote si è ben inserito.

«Temo anch'io che saremo costretti a un lockdown duro come quello cinese e che non torneranno più sui banchi per quest'anno.» E so di non essere pessimista.

«Oltretutto l'anno della maturità di mia figlia e di tuo nipote… chissà che cosa decideranno.»

«Greta ha già iniziato con le lezioni online?» Mi domando come si possa dare per scontato che tutti siano forniti di connessione e di un dispositivo adatto, e, no, non ritengo il cellulare un dispositivo adatto.

«Per il momento solo matematica non ha fatto perdere neanche una lezione, gli altri insegnanti invece latitano un po'. Riesce a fare due-tre ore al giorno, non di più.»

È così anche per Seba, se alla matematica si sostituiscono latino e greco.

«Ma sai che il loro insegnante di storia si collega dal giardino della casa di vacanza a Chiavari?» Veronica ne è scandalizzata.

«Credo che molti stiano cercando di allontanarsi dalla Lombardia.»

Mentre parliamo degli eventi eccezionali che stanno sconvolgendo la scuola, e non solo quella, mi rendo conto che il mio sguardo non può fare a meno di passare dalle cartelle che sto revisionando alla mia specializzanda, la quale, a pochi metri da noi, parla animatamente con Enrico agitando le mani. A un certo punto, solleva le braccia per legarsi i capelli biondi e mossi in una coda, mettendo in evidenza, con questo gesto innocente, il collo affusolato e il seno, che si delinea morbido sotto la stoffa tesa del camice. Ne seguo i movimenti. Lei, come sentendo il mio sguardo su di sé, si gira verso di me e per un attimo i nostri sguardi si incrociano. Prendo fiato, la mascherina azzurra le fa risaltare gli occhi, che sembrano ancora più grandi e più blu.

«Beccato.» Mi volto verso Veronica sorpreso dal suo commento. «Ti piace, vero?» mi sussurra.

«Chi?» domando con un tono che mi sforzo di mantenere neutro ma con il cuore che per un attimo sussulta, odio essere stato colto in un momento di debolezza.

Lei mi lancia un'occhiata obliqua, intuisco un sorrisetto ironico sotto la mascherina.

«La tua specializzanda» dice sorniona indicandola con un cenno della testa.

Abbasso rapidamente gli occhi sulle cartelle.

«Stai scherzando, spero, non è così. E oltretutto sarebbe contro la deontologia medica, sai, no, che certe cose negli Stati Uniti sono passibili di licenziamento e di molto spiacevole altro?»

«Siamo negli Stati Uniti, qui? No. Qui se ti porti a letto una specializzanda, oltretutto molto carina, Pesenti è capace di venire a farti le sue congratulazioni di persona.»

Smetto di scrivere e la guardo:

«Ripeto, stai scherzando, vero? Non ho interesse alcuno verso Agata Molteni, credimi».

Lei annuisce:

«Guarda, avevo dei dubbi, grazie di avermeli fugati». E riprende a scrivere ridacchiando.

Insopportabile.

Mi suona una notifica sul cellulare.

«Vado, ho un appuntamento con la responsabile dei volontari.»

«Sì, sì, scappa... scappa.»

Mi allontano velocemente e stranamente un po' turbato dalle sciocchezze di Veronica.

Ok, concentriamoci sul lavoro.

Raggiungo l'atrio dell'ospedale e scopro, con mia colpevole sorpresa, che la responsabile dei volontari è in realtà un ragazzo giovane e determinato in jeans e con lunghi capelli ricciuti trattenuti da un cerchietto. Molto lontano dall'immagine che mi ero fatto di questa figura. Chissà perché mi aspettavo un'anziana signora della Milano bene. Ecco qui un altro pregiudizio che cade.

Il ragazzo si chiama Simone e si dimostra subito dotato di grande senso pratico.

Gli spiego cosa ritengo sia necessario fare:

«Come sai, ho stabilito che i volontari non possano più entrare in reparto, a questo punto abbiamo liberato risorse che vorrei venissero utilizzate in altro modo...»

«Immagino voglia organizzare la consegna a domicilio della spesa» mi anticipa.

«Sì, preferirei che i malati e i loro familiari non uscissero di casa, né per la spesa né per i medicinali. Vorrei quindi predisporre un sistema di consegne che non preveda però il contatto con i pazienti.»

«È una cosa che in alcuni casi facciamo già, sarà solo necessario allargare la rete e dare indicazioni precise sulla modalità. Faremo usare guanti e mascherine, se li troveremo, e imporremo un adeguato distanziamento. Ci faccia avere nominativi, indirizzi e numeri telefonici, e anche l'indirizzo mail, se è possibile.» Ha un sorriso rassicurante e io esco molto soddisfatto da questo incontro.

Mentre mi cambio per entrare nel reparto trapianti, mi domando quanto l'emergenza coronavirus impatterà su questa attività. Ed è una domanda oziosa, perché conosco già la risposta: moltissimo. Non solo i controlli dovranno farsi più accurati, ma il blocco dei trasporti e la difficoltà di movimento, anche se per il momento solo parziali, renderanno tutto estremamente difficoltoso.

C'è poi il problema principale, quello che rende il Covid-19 più pericoloso e più difficile da gestire, ossia l'elevato numero di casi di insufficienza respiratoria provocati da questo virus. Temo che serviranno tutti i ventilatori meccanici presenti sul territorio per far fronte all'emergenza e mi chiedo se arriverà il momento in cui anche i nostri ci verranno requisiti.

Ma anche ora, mentre la preoccupazione mi pesa addosso come un macigno, ecco anche ora non riesco a togliermi dalla mente quegli occhi blu e quel sorriso allegro che la mascherina cela, ma che lo sguardo rivela.

Scuoto la testa. Ma che pensieri mi vengono?

Quando più tardi mi trovo vicino alla sala infusioni, sento levarsi chiara e limpida la voce sorridente di Agata. Mi affaccio e la vedo seduta in mezzo alle poltrone con un libro in mano.

Sta leggendo qualcosa di divertente perché tutti i pazienti stanno ridacchiando. Appena si accorge di me si alza in piedi di scatto.

«Dottor Ruggeri… ecco io… sto sostituendo i volontari che… e sono fuori turno, ma se ha bisogno di me…» dice con voce titubante, come se si sentisse colta in fallo.

«Vada pure avanti a leggere, Molteni, non si preoccupi.»

E rimaniamo qualche secondo a guardarci finché capisco che riprenderà a leggere solo quando me ne sarò andato. Allora faccio un cenno con il capo e torno in reparto. Ma avrei voluto… cosa? Cosa esattamente avrei voluto?

Domenica mi sveglio che è ancora notte, corro fino a sfinirmi e poi alle sette, quando comincia ad albeggiare, sono sul Naviglio che metto in acqua il mio Skiff 1X. Il guardiano della rimessa barche è un amico, si fida e mi lascia le chiavi. Sa che i miei orari sono particolari. Vogo a lungo risalendo la corrente verso Abbiategrasso, sull'acqua aleggia ancora la bruma illuminata dal chiarore opalescente dell'alba, la periferia milanese mi viene incontro, tra fabbriche in disuso, facciate di case d'altri tempi, la chiesa di San Cristoforo, i tram e le poche macchine che movimentano l'alzaia. Poi, tornando indietro, remo a favore di corrente fino alla Darsena, attraversando la zona della movida ora deserta, mentre Milano si risveglia pigramente in questo giorno festivo. Come sempre, cerco di stancarmi per allontanare i molti pensieri negativi che mi affollano la mente.

Quando torno a casa sono le undici e Sebastiano dorme ancora. Fra le braccia tiene stretto il raccoglitore con la copertina gialla. Credo che abbia giocato al computer fino a tardi ieri sera. Escludo sia stato lo studio a tenerlo sveglio. Lo osservo dormire, è in quell'età in cui si ha un corpo da uomo e il viso ancora un po' infantile, l'età del gioco ma anche delle scelte. Un'età bella e difficile, ora resa ulteriormente complicata dall'emergenza. Che cicatrici stanno scavando le privazioni che imponiamo ai nostri ragazzi? Molte e profonde, lo so per esperienza.

Gli lascio sul tavolo della cucina la brioche presa nella panetteria sotto casa, che molti anni fa apparteneva alla mia famiglia, e il caffè pronto nella caffettiera, poi mi preparo e vado in ospedale. Tornerò presto, giusto il tempo di controllare i trapiantati.

Inaspettatamente, trovo Sue Ellen nel suo ufficio e mi fermo sulla soglia sorpreso.

«Ciao, Edoardo, sto preparando le ultime cose da portare

via… domattina ho il volo per Roma e non ci sarà più occasione di tornare in ospedale, in realtà credo non tornerò neanche più a Milano» mi dice gioiosa.

Rimango in silenzio. Mi dispiacerà non vederla più? La rimpiangeremo? Sicuramente rimpiangeremo moltissimo le sue doti diplomatiche e la sua rete di conoscenze politiche.

«Immagino avrai molto da fare. Per l'AIFA questo è un momento davvero impegnativo.»

Il mio tono è grave, il suo continua a essere allegro:

«Vero? Non potevo trasferirmi in un momento migliore! Mi aspetto molta visibilità da questa posizione!».

Mi astengo dal commentare, ma ammetto che il pensiero di Sue Ellen e della sua ignavia che ricoprono una posizione così delicata durante una pandemia un po' mi spaura.

Lei ha finito di raccogliere le sue cose in uno scatolone ed è ormai sulla soglia:

«Me ne vado oggi, così evito saluti e lacrime». Lacrime? E chi dovrebbe piangere? Lei? Noi? Escludo entrambe le eventualità.

«Da domani puoi prenderti il mio ufficio, se vuoi.»

La ringrazio, ma so che non lo farò. Al di là del fatto che sarebbe una soluzione temporanea, il mio ufficio, per piccolo che sia, me lo sono organizzato come volevo e mi trovo bene così.

«Ma non la mia segretaria… Gabriella ha accettato di seguirmi a Roma e sinceramente non credo che Pesenti…»

«Non ti preoccupare, non ho mai avuto bisogno di una segretaria.» Poi una con il carattere di Gabriella proprio no.

Ma lei ha altro da dire:

«Dato che sei qui, ti anticipo che Tedeschi non intende

prendere in considerazione uno spostamento a Milano per il momento, sai, date le circostanze... Qui in Lombardia stiamo diventando un lazzaretto a cielo aperto, quindi, pur essendo interessato alla posizione, è intenzionato a rimanere a Roma finché la situazione non si normalizzerà. A questo punto, non so cosa deciderà l'ospedale, se vorrà aspettarlo o se indirà un concorso... Secondo me ogni decisione verrà rimandata, nel frattempo il primario sei tu. Domani Pesenti renderà la cosa ufficiale».

«Bene.»

«Magari sarai fortunato e questa emergenza durerà per un po'.»

«Speriamo.» Ma come sempre capita con Sue Ellen, la mia ironia si perde nella sua ottusità.

Milano
Marzo 2020

Agata

Con il lockdown cambia tutto. Il mondo sembra paralizzarsi, tutte le manifestazioni vengono annullate, persino le Olimpiadi, che si sarebbero dovute tenere in estate a Tokyo.

A scandire le giornate gli angoscianti aggiornamenti del Commissario per l'emergenza mentre si aspetta con giustificato timore l'ultimo DPCM per conoscere quali nuovi, terribili, cambiamenti subiranno le nostre vite.

Le strade si svuotano, nei supermercati ti misurano la temperatura e ci puoi entrare solo se indossi guanti e mascherina. Come in ospedale. Le mascherine però scarseggiano, e quindi fra le corsie dell'Esselunga si aggirano clienti con visi coperti da sciarpe e foulard che ricordano tanto i banditi dei film western, con la differenza che sono accomunati dalla ricerca affannosa del distanziamento, che abbiamo deciso di chiamare "sociale", e da una certa mestizia. Il tutto in un clima post-nucleare.

Io e Chiara cerchiamo di acquistare il più possibile online, ma quando finalmente troviamo due minuti per fare qualche tentativo, gli slot sono sempre immancabilmente già saturi.

Da parte di Madre una sola preoccupazione (o meglio, è quello che ci vuole far credere):

«Il lievito lo tenete?».

E così questa sera, con un vento che mi taglia la pelle del viso, mi metto di nuovo tristemente in coda al supermercato vicino casa. Dagli scaffali è sparito qualsiasi tipo di farina e di lievito, anche se io faccio fatica a immaginare le eleganti signore milanesi, sempre di corsa nonostante i tacchi e con il cellulare continuamente attaccato all'orecchio a mo' di protesi, con le braccia infarinate fino al gomito intente a impastare e infornare il pane. Torno a casa con tutto quello che Chiara ha segnato sulla lista, ma senza lievito e con un pacco di penne lisce, unico formato di pasta inspiegabilmente scampato al saccheggio, invece dei maccheroni rigati. In ogni caso i pasti, per il momento, sono assicurati.

Anche se in realtà io e Chiara ormai ci vediamo sempre di meno. Non solo lei è molto impegnata nel suo reparto, preso in questi giorni d'assalto da malati con polmonite interstiziale, ma sta anche studiando per la discussione della tesi che avverrà a giorni e, per la prima volta nella storia universitaria italiana, sarà online.

La notizia ci ha spiazzato. Già si pensava a grandi festeggiamenti, Antonio e i genitori di Chiara sarebbero arrivati dalla Puglia per assistere e anche Francesco, il fratello, li avrebbe raggiunti da Londra. La festa, quella vera, si sarebbe poi tenuta in Puglia, con tutti i parenti.

Chiara vive un momento di sconforto.

«Sai, mi dispiace soprattutto per mio padre. Per lui è un traguardo importante, ha fatto grandi sacrifici per noi, ci ha tenuto che frequentassimo le università più prestigiose. Ha dovuto vendere degli uliveti, giù al paese, per far fronte alle rette e alle spese per farci studiare qui a Milano.»

«Faremo in modo che possano seguire la discussione da remoto, promesso.»

Lei scuote la testa.

«Non sarà la stessa cosa, chissà Madre come ci rimane male che non può preparare uno dei suoi banchetti della festa.»

«Facciamo così, ti preparo io una cena con i fiocchi. Cosa ne dici?» propongo in uno slancio di entusiasmo.

«Tu? Ma sai cucinare tu?» La perplessità che leggo negli occhi della mia coinquilina e unica amica mi ferisce.

«Ma certo che sì!» Ma certo che no. E tuttavia non è necessario che lei sappia proprio tutto. In assenza di take-away mi affiderò a un tutorial.

A rallegrare gli scampoli di vita casalinga che a volte riusciamo a ritagliarci è la circostanza che Vicino ora è sempre in casa. In smart working, che adesso si dice così.

E dunque i biglietti sul frigo si susseguono frenetici.

Vicino questa mattina esercizi di sollevamento alla sbarra a petto nudo e pantaloni della tuta che scendono sui fianchi con la V che punta lì. Spaziale!

Vicino questa sera ha parlato a lungo con Ragazza di Vicino via Zoom. Ha riso e sorriso molto. Poi triste.

Seguono a distanza lo stesso film insieme! Kate and Leopold! Vicino for President!

Suona la chitarra! Le ha fatto una serenata via Zoom! Top!

Vicino è tutto quello che non abbiamo e che vorremmo avere: un uomo sensibile che guarda film romantici con la sua ragazza e le dedica canzoni.

«Antonio sbuffa e alza gli occhi al cielo se gli chiedo di guardare insieme una commedia che non sia un cinepanettone... non parliamo di film romantici!» sospira Chiara osservando Vicino che condivide *Insonnia d'amore* con Ragazza di Vicino commentandolo nel microfono della cuffia.

Adesso che non ha più l'aiuto in casa fa lui le pulizie, ieri mattina l'ho visto passare e ripassare il Dyson sul pavimento della cucina e pulire a lungo i pensili. In modo anche un po' maniacale, devo dire.

Ma questa nostra ossessione (non esiste altra parola per descriverla) per Vicino e per la sua vita (sentimentale e non) mi fa toccare con mano quanto la mia sia una vita a metà. Non me n'ero mai accorta prima. Ho perseguito i miei obiettivi a testa bassa senza lasciarmi distrarre da storie impegnative. E le parentesi romantiche che si sono aperte sono state chiuse in scioltezza. Ma ora mi rendo conto, in questo tempo così dolorosamente complicato per tutti, che non ho nessuno a cui confidare paure e speranze. La mia professione mi costringe a essere forte con i pazienti, il mio essere figlia a non caricare d'ansia i miei genitori più di quanto l'andamento della pandemia già non faccia. Rimango quindi da sola ad affrontare le mie ansie.

Certo, ci sono Enrico e Chiara, ma io sento il bisogno di un rapporto che sia ad altro livello, più profondo, più coinvolgente. Un rapporto da cui trarre la forza necessaria per affrontare il mondo. Soprattutto questo mondo.

Studio e lavoro, però, lasciano (in particolare in questo

momento) poco spazio a questo tipo di elucubrazioni. C'è molto da fare e molto da imparare. Il cuore aspetterà ancora.

Questa mattina, per esempio, durante il briefing, Ruggeri ci ha richiamato alle nostre responsabilità di sanitari con un discorso piuttosto duro e che un po' ci ha scossi:

«Grazie al nostro lavoro ci è data libertà di movimento in un frangente in cui tutto il paese è costretto in casa, ma io vi prego di non utilizzare quello che potrebbe sembrare un privilegio per muovervi sconsideratamente in città incontrando persone che potrebbero essere positive ma asintomatiche, con l'altissimo rischio di contagiarvi e contagiare. Vi ricordo che i nostri pazienti sono immunodepressi, la possibilità che contrarre la malattia abbia per loro conseguenze mortali è estremamente alta. Sarebbe criminale portare il virus in questo reparto».

Insomma, dopo un discorso che definirei chiaro, ecco, alla fine del giro, mentre mi sto allontanando per aggiornare le cartelle, la voce di Ruggeri che mi blocca:

«Molteni, non se ne vada, oggi posizionerà lei un catetere venoso centrale alla vena succlavia, vuole ricordarcene le caratteristiche?».

«Da sola? Lo posizionerò da sola?» La domanda mi esce dalle labbra prima che possa fermarla. Le parole e il tono terrorizzato fanno scoppiare a ridere Enrico e la caposala, Ruggeri cerca invece di controllarsi:

«Lai guiderò io, non si deve preoccupare. Ora, se vuole illustrarci...»

Non gli faccio neanche finire la frase, sono così tesa che comincio a elencare un po' a pappagallo le caratteristiche del device, il calibro e le misure, che sono bizzarramente in french per il diametro esterno, in gauge per l'interno e in centimetri per la lunghezza. Perché usare tre unità di misura diverse per un tubo in poliuretano (oltretutto estremamente sottile) se non per rendere ancora più difficile, se è possibile, la vita agli specializzandi?

In ogni caso la mia esposizione lo soddisfa, perché appena finisco annuisce e mi ordina:

«Bene, venga allora».

Ci prepariamo come per un intervento, e quindi mi trovo accanto a lui mentre ci laviamo (a lungo) le mani e gli avambracci. E nonostante la tensione che mi blocca lo stomaco, questo mi sembra un gesto assurdamente intimo. Poi Antonella ci aiuta a indossare camice e guanti.

La persona che ha vinto il mio primo CVC ha un viso sereno di nonna. Per quello che posso vedere dietro la mascherina. Ruggeri le spiega con pacatezza cosa le verrà fatto e le chiede di rimanere rilassata:

«È una manovra di routine, oggi la eseguirà la dottoressa Molteni sotto la mia supervisione». La signora sorride pacifica alle parole del mio strutturato. Meno male che almeno lei è tranquilla.

Invece devo dire che, con Ruggeri che mi dice passo passo cosa devo fare (dallo spalmare la clorexidina al fissaggio finale del presidio), l'operazione di messa in vena si conclude felicemente. Certo, ci sono stati due o tre passaggi in cui lui è intervenuto, e anche con una certa rapidità, ma sempre con voce pacata, credo per non spaventare la paziente, e questo mi sembra già un buon risultato. Una volta ha sovrapposto la sua mano guantata alla mia, per guidarla. Ne ho sentito il calore, la presa sicura.

Alla fine, quando siamo soli in corridoio, mi elenca tutti gli errori che ho commesso:

«Non deve mai perdere la presa del filo guida, il setto della porta va ben ancorato tra il pollice e l'indice. E poi il morsetto va chiuso per evitare reflussi di sangue all'interno del lume del catetere...».

Io mi limito a rispondere umilmente «Grazie».

Ma poi lui mi spiazza domandandomi:

«Come si è sentita? Sicura?».

Come mi sono sentita? Terrorizzata? Lo potrò dire?

«All'inizio un po'... be', un po'...» No, forse terrorizzata non lo si può dire.

«Tesa?» Deve aver capito che "sicura" non era l'aggettivo giusto.

«Sì, ecco, tesa, ma poi devo dire sempre più tranquilla.» Non ho ucciso la paziente. Già questo depone, diciamolo, a mio favore.

«Andando avanti, eseguendone un numero sempre maggiore, prenderà naturalmente più confidenza con questa procedura, certi passaggi che oggi ha eseguito un po' goffamente saranno più sciolti.»

«Sì, sono sicura di sì.»

«Bene, allora la lascio alle sue cartelle.»

E io rimango a osservarlo mentre si allontana. Forse ha ragione Chiara, con quelle spalle, quel portamento, è un gran bel vedere.

Edoardo

«È un ragazzo con la testa sulle spalle, devi solo stargli vicino, parlargli… e tenerlo un po' d'occhio.»

La conversazione di questa mattina non prende spunto dalla situazione pandemica cinese, ma dalle mie difficoltà con Sebastiano. Non che lui dia problemi, ma ora, con un'emergenza sanitaria così pesante, io lavoro almeno quattordici ore al giorno, mentre lui è sempre chiuso in casa con l'unico impegno delle poche ore di DAD al mattino.

Non è di certo la vita che un adolescente dovrebbe fare. Niente scuola in presenza, niente sport, niente uscite con gli amici. Ricorda la mia di adolescenza, almeno in parte. Da non augurarsi a nessuno. E ora, invece, il virus tiene in ostaggio un'intera generazione. Assurdo.

Non commento le parole di mia sorella, sono le stesse che Veronica ha pronunciato un mese fa.

«Paola, io non sono mai a casa, lui invece lo è sempre a casa, capisci che un po' preoccupato lo sono e molto dispiaciuto per lui… a parte le poche ore di lezione passa dal divano al letto e viceversa…» Non le dico che se fosse rimasto a Roma nel suo liceo, ora a scuola ci andrebbe, e non glielo dico perché non servirebbe e perché non credo che la situazione fra poco sarà molto diversa nella capitale.

«È un brutto momento per tutti, in ogni caso io lo chiamo regolarmente almeno due volte al giorno e gli mando dei messaggi, insomma gli faccio sentire che ci sono...»

Speriamo basti.

Poi cambia argomento e si torna al Covid-19.

«Tu cosa pensi? Il virus arriva dagli animali o è "sfuggito" dal laboratorio di Wuhan che, guarda caso, dista poco più di due chilometri da dove è iniziata la pandemia?» E dato il tono inquisitorio di Paola, io mi domando se domattina ritroverò le mie parole sulla prima pagina del suo giornale.

«Non so, non ho mai visto la sequenza del virus e, sinceramente, anche se la vedessi non credo ci capirei nulla. Non sono un virologo.» Come ha tenuto a sottolineare Pesenti. «Certo che la coincidenza fa pensare...»

«Ma i tuoi colleghi cosa dicono?»

«Al momento anche loro non si sono ancora fatti un'idea precisa, non abbiamo neanche una cura che funzioni... ma sono tutti orientati a credere al passaggio di specie.» Io, in realtà, sono aperto a tutte le possibilità.

Evito di dirle che in ospedale siamo in difficoltà. Al Pronto Soccorso abbiamo tre medici a casa con una polmonite che per fortuna non fa temere il peggio e il tampone eseguito a tappeto al personale ha rilevato che il 20 per cento è affetto da Covid, anche se asintomatico. Quindi stiamo andando in carenza di organico in un momento in cui avremmo bisogno di tutte le nostre forze. Anche se l'organizzazione messa in piedi dai nostri caposala è impeccabile, in sala d'attesa le sedie sono ben distanziate e i pazienti indossano tutti la mascherina. Per i tamponi stiamo provvedendo.

Le notizie che arrivano dalle zone più colpite della Lombardia sono estremamente preoccupanti, i contagi si quadruplicano di giorno in giorno e mantenere la calma in reparto richiede un grande autocontrollo da parte di tutti noi. Anche se Ematologia non è colpita direttamente come altri reparti (penso a Pneumologia), rimane il fatto che è mia responsabilità fare in modo che personale e pazienti non vengano contagiati.

Ho dei momenti in cui vorrei isolarmi e non seguire più l'avvicendarsi delle notizie. Siamo chiaramente in pandemia da settimane, ma l'OMS ha deciso di dichiararla solo da pochi giorni. Ora si è decretato il lockdown, che al momento pare essere l'unica barriera contro la diffusione del virus. La situazione a Bergamo è drammatica, mentre la retorica del #Milanononsiferma, #Bergamononsiferma, per non parlare dell'#andràtuttobene, quando è chiaro che già le cose stanno andando male, ha facile presa. Dichiarazioni d'intenti che lasciano del tutto indifferente il virus, che continua a circolare e a mietere sempre più vittime. Vogliamo discutere l'andrà tutto bene con le persone decedute e i ricoverati in terapia intensiva? La leggerezza arrogante di chi si crede immortale mi spaventa.

Arrivato in reparto, chiamo Antonella per sapere come va l'incetta di materiale.

«Edoardo, hai saputo che al Pronto Soccorso tre medici sono positivi? Hai visto, quelli che non volevano vederci con le mascherine!»

Già, avrei voluto avere torto.

«Come va con la richiesta di tamponi?»

«Al momento si possono utilizzare solo sui sintomatici,

ce ne hanno consegnate solo poche scatole... vediamo più avanti cosa si potrà fare.»

La fisso per un attimo e lei sospira:

«Ok, faremo finta che tutti i pazienti siano sintomatici, ma non dureranno per sempre, i tamponi». Brava Antonella.

«Ti sarai accorta che viviamo alla giornata.»

«Certo che me ne sono accorta, e nel frattempo ho dovuto rimandare all'economato le ultime mascherine arrivate.»

«E come mai?» Un mal di testa acuto comincia a pulsarmi nelle tempie.

«Mascheravano e basta.»

Alzo gli occhi al cielo. Poi mi sporgo verso di lei e le dico, gentile ma risoluto:

«Voglio le mascherine, le voglio in quantità sufficiente e voglio le Ffp2 e non le chirurgiche».

Ma lei non si lascia minimamente intimorire:

«Pensi che non sia quello che voglio anch'io?».

In questo momento ricevo una telefonata da Simone, il responsabile dei volontari. Il tono lugubre della sua voce non promette nulla di buono.

«Dottor Ruggeri, purtroppo dovremo ridurre il numero dei malati da seguire nel nostro programma, alcuni volontari si sono a loro volta contagiati o devono assistere familiari ammalati, oppure sono in quarantena.» O hanno paura.

«Simone, non le nascondo che temevo sarebbe accaduto, ma non si preoccupi, faremo fronte con quello che abbiamo. Chiederò al personale chi si può accollare anche questo impegno. Le farò sapere su quanti possiamo contare.»

Sospiro frustrato.

Poi scrivo un'e-mail al mio staff, chiedendo se c'è qualcuno disponibile per fare e consegnare la spesa ai nostri malati. Avverto che affiggerò in bacheca un foglio su cui apporre il proprio nome. Spero che questo piccolo trucco psicologico possa spingerli a offrirsi volontari. Come primo, metto il mio.

Quando, pochi minuti dopo, ripasso davanti alla bacheca, i nomi di Molteni e Delmonte sono già segnati. Questi due ragazzi non si risparmiano mai.

Incrocio Veronica. Che ha da ridire.

«Edoardo, non esagerare. Strutturato, mentore per gli specializzandi, primario ad interim e adesso assistente sociale... vorrei che fossi consapevole che sei umano anche tu, come tutti noi.» Il tono è ironico, ma la voce è venata da sincera preoccupazione.

«Ci sono cose che vanno fatte e io cerco di farle, tutto qui. E poi non è per sempre, l'emergenza rientrerà, arriverà il nuovo primario... tutto si sistemerà.» Cerco di suonare fiducioso, ma lo sguardo che ci scambiamo dice che nessuno dei due crede che tutto questo sarà per poco.

Sono ormai le otto di sera quando finalmente decido di tornare a casa. Mentre attraverso l'atrio vedo Agata che parla in un angolo con Vittorio Ferrari. Sono molto vicini. La cosa mi infastidisce. E molto, devo dire. Preferirei che Agata non si lasciasse coinvolgere in un qualcosa senza futuro con quella specie di Mister Ospedale, ne andrebbe della sua concentrazione. Lavoro e studio ne soffrirebbero. Esco di cattivo umore. Il mal di testa sembra possedermi. Fortunatamente questa sera non devo pensare alla cena.

Dopo un mio discorso che ha avuto alla base l'assunto "così non puoi andare avanti" Sebastiano si è infatti offerto di andare a fare la spesa e mi ha chiesto di avvertirlo quando uscivo dall'ospedale.

«Così butto la pasta.»

Pensavo fosse una battuta, ma quando arrivo a casa trovo miracolosamente la tavola apparecchiata e una grande ciotola colma di una profumatissima pasta alla amatriciana.

«Non mi avevi mai detto...»

«Non me l'hai mai chiesto.»

«E come hai imparato?»

«Ho dovuto, se volevo sopravvivere. La mamma praticamente non entra mai in cucina, lei è la beniamina dei pollaroli del quartiere Trieste, e coso quando c'è si fa solo servire...»

«Coso? Ah, capisco. Perché non ti piace?» A metà cena finalmente mi concedo un antidolorifico e una birra. Seba ora beve solo acqua di rubinetto, il suo personale contributo all'ambiente insieme al rifiuto di acquistare qualunque cosa sia di plastica o contenuta nella plastica.

«Non mi piace come tratta la mamma» sospira triste.

«E come la tratta?» La mia voce sembra di carta vetrata. Se adesso scopro che... come è vero Iddio domattina parto per dovunque si sia rintanato e lo ammazzo con le mie mani.

«La dà per scontata. Sai com'è... arriva, colonizza la casa, trasforma un bagno in camera oscura perché lui usa ancora solo la reflex analogica per poter "meditare sugli scatti" mentre sviluppa la pellicola, il soggiorno diventa il suo studio, per non parlare della camera da letto, fuma sigari puzzolenti ma ci costringe a seguire una dieta vegana... e poi se ne va senza dirle quando e per quanto, e senza mai chiamarla. Lei ci soffre.»

«Capisco.» Non posso fare a meno di pensare che la mia meravigliosa sorella meriti molto, ma molto, di più.

«In ogni caso, non ho trovato il nostro guanciale e ci dobbiamo accontentare, il pecorino invece è buono.» La conversazione torna sulla cena.

«È ottima, Seba, veramente ottima.» E lui sorride tutto orgoglioso.

«Allora, se ti va eh, posso occuparmi io della spesa e della cena.»

«Sarebbe fantastico. Basta che mi garantisci di stare attento e rispettare il distanziamento.» Mi libererebbe da un'incombenza pesante, ora che tutti i ristoranti e le pizzerie sono chiusi e qualsiasi tipo di take-away mi è precluso. E inoltre lui avrà una ragione per uscire.

«E cosa sai fare?» chiedo curioso di ciò che mi aspetterà.

«Questa… e la carbonara, cose nostre, insomma. E la fettina, due fettine alla pizzaiola o due saltimbocca, cosa ci vuole?»

È già un menu più vario di quello che questa cucina abbia mai conosciuto da quando sono solo io a frequentarla.

Poi lo sguardo si fa serio ed è con un po' di imbarazzo che dice:

«La mamma mi ha detto che alla mia età ti sei ammalato».

«In realtà ero un po' più giovane di te, ma sì, sono stato malato mentre frequentavo il liceo.»

«E com'è stato?» Tono e sguardo colmi di interesse.

Prendo fiato. Doloroso ricordare quel periodo di ospedale e cure. Di isolamento.

«Terribile. Ma anche formativo. Tua madre mi è stata molto vicina.» Mai potrò dimenticarmene.

«È per quello che hai deciso di diventare medico?»

«Sì.» Ed è la verità.

Più tardi, passando davanti alla sua camera, vedo che la luce sopra il letto è ancora accesa. Sebastiano dorme profondamente. Sto per spegnere quando noto il vecchio raccoglitore dalla copertina gialla per terra. La curiosità mi spinge ad aprirlo e così mi ritrovo a sfogliare articoli di giornali, trascrizioni di interventi al Parlamento europeo, appunti scritti a mano e alla fine una foto di Giulio Arteni, mio cognato, suo padre. E allora mi chino sul mio amato nipote, allungo la mano e gli sposto il ciuffo dagli occhi con quella che vorrei fosse una carezza.

Agata

Un altro giorno pesante ma in qualche modo esaltante. Molto da fare, fra il turno, il volontariato al day hospital e il servizio di assistenza domiciliare (con Enrico) la giornata sembra non finire mai. Ma mentre io torno a casa, Enrico si è precipitato in laboratorio per completare la sua relazione e studiare. Sembra possedere una carica infinita.

A fine turno incrocio Vittorio nell'atrio che con un sorriso sornione mi chiede se voglio fare un giro in moto, dato che noi "possiamo".

«Agata, credimi, è meraviglioso girare in moto per la città semi-deserta… e se ci fermano facciamo vedere il tesserino dell'ordine dei medici… cosa ne dici?»

Io ne rimango profondamente irritata. Ricordo il discorso di Ruggeri e le sue raccomandazioni:

«Grazie, no, non fuori servizio. Tornerò direttamente a casa».

Lui ridacchia:

«Mi piaci così, ligia al dovere!». Ma il tono e lo sguardo dicono altro e allora io insisto:

«E com'è che non porti la mascherina? Dopo quello che è successo nel vostro reparto credevo che…» e sto per aggiungere “aveste imparato la lezione” ma mi sembra troppo arrogante.

«Fra noi basta il distanziamento, no?» Ma quale distanziamento? Mi sta a un palmo dal viso!

Sto per protestare però lui, rapido, si sta già allontanando mentre agita la mano a mo’ di saluto.

Mi giro e incontro lo sguardo di Ruggeri, che mi incenerisce. Ma che colpa ho io se in ospedale in molti continuano a considerarsi immuni dal pericolo? Non capisco perché sia così gelido certe volte, nonostante la sua grande umanità. Una giornata veramente pesante.

Chiara mi ha lasciato gli involtini di carne con pancetta e caciocavallo (le chiama “bombette”) che, scaldati al microonde, so mi rimetteranno un po’ in vita. Grazie a lei e alla cura e attenzione (all’amore, insomma) che mette nel cucinare, ho scoperto che il cibo può farti cambiare umore e allietarti la vita. Chi l’avrebbe detto.

Sul frigo il solito post-it di aggiornamento:

Ragazza di Vicino si è trasferita da Vicino!

Vado immediatamente a controllare, ed eccoli lì, seduti uno di fronte all’altro nella semioscurità della sala da pranzo, sul tavolo peonie color carminio in un’elegante boule e candele. Le dita della mano destra incrociate, la sinistra di lui che le carezza il volto. Le teste quasi si toccano, mentre si mormorano frasi d’amore. Belli e innamorati. O così immagino, visto che rappresentano l’iconografia classica del romanticismo. Sospiro.

Cena a lume di candela e petali di rose sul pavimento. Romanticismo al massimo.

Lo leggerà quando torna a casa questa sera, dopo l'ultima sessione di studio. Domani la attende la discussione della tesi, la sessione di laurea è stata infatti anticipata per permettere alle strutture sanitarie di avere nuovo personale a disposizione senza che i neolaureati debbano affrontare l'esame di abilitazione come avveniva in passato. Siamo pronte. Sarà alle 17, io, per una volta, uscirò puntuale dall'ospedale.

Lei si collegherà con la facoltà dal suo computer, che verrà sistemato qui in sala da pranzo, davanti alla libreria riempita per l'occasione di tomi di medicina nostri e presi in prestito da vari amici (Enrico sopra tutti), così, giusto per creare uno sfondo adeguatamente "professionale". Io seguirò dal divano, mentre i suoi genitori, Antonio e suo fratello, e non meglio specificati "altri", in remoto dalla Puglia e da Londra. Poi si festeggerà. Ho acquistato tocco, toga e corona di alloro su Amazon, i confetti rossi sono stati spediti tramite corriere espresso da Madre e oggi mi sono fermata in un supermercato per comperare una bottiglia di champagne e tutti gli ingredienti per cucinarle un risotto gourmet di cui ho scaricato la ricetta. Non so fare il risotto, gourmet o non gourmet che sia. Ma sono lombarda e dovrei avercelo nel sangue, no?

Il giorno della laurea di Chiara, arrivo presto in ospedale, come sempre, e incrocio Ruggeri che sembra aver trascorso qui già mezza giornata.

«Molteni, le va un caffè?»

Rispondo di sì senza neanche pensarci, perché questo invito mi lusinga.

Poi mi domando dove abbia intenzione di offrirmelo, il caffè, dato che le macchinette sono state spente per evitare assembramenti e i bar sono tutti chiusi. Ma lui mi svela subito l'arcano:

«Mi sono portato da casa un termos di caffè americano, spero le piaccia».

Sì, dài che mi piace, anche se per Chiara questo sarebbe un sacrilegio.

Seduti nel suo ufficio con la porta chiusa, mentre beviamo da due mug con il logo di un fornitore di strisce reagenti, mi chiede se mi trovo bene in reparto e con i colleghi e se il lavoro mi piace.

Domande a cui rispondo rispettivamente «sì», «sì» e «certo che sì».

«Perché, vede, lei sta facendo molto e bene, ma è il molto che mi preoccupa. Si accerti di ritagliarsi abbastanza tempo per lo studio.»

«Sto studiando, non si preoccupi.» Tutta questa sua attenzione mi mette a disagio, anche se in un modo… bizzarro, ecco.

«Non esageri e non chieda troppo a se stessa.»

«Non lo farò. Promesso.» Solo la presenza della tazza mi impedisce di mettermi la mano sul cuore.

«E con i pazienti? Si sente a suo agio?» E mi fissa, trapanandomi il cervello con quei suoi occhi verdi così chiari da sembrare trasparenti, e sembra che voglia estorcermi la confessione che no, non ce la faccio a gestire la mia emotività.

«Sì, sì, non ci sono problemi.»

«So che non è facile, e lo dico per esperienza.»

Annuisco.

«Ora poi, che alla malattia si è aggiunta anche la paura di un virus che ai nostri malati non lascerebbe scampo.»

Annuisco di nuovo. E lui di nuovo mi fissa cercando di carpire i miei pensieri.

«Mi promette che verrà da me se dovesse essere in difficoltà?»

«Sì, certo, glielo prometto.» Ma so che non lo farei mai.

«Bene.» E intuisco un sorriso.

Ora sono qui, con la tazza in mano (per l'agitazione ho bevuto tutto il caffè in un paio di sorsi), e mi domando cosa farne. La appoggio sulla scrivania? Ma dove? Sui numeri di «Emathology» ammucchiati nell'angolo? La vado a lavare? Lavo anche la sua?

Lui, impietosito credo, allunga la mano e, liberandomi dall'impasse, mi dice:

«Dia a me, ci penso io».

Gli porgo la tazza, lui la prende, le nostre dita si sfiorano, io arrossisco. Mi accorgo dal suo sguardo che lo ha notato. Arrossisco ancora di più. Agata, sei una frana.

Al suono del suo cellulare ne approfitto per allontanarmi velocemente senza proferire verbo. Meglio così, stavo per mettermi a balbettare scuse circa "un'allergia improvvisa e violenta al caffè".

Vado in bagno a lavarmi il viso con l'acqua fredda. Poi mi guardo allo specchio.

«Cosa sta succedendo, Agata?» domando alla me che mi fissa con occhi spaventati.

Niente di buono, direi. Ma la conversazione avuta con

Ruggeri, o meglio il tono della stessa, gentile, empatico, interessato, mi accompagna per tutto il resto della giornata.

Alle quattro lascio l'ospedale. Devo arrivare a casa in tempo per sistemare il mio portatile in modo che la telecamera possa inquadrare Chiara, che trovo già seduta davanti al monitor intenta a seguire le discussioni delle altre tesi.

Accendo il computer che ci metterà in collegamento con familiari e amici in remoto via Teams. E loro sono già tutti lì in trepidissima attesa.

La sua tesi riguarda i pazienti sottoposti a laringectomia e Chiara ha preparato anche un manuale da consegnare al malato affinché possa gestirsi a casa. Un lavoro egregio.

E infatti, arrivato il suo momento, si capisce subito che ha colpito la commissione. Alla dichiarazione del voto (110 e lode, *of course*) i monitor inquadrati sullo schermo del mio laptop si scatenano in un tripudio di urla e complimenti. È il momento di aprire il pacco di Amazon ed eccola qui, la neolaureata in Scienze Infermieristiche, vestita come si conviene. Chiara lancia il tocco per aria con un urlo belluino e poi si mostra col capo cinto di alloro ad amici e parenti. Quindi si volta verso di me e con gli occhi lucidi mi dice:

«Grazie Agata, oggi è stato… spaziale, ecco. Ti abbraccerei, se potessi». Cosa che fa venire a me gli occhi lucidi.

Poi, circa due ore dopo, mentre lei si rifugia in camera con l'adrenalina ancora a mille a parlare in intimità via Skype con Antonio, io mi accingo a preparare il mio risotto, che prevede una riduzione di birra e una spolverata di caffè in polvere.

Sulla scia del mio ottimismo ho detto a Chiara che sarà pronto fra venti minuti, ma la birra all'inizio non ha la minima intenzione di ridursi e poi, quando alla fine si decide a obbedire ai dettami della ricetta, diventa un coagulo marrone.

Naturalmente non abbiamo la richiesta grattugia per zeste, ci si dovrà accontentare del parmigiano grattugiato alla vecchia maniera, la crema risulta quindi un po' grumosa ma è saporita. Faccio tostare il riso e aggiungo il brodo (quello del brik, intendiamoci), a fine cottura la procedura per la mantecatura mi sfugge un po', lo ammetto, e il riso risulta un po' meno cremoso che nel video. Passo poi a impiattare. Distribuisco la crema di parmigiano con facilità, ma mi è impossibile fare una spirale con la riduzione alla birra e quindi ne spargo dei pezzetti tutt'intorno e infine spolverizzo con il caffè.

Il piatto ha un aspetto inquietante, ma conto sul sapore. Non dovrei. Chiara è troppo gentile per dirmi cosa pensa in realtà e quindi continua a sorridermi ripetendo (molto probabilmente nel tentativo di autoconvincersene) «buono, è proprio buono... mmh spaziale, direi». Ma io so che mente. Il risotto è impastato, la crema di formaggio piena di grumi, la riduzione di birra sembra una caramella dal sapore amaro e la polvere di caffè scricchiola sotto i denti.

Alla fine rinunciamo, ammettiamo la débâcle e ci facciamo due pucce salentine con cime di rapa, salsiccia e provola piccante accompagnandole con un Veuve Clicquot rosé perfettamente ghiacciato, mentre spiamo Vicino e Ragazza di Vicino ballare al ritmo di una melodia che non sentiamo ma riusciamo a immaginare. E siamo felici.

E anche molto invidiose.

Per qualche ora dimentichiamo i numeri della pandemia, cosa ci aspetterà domani, e ci godiamo questo piccolo scorcio di serenità. Sgranocchiando confetti rossi.

Edoardo

«Quindi ora torni a casa.»

«Sì, certo… certo che ci torno.» Ma il tono è titubante.

La pandemia in Cina ormai è sotto controllo, l'economia al momento è ferma, quindi perché questo tentennamento?

«Esattamente cosa mi nascondi?» chiedo nel tentativo di metterla all'angolo e farmi dare risposte chiare.

«Allora, per tornare torno, come ti ho detto. A Roma però, e già il rientro sarà difficile, non posso fare scalo a Milano, mi toccherebbe fare poi la quarantena lì e io…» Si blocca, è evidente che c'è qualcosa che mi deve dire e che non mi piacerà.

«E tu?» la sprono.

«Io devo andare a Washington appena mi sarà possibile per seguire l'inizio della campagna di Trump che partirà il 29 marzo, insomma la prossima settimana. Poi mi occuperò delle primarie dei democratici e del loro candidato. Che spero sarà Sanders. La fine della campagna di Trump la seguirà invece un inviato più esperto… sai, dopo essere uscito indenne dal Russiagate Trump è saldamente in testa ai sondaggi e almeno per il momento vede come sicuro il proseguimento della presidenza…»

«Paola, Trump è negazionista nei confronti del virus, sostiene sia un "imbroglio democratico", andrai in un paese dove, al momento, nessuno indossa le mascherine o mantiene il distanziamento...»

«Loro non lo fanno, ma lo farò io. Non mi metterò in pericolo, ve lo prometto.»

«Ascolta, se ti accadesse qualcosa...» tento, già sapendo di fallire.

«Lo so, Edoardo, so quello che proveresti. È già successo, no? Tu malato e io preoccupata a morte.»

La battuta mi arriva come un pugno allo sterno. Per un attimo torno là, al mio letto d'ospedale, mia sorella seduta accanto che mi fa ripassare latino mentre si tormenta la treccia, un suo vezzo finché non ha adottato i capelli corti.

«Ci pensi spesso?» le chiedo.

Un sospiro che rivela il suo pentimento per aver ricordato un periodo doloroso della nostra vita.

«E tu? Tu ci pensi?»

«No, non così spesso.» Ed entrambi sappiamo che sto mentendo.

Chiudo la telefonata con la colpevole sensazione di non aver fatto abbastanza per convincere Paola a tornare definitivamente in Italia.

È domenica. Guardo l'ora. Sono le sei del mattino, il momento ideale per uscire e correre un po'.

Il DPCM in questo periodo di lockdown consente l'attività fisica nel raggio di duecento metri dalla propria abitazione, quindi corro praticamente solo intorno all'isolato ma non ci rinuncio. Ieri sera, un po' preoccupato per il fatto di trovare troppo spesso Sebastiano sdraiato da qualche parte in preda alla più assoluta apatia, gli ho proposto di venire con me, ricevendo un laconico «magari ci penso» che mi ha lasciato privo di speranze.

Mi muovo quindi con circospezione per non svegliarlo e mi preparo per uscire. Ma passando davanti alla sua camera ho una sorpresa: Seba è seduto sul letto, vestito con calzoncini, maglietta e sneaker. Mi fermo.

«Ciao, zio.»

«Ciao.» Rimango sulla soglia. Incredulo.

«Pronto» mi dice con la voce ancora un po' impastata.

«Bravo.» E ne sono contento. Anche se dovrò ridurre il ritmo per permettergli di starmi al passo.

E invece è lui che deve palesemente rallentare perché io mantenga il suo di passo. Una bella sorpresa, devo dire. Correre con un compagno è estremamente piacevole, anche se il giro è sempre lo stesso: usciti da casa si prosegue per via Ancona, poi si gira a destra fino in piazza San Marco e infine si ritorna da via Solferino. Un percorso che faccio per dieci volte.

Al terzo giro, però, in via San Marco, davanti alle vetrine di un piccolo ristorante, scorgo un capotto rosso di mia conoscenza.

Mi fermo di fronte alla mia specializzanda.

«Agata, che cosa...» e mi sfugge di chiamarla per nome.

Lei ha un sussulto nel riconoscermi.

«Ah... dottor Ruggeri! Come... come mai qui?» Gli occhi sbarrati assomigliano a laghi di montagna.

«Abito qui vicino, sono uscito a correre con mio nipote.» Le presento Sebastiano.

«Ah, suo nipote!» Sorride dietro la mascherina. Quel suo sorriso felice. Lo riconosco anche senza vederlo.

«Lei invece...?»

Sospira triste.

«Siamo rimaste senza latte. Non volevo fare la fila fuori dal supermercato e ho cercato una latteria, e Google mi ha dato... questo!»

Il piccolo ristorante in effetti è stato una latteria di cui conserva solo il nome e gli interni piastrellati.

«Chiara mi ucciderà. Dovevo comprarlo io il latte e me ne sono dimenticata...» Scuote la testa mentre guarda sconsolata la saracinesca abbassata.

«Noi ne abbiamo, di fresco, se vuole» interviene mio nipote.

Lo guardo stupito. Poi mi volto verso Agata:

«Cosa ne dice, allora, di salire da noi per un caffè e un litro di latte?».

Sorride di nuovo. E illumina tutto ciò che la circonda.

«Sarebbe fantastico, accetto volentieri il latte, ma per voi ne avete abbastanza? E poi devo scappare, siete gentilissimi ma la mia coinquilina ha deciso di fare i pasticciotti pugliesi con la crema pasticcera e se non torno subito... insomma, è giusto per istinto di autoconservazione che tornerò correndo da lei.»

«Capisco.» Ora sono io a sorridere.

Sebastiano ci precede, noi camminiamo vicini. Tanto che sento il suo profumo. Sa di aria fresca. Di primavera. Ha i capelli sciolti, in queste settimane di lockdown le sono cresciuti e ora le cadono sulle spalle, soffici. Le stanno bene.

«Verrà in ospedale più tardi?» le chiedo, e mi pare solo una scusa per potermi voltare verso di lei.

«Sì, certo.» E questo mi fa stupidamente piacere.

«L'aspetto allora per il giro.» E perfino alle mie orecchie suona come un invito. Patetico.

«Per le otto sarò in reparto. Il tempo di portare il latte a casa.»

Sebastiano si volta verso di noi e chiede da vero impunito:

«E com'è che vi date del lei? Mamma dà del tu a tutti i suoi colleghi, anche al direttore».

Nessuno dei due risponde, ma l'imbarazzo è palpabile.

Già, perché mi ostino a dare del lei agli allievi? Perché voglio mantenere le distanze, è ovvio. Non ho idea di cosa potrebbe succedere se queste si accorciassero, non ne ho proprio idea. Soprattutto se si tratta di Molteni.

Arrivati al nostro appartamento Agata non entra neanche, ci lascia giusto il tempo di consegnarle il latte e poi fugge giù dalle scale. Rimango ad ascoltare il rumore dei suoi passi finché non sento il portone chiudersi. Devo farmi forza per non affacciarmi e guardarla mentre risale la strada.

Vado in cucina, dove mio nipote è intento a preparare la colazione. Non fa commenti, grazie al cielo.

Caffè per entrambi, e io mi fermo lì, Sebastiano invece dà l'assalto alla dispensa. Decidiamo che la doccia me la faccio prima io, non solo perché devo andare a lavorare ma soprattutto perché fra la mia doccia e la sua c'è una differenza di una quarantina di minuti. Strano come lui, sempre attento all'ambiente, si conceda docce lunghissime. E vogliamo parlare delle luci perennemente accese?

Appena ci sediamo al tavolo, ancora sudati, trovo un argomento a caso, giusto perché non si parli di Agata Molteni:

«Corri molto bene, hai una falcata potente e controllata».

«Sono… o meglio ero nella squadra di atletica del liceo.» Il tono è falsamente indifferente.

Non lo sapevo. E chissà quante altre cose non so di mio nipote.

«Immagino ti manchi tutto molto.»

Alza le spalle.

«La mamma ci tiene a questo lavoro, è quello che ha sempre desiderato. Si merita qualcosa di bello anche lei, no? E poi a me stare qui piace.» Mi lancia uno sguardo spavaldo in attesa forse di una battuta ironica. Io mi limito a dirgli la verità:

«Anche a me piace averti qui». E vorrei aggiungere che qualcosa di bello sua mamma l'ha avuto e ora ce l'ho seduto io qui davanti.

Mi viene in mente che non so neanche cos'abbia deciso per l'università.

«Ingegneria aerospaziale» mi risponde sicuro.

«Apperò.»

«Ho già fatto il test d'ingresso alla Sapienza e sono dentro.»

«Bravo. E come mai questa scelta?»

«È venuto a parlarci un tipo e mi è piaciuto.»

Una madre giornalista, un padre politico, uno zio medico e nessuno che lo abbia ispirato. È bastato uno sconosciuto a fargli decidere per una facoltà così impegnativa.

Ma lui è già andato oltre:

«Allora, 'sta doccia la vai a fare o no?».

«Vado subito.» Mi alzo. Quando il lockdown finirà mi riprometto di portarlo con me a vogare. Gli piacerà. Mi piacerà.

Sono già sulla soglia della cucina quando eccolo, il commento divertito:

«Un sacco di *good vibes* con cappottino rosso, eh?».

Io faccio finta di non sentire e mi infilo sotto la doccia. Che sarà gelata e più lunga del solito.

Milano
Aprile 2020

Agata

Non ho dormito bene questa notte. Troppi pensieri.

La pandemia, la curva dei decessi in continua crescita, le terapie intensive sature, gli ospedali che faticano a far fronte ai ricoveri. La cappa di disperazione difficile da dissipare. E i risultati di questo penoso lockdown che tardano ad arrivare.

Mio padre, a Cleveland, fa le prove all'aperto nonostante là le temperature medie si aggirino sui nove gradi e qualche orchestrale suoni con guanti e cappotto. Mia madre mi ha spiegato con un linguaggio colorito, proprio non da lei, cosa pensa della campagna vaccinale di Trump, che ha addirittura consigliato agli americani di farsi iniezioni di disinfettante mentre il paese piange già cinquantamila morti. L'ho pregata di stare attenta. Per consolarci continuiamo a ricordarci a vicenda quando finalmente ci vedremo a Montisola, in agosto, facendo finta che nulla potrà impedircelo. Negando l'evidenza, dunque.

Così questa mattina mi ritrovo a entrare nello spogliatoio con la mente gravata da cattivi presagi. Che, purtroppo, si concretizzano quando, mentre sono davanti al mio armadietto e mi sto infilando il camice, sento dei gemiti. Mi guardo intorno perplessa, cercando di capire da dove provengano.

Faccio qualche passo e lì, dietro la seconda fila di armadietti, seduto sulla panchina, le mani strette intorno al bordo, c'è Enrico che respira in modo anomalo. Piccoli, brevi, veloci respiri che gli escono come lamenti, mentre si dondola avanti e indietro compulsivamente. Sembra non notare la mia presenza, e quando lo chiamo e gli chiedo cosa sta succedendo si ferma, cominciando a fissare un punto davanti a sé come se io non fossi lì, come se non gli stessi parlando, in evidente stato confusionale. Gli appoggio due dita sulla giugulare, poi mi precipito nel corridoio pronta a gridare "Aiuto!", quando improvvisamente mi ricordo cosa sono e dove sono e quindi urlo con tono concitato ma professionale:

«Una barella, qui! Subito!».

Insieme alla barella arriva anche Ruggeri, che mi passa davanti seguendo la mia indicazione, ma senza praticamente vedermi.

Lo vedo inginocchiarsi davanti a Enrico, alzargli le palpebre, sentirgli il polso, lanciare qualche imprecazione e poi girarsi verso Antonella, che gli porge pronta una fiala di adenosina.

«Portiamolo via di qui» ordina senza togliere gli occhi da quello che ormai considero il mio migliore amico. «Trova un letto qui da noi, non voglio vada in Medicina o peggio in...» Si interrompe e per un attimo scuote la testa. «Mettiamolo sulla barella. Abbiamo una stanza singola?»

Al diniego della caposala, sospira e dice:

«Usiamo l'ufficio di Sue Ellen, organizziamo lì una stanza... Procurati due flebo di fisiologica e prepariamoci per una lavanda gastrica. E che nessuno ne faccia argomento di conversazione».

Io e gli infermieri annuiamo, anche se lui non ci sta guardando.

Antonella dà istruzioni ai barellieri e tutti entrano velocemente nell'ufficio vuoto del primario.

Io rimango fuori, in attesa, mentre dentro le cose si fanno concitate. Ruggeri è l'ultimo a uscire, chiudendo la porta dietro di sé e nascondendo a occhi indiscreti ciò che sta avvenendo in quella stanza.

«La crisi è superata, adesso dorme» cerca di tranquillizzarmi.

Poi risponde a una domanda che non gli ho ancora rivolto:

«Stiamo aspettando i risultati del laboratorio, ma credo che la causa sia un abuso di stimolanti, Ritalin molto probabilmente, non penso si tratti di oppioidi».

Non ha il coraggio di pronunciare la parola cocaina.

«Ma come...?» Ho molte domande che non riesco a formulare tutte insieme.

«Quando sarà pronto a parlare sapremo... adesso andiamo, siamo in ritardo con il giro.»

La voce è roca, lo sguardo cupo. Non capisco se ad alterarli sia la preoccupazione, la frustrazione o la rabbia. Che tutte queste emozioni ci starebbero. Sono quelle che provo io e che mi chiudono lo stomaco. Paura, incredulità, rimorso. Cosa succederà adesso a Enrico? E come è possibile che proprio lui, il migliore, l'amico disponibile a cui appoggiarsi sempre e per tutto, non mi abbia rivelato la sua fragilità? Come ho fatto a non rendermi conto che quel suo non risparmiarsi mai, quel suo non essere mai stanco, nascondeva qualcosa?

Poi la giornata trascorre fra le mie solite occupazioni, che ora non sono più la stessa cosa senza Enrico, e il continuo passare e ripassare davanti a quella porta, dietro la quale pare non succedere nulla fino al tardo pomeriggio, quando sento arrivare chiara la voce di Ruggeri che sta elencando i pericoli dell'abuso di farmaci e le ricadute sia su se stessi sia sui pazienti. Al tono sempre più infervorato e quasi minaccioso del nostro strutturato si contrappone la voce flebile da stringere il cuore di Enrico, che singhiozza:

«Mi dispiace... mi dispiace di averla delusa...».

Dopo qualche minuto, quando la porta si apre, Ruggeri mi trova lì appoggiata alla parete, ed è chiaro quello che stavo facendo.

Prima ancora che si indisponga per la mia violazione della privacy di Enrico, io gli chiedo se posso vederlo.

«No, Agata, non può, vada a casa. Se domani starà meglio, le prometto che potrà parlargli.» È la seconda volta che mi chiama per nome e questo, lo confesso, mi mette in una certa agitazione.

Le parole sono un po' rudi ma il tono è pacato, gli occhi rivelano stanchezza e preoccupazione e, anche se è esattamente ciò che si legge negli occhi di tutti in questo periodo, io non posso fare a meno di provare simpatia per il mio strutturato, che si fa carico di tutto. E adesso anche di Enrico.

«Cosa succederà?» domando con un filo di voce, tanta è la paura della risposta.

«Non so, vedremo.»

Ma io mi aggrappo a quegli occhi verdi e sinceri e chiedo titubante:

«Lei farà di tutto, vero, per...?».

Lui sospira e si passa una mano fra i capelli sconsolato:

«Sì, certo, farò di tutto. Ora, la prego, vada a casa, immagino quanto sia stata dura per lei» e nel dirlo allunga la mano come se volesse toccarmi. Non dovrebbe farlo, non potrebbe farlo, ma io automaticamente chiudo gli occhi e attendo impaziente quel contatto che però non avviene. Quando li riapro lui si sta rimettendo la mano in tasca, poi china la testa a mo' di saluto e non è più qui.

Io invece qui ci rimango ancora. Ferma. Dimentica di ciò che mi circonda, di Enrico, dei malati e persino della pandemia. Penso solo a Edoardo Ruggeri che finalmente mi chiama Agata e a quel suo gesto inaspettato, al suo tocco leggero sulla mia pelle che ho solo potuto e voluto immaginare. All'effetto che questo esercizio di fantasia ha avuto su tutte le mie terminazioni nervose, anche le più recondite. E al mio respiro, che si è fatto più veloce, al mio cuore che ha sussultato. Per un gesto solo abbozzato.

Vado a casa, lì ci sarà Chiara che oggi è di smonto notte, prepareremo la cena e a tavola le racconterò cos'è successo a Enrico e questo mi aiuterà. Non le racconterò di Edoardo Ruggeri, però, non sono pronta. Devo tenermi queste emozioni solo per me. Coccolarmele ancora un po' nel cuore prima di decidere con quale nome chiamarle.

Ma quando arrivo l'appartamento è buio, e in un primo momento penso che sia vuoto. Poi la vedo, nella luce fioca dell'illuminazione esterna, Chiara raggomitolata sul divano, le braccia attorno alle gambe, la testa sulle ginocchia, l'immagine della disperazione.

Mi precipito da lei, le siedo accanto.

«Cos'è successo?»

Lei scuote la testa senza sollevarla.

«Non ce la faccio, Agata, è troppo, troppo per me.»

«Ma è successo qualcosa?» ripeto sempre più preoccupata.

E finalmente alza la testa e mi guarda, i segni sul viso lasciati dai pesanti occhiali protettivi, la voce tremante e gli occhi pieni di lacrime.

«Questa notte avevo quindici pazienti da seguire. Quindici! Ma lo sanno loro che sono una neolaureata? E che all'inizio, alle esercitazioni pratiche, io il manichino lo ammazzavo sempre? Che quel disgraziato di plastica appena mi avvicinavo cominciava a dire "sto morendo, sto morendo" perché pareva riconoscermi? E adesso mi lasciano con quindici poveretti intubati e soli che mi guardano come se io potessi salvarli! Ti aspettano per poter fare una videochiamata a casa, per poter scambiare almeno un cenno di saluto con i parenti! Per avere una carezza, una parola di conforto! Ed essere poi la sola a tener loro la mano alla fine! Non ce la faccio, Agata, è troppo! Troppo per un'infermiera alle prime armi, troppo per me, troppo per chiunque!»

L'abbraccio di slancio dimentica di ogni cautela, e vorrei piangere anch'io per le vittime, i familiari, le persone lasciate sole... Abbiamo resistito fino a oggi, vivendo giorno per giorno, facendo fronte comune, lavorando a testa bassa. Sperando che i nostri sforzi bastassero a compiere il miracolo a cui siamo chiamati e per cui siamo preparati: guarire. Ma questo tsunami pandemico che stiamo vivendo sta mettendo in discussione tutte le nostre certezze e ci sentiamo inermi davanti a un virus. Ne usciremo, ne sono certa, ma so che ci lascerà delle cicatrici profonde. E penso soprattutto a Chiara e a chi, come lei, è in prima linea. Perché quello che abbiamo imparato sui libri si è scontrato con la complessità delle vite umane, quelle vere.

«Ce la farai, ce la faremo. Le cose miglioreranno… e poi arriverà il vaccino, teniamo duro…» le racconto, mi racconto. E la tengo abbracciata mentre lei piange sulla mia spalla e io aspetto che la Chiara che conosco, quella sempre positiva e allegra, ritorni da me.

Non può lasciarmi, non anche lei.

Va trovata una strada che porti alla serenità, anche nel mezzo di questo dramma.

Edoardo

Ho passato la notte in reparto, ho dormito, o tentato di dormire, vicino a Delmonte su una poltrona che Antonella mi ha procurato, lasciando quindi Sebastiano solo. Lui sembra aver capito, ma a me è comunque dispiaciuto.

Ancora una volta mi trovo a riflettere su come questa generazione di giovani sia costretta a una vita assolutamente contro natura, soprattutto a quest'età, l'età delle prime esperienze, delle feste, dei viaggi, degli amori… tutto cancellato. E ora il virus scipperà loro anche le emozioni dell'esame di maturità, una sola prova che affronteranno senza il supporto dei compagni, soli. La maturità 2020 rimarrà nella storia. E, temo, non sarà finita qui. Nel frattempo io vedo mio nipote scivolare giorno dopo giorno in un'apatia il cui unico rimedio sarebbe poter condurre una vita di relazioni al momento negate.

E ora ci mancava solo una dipendenza da Ritalin a complicare le cose, già molto complicate di loro, ammettiamolo.

Mentirei se dicessi che ne sono stupito. Il problema dell'abuso di stimolanti o di cocaina fra gli ospedalieri esiste, inutile negarlo. Si usano per stare al passo con i ritmi della corsia o della sala operatoria quando diventano troppo. Troppo gravosi. Troppo pressanti. Oltretutto i controlli ai quali viene sottoposto annualmente il personale sanitario riguardano le condizioni di salute generale, non la presenza di droghe nell'organismo.

Ma ciò non mi esenta dal sentirmi in colpa. Come ho fatto a non accorgermi che un mio specializzando si stava consumando? Di lavoro, di impegni. Oltretutto continuando a dimagrire. Che medico sono?

Adesso, in ogni caso, la cosa importante è riportarlo qui, da noi.

Ho chiesto una consulenza a Maria Grazia, la nostra psicologa, che ora mi guarda severa mentre le illustro il caso.

«In un paio di giorni la situazione si risolverà, stiamo continuando con la cura in vena» la rassicuro mentre lei controlla i miei appunti, nessuna cartella per questo pseudo ricovero.

«Certo finché starà qui, ma poi non lo si potrà lasciare solo» puntualizza.

«Sua sorella sta già arrivando da Napoli. Vivrà con lui finché sarà necessario. Ma vorrei valutare con te il recupero.»

Lei annuisce:

«Studierò con lui un percorso che preveda il rinforzo della motivazione, il recupero dell'etica professionale e del rispetto di sé e degli altri. Purtroppo, a causa della pandemia, abbiamo dovuto sospendere i gruppi di autoaiuto, devo dirti però che ho ottenuto ottimi risultati anche con terapie a base di medicina non tradizionale. Con l'agopuntura, per esempio, e con la medicina aiurvedica.»

Le lancio uno sguardo diffidente:

«Ti concedo di provare con l'agopuntura, ma lasciamo perdere l'esoterismo, almeno per il momento, per favore».

Lei alza un sopracciglio infastidita, ma non commenta e si limita a chiedermi:

«Come hai intenzione di comportarti con lui riguardo al futuro?».

«Ho tutte le intenzioni di tenerlo in reparto. Ora come paziente atipico e al più presto come medico. Di nuovo.»

Lei scuote la testa, è chiaramente perplessa:

«Edoardo, non credi che…» Ma a interrompere la sua obiezione arriva Pesenti.

Io e Maria Grazia ci guardiamo stupiti. Pesenti? Qui? In reparto? Ma quando mai? È evidente che non si tratta di una visita di cortesia. E, come sempre, il nostro direttore sanitario non indossa la mascherina.

«Scusaci, Maria Grazia, ma ho bisogno di parlare con Edoardo in privato…» Faccio appena in tempo a fermarlo prima che entri nell'ufficio del primario dirottandolo verso il mio e disorientandolo. Non se lo aspettava.

Ma appena si è chiuso la porta alle spalle va dritto alla questione e domanda secco:

«È vero quello che mi è stato riferito?».

«Non so, cosa ti è stato riferito?» Un po' infantile, lo ammetto.

«Che uno dei tuoi ha avuto una crisi da overdose da stimolanti, Edoardo. Chi è? Sei tenuto a dirmelo, lo sai.»

«Sì, è vero, però…» cerco di tergiversare, ma lui è già oltre.

«Fentanyl? Noramorf?»

«Ritalin» ammetto.

«Non dirmi che è un medico.» La voce è aspra.

«È uno dei nostri specializzandi.»

Il suo sollievo è evidente:

«Già, Ritalin, la droga degli studenti. Meno male, così lo possiamo mandare via senza che ci crei troppi problemi. Certo, perderemo la borsa di studio, però magari in questo caso qualcosa si potrà fare, dato che è per colpa... bene, allora tutto risolto, eh?» conclude soddisfatto, ma poi aggiunge: «E dov'è adesso?».

Non rispondo, ma lui ci arriva da solo e, ricordando la porta chiusa dell'ex ufficio di Sue Ellen, esclama scandalizzato:

«Nascondi un drogato nell'ufficio del primario?».

«Non c'era altra possibilità e tu lo sai.» La sua domanda mi ha infastidito.

Ma a questo punto si ricorda di un dettaglio importante:

«E come se le procurava? Le dosi di Ritalin, intendo».

Alzo le spalle, le possibilità sono molte, un collega, la rete...

«Ovunque.»

«Sei sicuro che non le prelevasse dalla nostra farmacia? Hai fatto fare un inventario?»

D'accordo, questo è troppo, è il momento di chiarire le cose.

«Ascoltami bene...» mi passo una mano fra i capelli cercando di racimolare un po' di pazienza «Enrico, e ti prego di non riferirti mai più a lui come a un "drogato", è un elemento prezioso e non ho intenzione di privarmene. Voglio tenerlo qui finché non si sarà rimesso dall'overdose e voglio che, dopo essersi ripreso, continui con la specialità.» Mi aggrappo alla contingenza: «In questo momento non ci possiamo permettere di rinunciare a nessuno, lo sai anche tu, il venti percento del personale è a casa malato o in quarantena».

Lui si agita sulla sedia in evidente imbarazzo:

«Be', che dire? Capisco il momento particolare che stiamo vivendo... ma è assolutamente irregolare, sai che in questi casi...». Sì, so quello che vuole dire. In questi casi c'è sempre l'allontanamento dal reparto.

Mi sporgo verso di lui:

«Ettore, quanti ne abbiamo conosciuti? Che bevono o si calano di tutto? Cerchiamo di non essere ipocriti, la nostra fortuna è che non si fanno esami mirati. In ogni caso, lo seguirò io, vedrai che ce la farà a uscirne».

«Mi domando come tu possa credere di riuscirci, ma se te la senti di prenderti questa responsabilità, in fondo sei tu il primario, almeno per ora.»

E con questa sottolineatura è chiaro che mira a ricollocare ogni cosa al suo posto. Soprattutto a rimettere me al posto che mi spetta, quello di primario ad interim. Il che ha il potere di indispormi profondamente, quindi, mentre lui sta uscendo, passo al contrattacco:

«Scusa, Ettore, ma si può sapere perché il nostro direttore sanitario non porta mai, dico mai, la mascherina?».

Lui ha un moto di fastidio. Bene. Poi risponde acido:

«Perché sono convinto che basti il distanziamento come da indicazioni ministeriali, con la mascherina mi sentirei ridicolo, e poi secondo me questo virus è una grande montatura... inoltre non mi avvicino mai a Pneumologia. Me ne guardo bene».

"Immagino tu sia anche convinto che la terra sia piatta" penso ma non dico. Ho bisogno stia dalla mia parte ora.

Davanti al mio silenzio, che lui scambia per consenso, grugnisce e se ne va.

Controllo velocemente il cellulare. Ok, è ora di fare il controgiro, ma prima passo da Delmonte.

Quando entro in quello che dovrebbe essere il mio ufficio, ora a uso astanteria, trovo Agata in piedi vicino al letto ed Enrico che le volta le spalle.

«Molteni, mi sembrava di essere stato chiaro, lei non dovrebbe essere qui.»

Arrossisce. Forse se sapesse che effetto mi fa quel suo arrossire, anche solo intravisto…

Ma quando mi guarda vedo tutto il suo dolore per l'evidente rifiuto del suo amico e non me la sento di infierire:

«Vada a prepararsi per il controgiro, io arrivo subito» mi limito a dirle.

Lei si allunga a stringere affettuosamente il braccio di Delmonte senza ottenere nessuna reazione e poi esce. Io mi accerto che il mio giovane specializzando stia meglio, noto con piacere che lo sguardo è stanco ma più fermo.

Appena mi vede uscire, Agata mi blocca:

«Sta meglio vero?». La voce è carica d'ansia.

«Sì, meglio.»

«E ora cosa succederà?» L'indice dell'ansia è salito.

«Lo cureremo, lo seguiremo e faremo in modo che possa proseguire la specializzazione.»

Lei aggrotta la fronte.

«Certo che senza Enrico…»

«Non si preoccupi, troverà gli altri specializzandi sicuramente disponibili ad aiutarla.»

«Sì, lo so. Ma non sarà la stessa cosa, lui è ormai un amico… anche se ora non vuole parlarmi.»

«Gli lasci tempo. Gli lasci spazio. Non è facile per lui.»

Annuisce mentre entriamo nella prima stanza.

Alla fine del giro è Antonella a riprendere il discorso del vuoto lasciato da Delmonte.

«Edoardo, l'assenza di Enrico crea un problema per le visite a domicilio.» Mentre mi parla mi consegna il foglio con i turni che sono stati organizzati. Vicino al nome di Enrico quello di Agata.

«Sì, giusto.» Fisso per alcuni secondi l'elenco di nomi fingendo di dover prendere una decisione e poi: «Andrò io al suo posto».

Antonella alza un sopracciglio perplessa:

«Ma ne sei sicuro?».

«Non vedo altra soluzione.» Le sorrido restituendole il foglio.

«Bene, se questa è la tua decisione… E con chi ti metto?»

«Lascia i gruppi come sono. Andrò con Molteni» rispondo ostentando tutta la mia falsa indifferenza.

«Ma guarda un po' che sorpresona.»

La voce di Veronica mi raggiunge inaspettata alle spalle.

E io, che proprio non saprei cosa controbattere, decido di ignorarla.

Ma il pensiero di passare del tempo con Agata, pur per ragioni professionali, illumina il resto della mia giornata.

Agata

Ormai in ospedale è una corsa senza tregua. I controlli rendono tutto più complicato e rallentato, costringendoci ai salti mortali affinché tutto possa funzionare e si mantenga un certo standard di assistenza. Il lockdown continua pesante, claustrofobico, mentre fuori una primavera perfetta, fatta di cieli sempre azzurri e sole piacevolmente caldo, si prende gioco di noi.

Ora sono le diciassette e devo affrettarmi per iniziare il mio turno di uscita per le visite domiciliari. Oggi non ho avuto neanche il tempo di controllare quale specializzando mi accompagnerà al posto di Enrico. È quindi con mia grande sorpresa che trovo Ruggeri appoggiato all'automedica che ci hanno assegnato. Sta messaggiando sul cellulare e alza appena lo sguardo per dirmi:

«Per favore, guidi lei, Molteni, devo rispondere a dei messaggi. Le chiavi sono nel cruscotto».

Guidi lei?

All'ansia di trovarmi da sola con lui in macchina si aggiunge il rammarico di dover mostrare la mia goffaggine alla guida. Accidenti.

Lui non può fare a meno di notare la mia titubanza:

«Sa guidare, vero?».

«Certo.» Certo che so guidare. Magari non benissimo in città, non è proprio la mia tazza di tè, ecco.

«Bene, allora andiamo.»

«Prima visita?» domanda ormai comodamente seduto al posto del passeggero.

«Alla Maggiolina.»

«Sa arrivarci?»

«Imposto il navigatore, non si preoccupi.» Sicura e determinata, brava Agata.

Sì, ma poi, una volta arrivati, chi parcheggia? Passo i venti minuti di strada che ci dividono dalla nostra meta cercando di ignorare la sua presenza a due centimetri da me e a pregare di trovare un parcheggio a pettine. Non voglio che pensi che sono maldestra alla guida. Ho solo bisogno di impratichirmi un po'. E poi troverò sicuramente un buco dove infilarmi.

Povera illusa. Le strade del quartiere Maggiolina sono un'unica, lunga fila di auto parcheggiate una dietro l'altra.

Ruggeri alza di nuovo gli occhi dallo schermo del cellulare, dove sta digitando come se la fine della pandemia dipendesse dal suo messaggiare su WhatsApp, solo per dire con tono lapidario:

«Lì, parcheggi lì». "Lì" è uno spazio strettissimo fra due SUV, enormi e scuri, dove io non saprei come infilare la nostra automedica che, al di là del nome pomposamente rassicurante, rimane pur sempre una Panda, piccola, maneggevole, ma che a malapena arriva alle portiere dei due mostri.

Com'erano le istruzioni? "Affiancarsi all'auto ponendo attenzione che lo specchietto della propria sia posizionato poco indietro rispetto a quello dell'altra e iniziare la retromarcia sterzando." Ok. Affiancata mi sono affiancata, attenzione l'ho posta, posizionare ho posizionato, ma quando mi volto per cominciare la manovra mi rendo conto che fra me e il parcheggio ci sono ancora chilometri di lucido SUV nero.

«Quando le auto sono così lunghe bisogna considerare altre misure. Si affianchi con lo sportello anteriore a quello posteriore, ecco così.» La voce di Ruggeri arriva come dall'alto a salvarmi, pacata e ferma, senza la minima coloritura ironica. «E ora inizi a sterzare. Così, bene.»

E in un attimo siamo (miracolosamente, aggiungerei) parcheggiati.

«Grazie» mormoro vergognandomi un po'. Mi rendo improvvisamente conto di come vorrei essere sempre e solo perfetta ai suoi occhi.

«Le cose non si sanno finché non vengono spiegate. La maieutica non ha applicazioni nelle conoscenze pratiche.» Il sorriso nella voce. È una battuta quindi, non un rimprovero o un giudizio negativo.

Lo stomaco mi si stringe, il battito accelera. Lui riesce a smuovere in me emozioni sconosciute ma, devo ammettere, bizzarramente piacevoli.

Ci vestiamo nell'ingresso del palazzo, alla fine neanche mia madre sarebbe in grado di riconoscermi intutata dalla testa ai piedi, con gli occhi nascosti da occhiali enormi e la bocca da una mascherina molto coprente. Davanti al viso una visiera trasparente, alle mani i soliti doppi guanti. Siamo consapevoli che questi presìdi ci conferiscono un aspetto tutt'altro che rassicurante. Anzi, per dirla tutta, siamo veramente terrificanti.

E iniziamo il nostro giro di controlli.

Ammiro Ruggeri per la delicatezza con cui si approccia al malato. Se in Enrico trovo piacevole la facilità con cui riesce a interagire con i pazienti utilizzando la sua innata simpatia partenopea, in lui è la gentilezza a colpirmi, la parola giusta al momento giusto, il capire il paziente e comprenderne fino in fondo i timori, trovare soluzioni per attenuare i disagi. Osservarlo mi fa sentire orgogliosa di essere una sua allieva.

Alla fine della visita a un giovane padre di famiglia, che il mio mentore è riuscito a rincuorare infondendogli fondate speranze e restituendogli un po' di serenità, io scopro che vorrei abbracciarlo e forse baciarlo. No, non forse. Questo mi sconvolge. Ed è quindi in uno stato d'animo di ipersensibilità che arrivo all'ultima visita di controllo.

L'ultima paziente abita in uno stabile elegante del centro, molto vicino all'ospedale. Ormai è tardi e le strade sono ancora più deserte del solito. All'ennesimo parcheggio a S entro con una manovra da oro olimpico. Ma non ci faccio neppure caso, mi sento tutta sottosopra.

Ad aprirci, dopo alcuni minuti che mi mettono una grande ansia, è una ragazza di poco più di trent'anni, palesemente provata dalle cure. È sola.

«Non sono di Milano, non ho più i genitori e i miei fratelli sono bloccati in Sicilia dal lockdown… e poi hanno la loro vita…» mi spiega, e già queste poche parole la spossano, si deve accomodare in poltrona per ritrovare un po' di fiato.

«Cristina, la trovo molto debilitata, riesce a mangiare con regolarità?»

Lei alza le spalle. Lui mi lancia un'occhiata, io esco dalla stanza e cerco la cucina, la trovo alla fine del corridoio. In perfetto ordine, pulita e vuota. Vuoto il frigo, vuoti gli stipetti.

Torno da Ruggeri.

«Io esco.» Lui annuisce.

Il supermercato a pochi passi dallo stabile è piccolo ma ben fornito, con un corner di prodotti biologici interessante. Mi hanno fatto entrare evitandomi la coda, credo che il mio abbigliamento total white abbia aiutato. Compro tutte le zuppe che riesco a trovare con una scadenza che permetta a Cristina di averne una scorta per qualche giorno. La cassiera mi guarda terrorizzata.

Quando torno, Ruggeri mi aiuta a scaldare e preparare una scodella con la minestra di riso e legumi. Due persone vestite come astronauti che con difficoltà si muovono nel piccolo spazio di una cucina. Una scena che riesce a muovermi un sorriso.

Restiamo con Cristina finché non ha mangiato almeno un po' di zuppa. Al momento di uscire, Ruggeri le dice che domattina verrà qualcuno a occuparsi di lei e di sforzarsi di mangiare.

«Noi ci vediamo domani sera.»

Esco dal palazzo con l'anima ammaccata e sentendomi in colpa per non rimanere lì con lei, che è sola e malata in un mondo cristallizzato nella bolla crudele della pandemia.

Quando salgo in macchina, mi sembra che tutto mi arrivi addosso all'improvviso. Il lockdown che ha segnato tutti noi, i pazienti che non possono più venire in ospedale, il nostro contributo che sembra così esiguo, Cristina così sola nella vita e nella malattia, Enrico e la sua fragilità scivolata in dipendenza, il dolore di Chiara. Le lacrime cominciano a scendermi silenziose mentre percorriamo le poche centinaia di metri che ci separano dall'ospedale e la presenza di Ruggeri in qualche modo acuisce il mio turbamento.

«Mi scusi» balbetto. «Sono una stupida e un'incapace.»

Lui sospira e chiede:

«Vuole che guidi io?».

Io rifiuto scuotendo la testa. È chiaro che condivide completamente l'opinione che ho di me.

Ma arrivati in reparto, mentre io cerco di sgattaiolare verso gli spogliatoi, la voce del mio strutturato mi blocca:

«Molteni, venga». E mi indica il suo ufficio senza aggiungere altro.

Mi siedo davanti alla sua scrivania, lui si accomoda al suo posto, apre un cassetto e mi porge una mascherina nuova per sostituire la mia, ormai zuppa di lacrime. Poi, dopo averlo cercato per un tempo direi apprezzabilmente lungo, mi tende un pacchetto di fazzoletti di carta, versa del caffè da un thermos nei soliti due mug sponsorizzati, aggiunge una congrua quantità di zucchero e me ne mette uno davanti. Io lo afferro automaticamente, manda un piacevole tepore.

Quindi si appoggia alla sedia, mi fissa con quel suo sguardo trasparente e indagatore e mi sorprende dicendomi:

«Agata, mi racconti di lei. Qual è la sua storia?».

Edoardo

Chissà da cosa arriva questo mio desiderio di sapere di più di lei. Non dovrebbe bastarmi quello che so? Perché di nuovo quest'esigenza di conoscerla meglio, di avere maggiori informazioni sulla sua vita? Forse dimentico che la nostra relazione non può trascendere l'ambito prettamente professionale?

«Di me? In che… in che senso di me?» Gli occhi arrossati dal pianto fanno risaltare il blu porcellana delle iridi.

«Mi racconti di lei, della sua famiglia, di come ha scelto di diventare medico e poi ematologo, di venire a Milano…» Allargo le braccia in un gesto che vuole essere tranquillizzante, far apparire normale la mia richiesta.

Lei ignora i fazzoletti di carta e si asciuga furtivamente gli occhi con le dita e poi:

«La mia famiglia? Ecco, i miei sono musicisti, mio padre dirige e mia madre è una pianista piuttosto celebre…».

«Quindi lei è la figlia di Arturo Molteni.» Ma guarda, chi l'avrebbe detto. Lei annuisce e prosegue:

«Sì, sono sua figlia. Sono nata inaspettatamente negli Stati Uniti, dove mia madre era impegnata in una tournée che si è protratta oltre il termine della gravidanza, e questo mi ha regalato la doppia cittadinanza ma anche il fatto di non sentirmi mai a casa da nessuna parte... anche perché i miei primi anni li ho trascorsi spostandomi di città in città in diversi paesi europei al seguito di mio padre».

«E non è stato piacevole?» domando.

«È stato, diciamo... complicato. Ho imparato le lingue, questo sì, ma non ho mai avuto un'amica, perché sapevo di non dovermi affezionare a niente e a nessuno. E inoltre questo vagabondare ha fatto sì che la mia preparazione scolastica sia stata variegata e approssimativa. Almeno fino al liceo, quando i miei hanno deciso che avevo bisogno di stabilità e mi hanno lasciato dai nonni...»

«A Monte Isola.» Mi guarda sorpresa.

«Come fa a...?»

«So che suo padre organizza una serie di concerti nella casa che possedete lì. È un evento di una certa rilevanza.» Ho avuto una storia con una violoncellista che mi portava (o avrebbe voluto portarmi) a tutti i concerti presenti sul territorio lombardo e non solo. Ma questo è meglio tacerlo.

«Sì, a Montisola nel mese di agosto, ma quest'anno credo non potrà essere così... In ogni caso io sono rimasta lì con i miei nonni.»

«Un luogo magico dove crescere, immagino.» Un'isola verde in mezzo a un lago.

«In un certo senso sì, magico, ma i miei nonni erano molto severi, temevano che se mi fosse successo qualcosa, di qualunque genere, mia madre potesse accusarli di averla convinta a lasciarmi da loro. Quindi niente amicizie con i ragazzi dell'isola o con i turisti, niente "promiscuità" come diceva mia nonna, niente festa per i diciotto anni, niente patente. Il loro modo di proteggermi.»

Una vita da reclusa.

«I suoi sono originari del lago d'Iseo?»

«Sì, il mio bisnonno materno e poi mio nonno sono stati i medici dell'isola, gli unici a possedere l'auto insieme al sindaco e al parroco.»

«Quindi le deriva da lì la passione per la medicina...»

«Vedevo cosa mio nonno faceva per i suoi pazienti e ho pensato che anche a me sarebbe piaciuto essere stimata come lo era lui.» E io mi immagino Agata ragazzina determinata.

«E la scelta di ematologia?»

«Già da bambina, durante le vacanze sull'isola, mi piaceva guardare i vetrini al microscopio insieme a mio nonno, e così mi sono appassionata allo studio del sangue e delle sue malattie.»

«Ma non si è mai sentita attratta dal mondo musicale? Immagino suoni qualche strumento.»

«Il piano, ma male, anzi come dice mia madre "svogliatamente", e ha ragione. Mi piace, ma non ho mai pensato di farne una professione, oltretutto non posseggo neanche il talento, in verità.»

«Poi ha scelto Brescia come università ma non come ospedale per la specialità» proseguo.

Lei fa una pausa, sospira e poi confessa:

«Non ho frequentato il liceo, ho studiato con insegnanti privati e ho dato la maturità come esterna. La mia preparazione scolastica fino alle medie inferiori presentava troppe lacune, o così pensava mia madre, e l'università avrebbe dovuto rappresentare il mio accedere a un corso di studi regolare, fatto di frequenza e finalmente, speravo, di amicizie.»

«E invece non è stato così?»

Altro sospiro.

«No, non è stato così... All'inizio del primo anno si è ammalata mia nonna poi, dopo un anno, il nonno. Potevo frequentare, sì, ma non c'era di certo la possibilità di rimanere a Brescia oltre l'orario o addirittura di trovare un pensionato studentesco e vivere lì.»

Un'ondata di tristezza le oscura lo sguardo.

«Sarà stato difficile affrontare tutto da sola.» Faccio fatica a credere che una ragazza così solare e allegra abbia avuto un'adolescenza solitaria.

Scuote la testa.

«La mamma è venuta tutte le volte che le è stato possibile, ma, come ho imparato fin da piccola e a mie spese, la musica a certi livelli è un'amante possessiva. Mia madre si è sempre esercitata tantissimo, della mia infanzia ricordo ancora perfettamente il suono del pianoforte che mi accompagnava per tutta la giornata, o almeno a me così sembrava. Mio padre o era chiuso a studiare partiture o lontano a registrare dischi. Ma sono stati dei bravi genitori, hanno rispettato le mie scelte anche se all'inizio c'è stata un po' di... perplessità, diciamo. E so che mi vogliono bene, e a loro modo mi sono sempre stati vicini.»

«E poi Milano.» A queste mie parole alza la testa di scatto come in uno scatto d'orgoglio.

«Sì, volevo cominciare ad avere una vita tutta mia. Una casa, una coinquilina con cui magari fare amicizia, dei colleghi...» Un moto di tenerezza mi attraversa.

«Ha trovato quello che cercava?» E la mia voce è carica di questa tenerezza.

Per qualche secondo mi fissa socchiudendo gli occhi che diventano due lame di luce, poi:

«Sì, credo proprio di sì... Oggi, però, oggi è stata dura, non sono stata capace di controllarmi». La frustrazione nella voce e io sento impellente l'esigenza di consolarla.

«Vede, Agata, lei ha attraversato molte difficoltà che avrebbero potuto indurirla o lasciarla indifferente verso gli altri, invece l'hanno resa capace di empatia, di comprendere ciò che prova chi ha davanti. Lei non è insensibile al dolore ed è giusto così. Non si chiede indifferenza a un medico, non avrebbe senso e, a parer mio, sarebbe controproducente. Quello che si chiede è di non lasciarsi travolgere dall'emotività, di saperla gestire, di mantenere la lucidità che permette di agire nell'interesse del paziente e lei, la osservo ormai da qualche mese, ne è perfettamente in grado.»

«Non è... non è così facile.»

«No, non lo è» confermo.

Rimaniamo in silenzio per qualche secondo, poi lei d'un tratto mi fissa negli occhi e mi dice:

«Ora tocca a lei raccontarmi di sé. Qual è la *sua* storia?» La guardo stupito. Questo proprio non l'avevo messo in conto.

«Sarebbe equo, non crede?» Lo sguardo è deciso. Mi ha messo all'angolo.

«Bene allora, se è per una questione di par condicio, le dirò che mio padre era panettiere e suo padre prima di lui, mia mamma è entrata a quattordici anni come commessa nella panetteria di papà e lì è rimasta. Nessuno dei due è andato oltre la terza media, erano persone semplici ma meravigliose, che hanno fatto una vita piena di sacrifici per dare a me e a mia sorella la vita che abbiamo voluto.»

«La mamma di Sebastiano!» si ricorda.

«Sì, Paola, lei è giornalista.»

«Giornalista! E lei invece ha scelto medicina...» La domanda, pur non formulata, rimane in sospeso fra noi.

Prendo fiato, questa è una linea di confine che non attraverso mai. L'ho fatto con Veronica anni dopo la fine della nostra relazione, quando siamo diventati amici e in un momento di debolezza che non si è più ripetuto. Con nessuno. Perché ora? Perché dovrei raccontare ad Agata Molteni, allieva del primo anno, il periodo più duro della mia vita? No, la domanda è sbagliata. Quella giusta è: perché desidero farlo? Perché improvvisamente voglio condividere con lei quella mia esperienza?

E così prendo fiato e comincio:

«A sedici anni mi sono ammalato. Ero sempre stanco, ma nessuno ci ha fatto troppo caso, sembrava un fatto normale: andavo a scuola, studiavo, giocavo a rugby e insieme a Paola facevo il turno fino a mezzanotte nel negozio dei miei... e così la spossatezza e anche i lividi sono passati inosservati. È stato il mio allenatore, preoccupato delle mie continue epistassi, a mandarmi dal medico della squadra. La diagnosi ha quasi ucciso i miei: leucemia linfoide acuta».

Agata ha un sussulto.

«Non lo sapevo, nessuno mi ha...»

«Nessuno lo sa, tranne Sue Ellen, che aveva accesso alla mia cartella clinica, e Veronica.» La guardo sperando capisca il peso che ha per me questo raccontarmi a lei.

«Immagino la preoccupazione dei suoi.»

«Ho trascorso tre anni facendo dentro e fuori dagli ospedali, più dentro che fuori, in realtà. Come sa, gli adolescenti sembrano essere una specie di "terra di nessuno", poiché non appartengono né all'oncologia pediatrica né all'oncologia dell'adulto. Difficile definire i dosaggi in un fisico che cambia velocemente.»

«Sei qui a raccontarlo, però.» È lei che decide per il "tu", forse senza neanche accorgersene, ha gli occhi pieni di comprensione, credo senta il bisogno di vicinanza. E a me, stranamente, il fatto non infastidisce, anzi, mi scopro ad averla desiderata questa nuova vicinanza.

«Sì, certo, ma prima ho passato tutti gli stadi: chemioterapia, tutti gli acidi possibili, trans-retinoico e triossido di arsenico compresi, la radioterapia e infine il trapianto di midollo, gentilmente offerto da mia sorella.» Non racconto il corollario di infezioni che tutto questo percorso ha portato con sé, è un medico, sa.

«E quindi la scelta di medicina e poi ematologia oncologica...» Capisco che vuole arrivare in fretta al lieto fine, come se il mio racconto le fosse penoso. Non le dirò che in realtà, vinta la guerra, anche in questo caso si sono dovuti contare morti e feriti, e mi limito a raccontare della mia scelta professionale:

«Sì, ematologia oncologica, ma non pediatrica, quello no. Non ce l'avrei mai fatta. Non hai idea di quanti ragazzi che hanno avuto la mia stessa esperienza si siano laureati in medicina» e mi sento a mio agio nel darle del tu, lo trovo giusto. «Anche la mia vicina di letto, Monica, ha fatto lo stesso percorso, scegliendo poi anestesiologia, come altri colpiti dalla differenza che un bravo medico può fare, ma non abbastanza pazzi da rivivere come medici quello che hanno vissuto come pazienti.»

«Sì, capisco. Poi però tu sei guarito e sei tornato a una vita normale...» chiede conferma. Come posso deluderla?

«Normalissima. Sono completamente guarito.» E mi sembra di mentirle. E le sto mentendo, in realtà.

«Ne sono... ne sono molto contenta.»

Alla fine, quasi un'ora dopo il nostro ritorno, in un'atmosfera carica dell'intimità che ciò che ci siamo raccontati ci ha regalato e che ha avuto il potere di far sbiadire tutte le sofferenze e le frustrazioni di oggi, con la sera che è andata sempre più scurendosi, mi alzo e le dico:

«Andiamo, Agata, è tardi, ti accompagno a casa», sancendo ufficialmente il passaggio al tu, direi d'obbligo fra due persone che si sono aperte il cuore l'una con l'altro.

Ci incamminiamo a piedi, nel silenzio della città. Di tanto in tanto nell'attraversare le prendo il gomito, senza una particolare ragione dato che il traffico è molto diradato. Solo per il piacere di farlo. Per godermi la sensazione che questo fugace contatto mi regala mentre avverto una piacevole tensione crearsi fra noi.

Arrivati davanti allo stabile in cui abita, salgo con lei i tre gradini che conducono al portone, fermandomi sotto la pensilina fiocamente illuminata. Impossibile ormai per me ignorare quello che provo nello starle vicino, impossibile cercare di negarlo. Far rientrare tutto in un rapporto professionale. Ci ho provato e con tutte le mie forze. Ma ora mi devo arrendere.

E adesso siamo molto vicini, sento il suo profumo, sento il suo respiro farsi lento e profondo, sento il mio seguirne il ritmo. I suoi occhi sono fissi nei miei, quei suoi dolcissimi occhi color cielo che rivelano tutto il suo desiderio di essere baciata, lo stesso che so trasparire dai miei. Osservo le deliziose efelidi che si intravedono sulla parte scoperta del volto e l'unica cosa che voglio in questo momento è strapparle la mascherina e baciarla, toccarla, assaporarla. Allungo la mano e la poso sulla sua guancia, ne avverto il calore quasi febbricitante attraverso la stoffa, le punte delle dita a toccarle la pelle nuda della tempia che pulsa sotto il tocco dei miei polpastrelli. Sempre fissandola appoggio la fronte alla sua e rimango lì per qualche secondo, per godermelo tutto questo contatto tanto cercato, e mentre ondate di un calore intenso si diffondono ovunque dentro di me, infilo l'altra mano fra i suoi capelli e li sento morbidi fra le mie dita. Quei suoi meravigliosi capelli color dell'orzo maturo. Poi, con un sospiro, mi impongo di allontanarmi, cosa che mi lascia con un profondo senso di frustrazione.

«Buonanotte allora, Agata, a domani» le dico a fatica.

Lei sembra non capire, poi si scuote:

«A domani, Edoardo.» E il mio nome ha un suono dolce sulle sue labbra.

La guardo salire le scale di corsa, finché non la vedo sparire. Sulla strada verso il mio turno di notte mi scopro a fischiettare e a pensare a domani e a tutti i giorni che verranno. Respingo il pensiero del momento in cui dovrò essere sincero con lei, dirle che cosa nella mia vita non sarà mai più "normale".

E poi c'è quel problema del trascendere, o meglio, del non dover trascendere ciò che i nostri ruoli prevedono. Ma a quello si troverà una soluzione. Ne sono sicuro.

Agata

Salgo correndo per le scale, troppa adrenalina in circolo per aspettare l'ascensore, con il sangue che scorre veloce nelle vene, il cuore in fibrillazione e le mani tremanti che faticano ad aprire la porta. Appena entrata tolgo la mascherina, mi butto sul divano con il cuore a mille e mi domando cosa sia successo esattamente.

Dopo due secondi, Chiara è sopra di me, lo sguardo preoccupato:

«Cos'hai? Cosa ti è successo?».

«Oh, Chiara! Sapessi… Oggi è stata una giornata…» E ripenso all'ottovolante di emozioni che mi hanno accompagnata. Poi le rivolgo la domanda che mi gira per la testa e a cui non so trovare risposta:

«Chiara, secondo te, si può dare un bacio con gli occhi?».

«Eh?» Il suo sguardo passa dal preoccupato al perplesso.

«Ho ricevuto un bacio con gli occhi.» Ed è stato proprio così.

«E da chi avresti ricevuto questo "bacio con gli occhi"?» Ora è ironica.

«Da Edoardo Ruggeri.» Ho persino paura a pronunciare il suo nome, paura che sia solo un sogno.

«Il tuo strutturato? *Quell'*Edoardo Ruggeri?» Si siede di colpo sul divano vicino a me. Sorpresa.

«Sì, lui.» Le parole mi escono quasi come un singhiozzo dalle labbra, mentre mi nascondo il viso fra le mani.

«Ma ne sei sicura? Voglio dire... un bacio è un bacio e non ci si può sbagliare... ma un bacio con gli occhi, be', mi sembra un po' aleatorio, no?»

«Ti assicuro che l'ho ricevuto, è stato proprio un bacio con gli occhi.»

Passa una manciata di secondi, e poi:

«E come è stato?».

«Spaziale, Chiara, spaziale» sospiro felice.

In questo preciso momento mi suona il cellulare.

«Mamma!» rispondo ancora sognante.

«Agata» e la voce ha un tono che non ammette discussione, «data la situazione sempre più preoccupante in Italia, vogliamo che tu ci raggiunga qui subito. Hai il volo prenotato per lunedì.»

Edoardo

Chiudo la telefonata con un senso di confusione. Ma com'è possibile che...?

E mentre sono qui che cerco di elaborare i fatti, ecco che entra Veronica.

«Che faccia! Be', sarebbe più giusto dire che occhi, dato che vedo solo quelli. Ma cos'è successo?»

Alzo lo sguardo dal piano della scrivania e le comunico ancora incredulo:

«Mi ha appena chiamato Susan Hoover».

«Interessante, e chi sarebbe?»

«Lunedì Agata Molteni parte per Cleveland... ha ottenuto una *fellowship* ed entrerà nel team di ricerca per lo studio dei linfomi di tipo T della loro università. La dottoressa Hoover è la responsabile del programma, mi ha chiamato per informarmi.»

Lei si siede davanti alla scrivania.

«Per informarti. C'è una certa arroganza in questo. Molteni non ti aveva anticipato nulla?»

Scuoto la testa.

«Bizzarro. E per quanto tempo?»

«Sei mesi.»

«Piuttosto scorretto da parte sua, ma d'altronde sei mesi non sono niente, passano in fretta.»

Non sono niente, sì, certo, ma solo se si ha avuto il tempo di parlarsi, di capire se l'interesse è reciproco come spero. O meglio, come speravo, perché a me era sembrato proprio che anche lei provasse le mie stesse emozioni, un'ora fa, quando era qui davanti a me e mi apriva il suo cuore. Mi avrebbe sicuramente parlato di questa sua decisione e dopo, sotto il portone di casa sua... possibile che quel nostro guardarci, quel nostro cercarci fosse solo mio?

È chiaro quindi che io ho frainteso tutto e che sono un idiota, mi sono confidato con qualcuno che... eppure... eppure l'ho sentita chiaramente fremere sotto le mie dita... e quel suo sguardo...

«Sì, certo, non sono nulla.» Ma la mia voce suona totalmente priva di credibilità alle mie stesse orecchie.

Lei mi osserva di sottecchi per qualche secondo e poi:

«Sei nella posizione di non concederlo, lo sai».

Annuisco, lo so. Posso farle perdere la borsa di studio. Ma come potrei mettermi fra lei e la possibilità di fare un'esperienza all'estero di tale portata? Un'esperienza che anch'io ho fatto e di cui riconosco l'importanza?

«Davanti a un'occasione così, be', non lo farei mai, lo sai.»

Lei china la testa lanciandomi uno sguardo esaminatore:

«Ti piace così tanto? Tanto da lasciarla andare? Da avere paura di trattenerla, di esporti? Temi di innamorarti, quindi».

Mi sporgo verso di lei:

«Veronica, non essere ridicola».

Ma devo ammettere che è stato un duro colpo. Un colpo durissimo.

Montisola
Agosto 2020

Edoardo

Mentre aspetto la partenza del traghetto che da Sale Marasino mi porterà a Carzano, nel tentativo di allontanare il pensiero da ciò che sto per fare, da chi sto per incontrare, cerco di concentrarmi su qualcosa che mi distragga, per esempio sulla distanza che divide Monte Isola dalla terraferma. Occhio e croce un chilometro, decido. Potrei farlo vogando in soli quattro minuti, cinque considerando la corrente, e potrebbe anche essere molto piacevole attraversare con il mio skiff questo specchio d'acqua.

Ma nessun pensiero, anche il più allettante, riesce a distogliermi dal fissare la montagna verde e il gruppo di case che mi stanno venendo incontro, il minuscolo attracco dipinto di bianco e blu e, soprattutto, la figura vestita di rosa che mi aspetta alla fine del breve pontile. La osservo, con il cuore in fibrillazione e lo stomaco contratto, mentre aspetto il mio turno per poter sbarcare. È un'immagine di Agata decisamente inconsueta per me, ancora più conturbante. Un abitino che la brezza le muove intorno alle gambe abbronzate, un grande cappello che le mette in ombra il viso ma fa risaltare ancora di più, se possibile, quei suoi incredibili occhi fiordaliso e delle scarpe da tennis in tela bianche hanno trasformato la mia allieva nell'immagine delle vacanze felici. Niente mascherina in quest'estate del "liberi tutti" e io mi godo la visione del suo sorriso per mesi solo fugacemente intravisto. E mentre percorro i pochi metri che ci separano, ricordo.

Ricordo come la sua decisione mi abbia sconcertato, sorpreso e, ammettiamolo, amareggiato, tanto da decidere di liberarla immediatamente dal suo impegno con l'ospedale. Le ho scritto qualcosa di freddo e distaccato. Sono stato infantilmente rancoroso, mi sono lasciato sopraffare dall'orgoglio, come a volte mi capita, soprattutto quando si tratta di Agata. Voleva andarsene a Cleveland abbandonando i pazienti, il suo periodo di specializzazione ed Enrico che aveva chiaramente bisogno di lei? Che andasse pure. Nulla l'avrebbe trattenuta. Non era necessario che tornasse per l'ultimo turno che, alla fine, ho coperto io.

Ha cominciato a scrivermi dopo qualche giorno e poi ogni settimana con cadenza regolare, raccontando di cosa aveva trovato al suo arrivo: un paese che aveva fatto dell'uso della mascherina una frattura di sapore politico fra chi la indossava, i democratici, e chi no, i repubblicani, con pesanti e pericolose ricadute sull'andamento della pandemia. Del suo impegno esaltante nel centro di ricerca, dei rapporti con la dottoressa Hoover, per cui assurdamente provavo un'antipatia tanto istintiva quanto infondata. Chiedendo di Enrico e della salute di tutti, e persino di Sebastiano. Ma mai accennando ad altro. A un nebuloso "altro" di cui neanch'io saprei tracciare i contorni, devo aggiungere. E quando ormai mi ero convinto di essermi sbagliato, di non aver letto nei suoi occhi nulla di tutto quello che mi ero stupidamente immaginato, di essermi quindi quasi dimenticato delle emozioni provate...

ecco che è arrivato l'invito. Uno spesso cartoncino beige a firma di Arturo Molteni che si dichiarava felice di avermi come ospite al concerto di Ferragosto che si sarebbe tenuto a Villa Molteni alle 20.00, con la preghiera di far sapere l'ora di arrivo al molo di Carzano. Qualcuno sarebbe venuto a prendermi. Mi sono girato e rigirato il cartoncino fra le mani chiedendomi cosa fare e, nell'attesa di prendere una decisione, l'ho abbandonato sulla scrivania. Alla mercé di Veronica. Che non ha voluto sentire ragioni.

«Tuo nipote è in vacanza con gli amici, in quel periodo sarai in ferie, cosa ti trattiene dall'andarci? La vuoi rivedere sì o no?»

Stavo per risponderle mentendo, come avevo sempre fatto fino ad allora, poi ci ho rinunciato. Era inutile continuare il teatrino, ma ho cercato, in ogni caso, di salvare un po' di dignità:

«Be', la rivedrò qui, no? A dicembre. E poi non è detto che ci sia».

Lei mi ha lanciato uno sguardo esasperato:

«Chi vuoi che abbia dato il tuo nome al Maestro Molteni? O pensi che ti abbiano preso per un redattore di "Classic Voice"?».

Ho deciso di ignorare la sua ironia e rimanere in argomento:

«Questo non significa nulla. E poi, non è certo il momento di pensare a questioni sentimentali... con tutto quello che sta succedendo e succederà».

Lei ha alzato un sopracciglio e sentenziato:

«Ti informo che la gente si innamora e fa figli, e sempre seguendo la solita procedura, oltretutto, anche in tempo di guerra, anche sotto le bombe. C'è sempre tempo per l'amore, è l'istinto di sopravvivenza. Si ha bisogno di bello, di emozioni positive, di tenerezza condivisa, di passione, anche uno come te dovrebbe saperlo».

«Eh, l'amore, che parola grossa! E poi, scusa, uno come me in che senso?»

«Anaffettivo per autodifesa.»

Ho protestato. Ma poi ho dato seguito a quel RSVP.

E ora ecco qui chi speravo di vedere, resa ancora più bella da questa luce blu e oro. Una vera sofferenza non poterla toccare, non poterla abbracciare e baciare anche solo sulla guancia. E limitarsi a un semplice «Ciao». Ma i lunghi secondi sospesi in cui ci guardiamo senza proferire altre parole dicono molto. O forse, di nuovo, parlano solo a me. Pare sia già successo.

Poi lei si riscuote:

«Benvenuto». Un sorriso felice a illuminarle il viso ed ecco che sono pronto a illudermi ancora.

«Grazie.»

Poi indica un Ape dipinto di nero con disegnati sui fianchi i tasti di un pianoforte.

«Ecco il potente mezzo che ci porterà a destinazione.»

Saliamo. La conformazione del veicolo costringe a una vicinanza forzata ma molto gradita. Almeno per me. Di nuovo così vicina da percepirne il profumo fresco e leggero.

Sto per indossare la mascherina, ma lei mi fa notare che l'Ape è senza portiere.

«Massimo riciclo d'aria» spiega sorridendo. Il naso le si arriccia quando lo fa.

Quando innesta la marcia e parte, mi è subito chiaro che

di questo mezzo ha sicuramente più padronanza che della nostra Panda, forse anche troppo data la disinvoltura con cui percorre le strette strade del piccolo borgo formato da case variamente colorate, suonando con decisione il clacson a ognuna delle molte curve e scansando pedoni e altri veicoli con una sicurezza molto vicina all'incoscienza, mentre io mi aggrappo al bordo esterno dell'Ape, giusto per non precipitarle addosso a ogni scossone. Scorci di un blu profondo appaiono a tratti a ricordare che il lago è lì a pochi metri. Poi eccoci sul lungolago, e quindi prendiamo una strada in salita verso il fianco verde dell'isola. Il tutto in silenzio, impossibile parlarsi al di sopra dello scoppiettio del motore. Ma io mi godo il momento. Di tanto in tanto lei si volta verso di me e mi sorride. Di tanto in tanto il mio cuore subisce una contrazione dolorosa.

In un tratto più impervio che la costringe a rallentare riesco a urlare:

«Molto bello qui!».

«Dovresti vedere durante la festa dei fiori, o meglio di Santa Croce, che si tiene ogni cinque anni, diventa tutto fiorito… uno spettacolo!» urla lei di rimando.

Poi di nuovo una discesa verso il lago ed ecco l'ingresso di Villa Molteni, un imponente cancello in ferro battuto dà accesso a un viale che attraversa un parco terrazzato molto curato, con alberi ad alto fusto e cespugli fioriti. Finché appare la facciata in pietra della villa, ricoperta da una lussureggiante buganvillea rosa acceso.

Agata lascia l'Ape di fianco all'entrata e io, prima di scendere, non posso fare a meno di dirle:

«Niente parcheggi a S qui, eh?».

«No, fortunatamente no.» Un leggero rossore le fa risaltare le efelidi. Sono costretto a distogliere lo sguardo per non prenderle il viso fra le mani e…

Ma lei ora si sta guardando intorno perplessa, agitandosi e strappandomi alle mie fantasticherie.

«Ma dove si è cacciato? Non riesco a trovarlo… eppure l'avevo appoggiato qui…»

«Cos'hai perso?»

«Il mio cellulare! Era proprio qui e ora non lo trovo più.»

«Sarà finito sotto un sedile, aspetta, provo a chiamarti.»

Lo squillo della suoneria arriva attutito dal fondo dell'Ape, così entrambi ci chiniamo a cercare e io improvvisamente mi ritrovo immerso in un sensuale turbinio di cotonina a fiori, pelle abbronzata e capelli che profumano di sole.

Allungo il braccio, afferro il telefono e mentre glielo porgo sorridendo lo sguardo mi cade sul display, dove a chiare lettere appare la parola ORCO.

E il sorriso mi si spegne.

Sul suo cellulare io sono registrato come "Orco". Lei mi lancia un'occhiata interrogativa. Poi guarda il telefono e il rossore si acuisce.

«Orco?» mi limito a domandare cercando di nascondere il misto di delusione e sorpresa che mi ha colto.

«Edoardo… noi… io…» Ma l'arrivo di una donna alta con lunghi capelli neri raccolti in una treccia la interrompe in questo suo faticoso, imbarazzato, tentativo di dare spiegazioni. Oltretutto sarebbero spiegazioni inutili, è evidente che lei mi vede come una figura ostile.

«Edoardo, ti presento mia madre, Sofia Sacco Molteni.» La voce le trema un po' e non credo sia per la difficoltà di presentarmi sua madre. Mi domando se si aspettasse un baciamano che io, peraltro, non potrei, né saprei, fare.

Mi sorride e mi pare un sorriso sincero:

«Benvenuto a Monte Isola, o Montisola come la si chiama qui. Fatto buon viaggio?».

«Sì, grazie. E grazie per l'invito.»

Lei fa un gesto noncurante:

«Eravamo tutti curiosi di conoscerla... mio marito la incontrerà volentieri più tardi, alla cena placée che daremo sulla terrazza, dopo il concerto. Ora è fuori che prova con i ragazzi, o meglio, che li strapazza più che altro. Sconsiglio sempre d'incontrarlo quando è di quest'umore».

Abbozzo un sorriso. Allora no, meglio non incontrarlo ora.

«Bene, la lascio ad Agata che le mostrerà la casa e dove potrà rinfrescarsi, a più tardi.»

Ci allontaniamo e mi rendo conto che fra noi è calato un certo disagio. Io mi scopro a mordermi le labbra, lei si sistema nervosamente ciocche di capelli dietro le orecchie e cammina guardando fisso davanti a sé. E mentre passiamo di salone in salone, in questa villa immensa e sontuosamente arredata, cerco il coraggio di chiederle conto di quell'"Orco" che ha cambiato il sapore di questa giornata.

«Agata...» inizio, ma lei forse, intuendo cosa sto per chiederle, comincia a illustrarmi ciò che ci circonda con un tono un po' agitato.

«Questa dove ci troviamo è la sede della Fondazione. Era un convento abbandonato e ormai in rovina, i miei hanno ottenuto i fondi necessari per restaurarlo grazie al contributo dell'UE e di molti privati, soprattutto americani, che hanno creduto nel progetto. Qui mio padre, ormai da dieci anni, tiene stage estivi per giovani talenti e organizza concerti. Almeno fino a quest'anno, la pandemia lo ha costretto a ridurre la sua permanenza a un mese e a organizzare un solo concerto. Quello di questa sera.» Una raffica di parole che non si ferma neanche quando raggiungiamo un ampio cortile quasi a filo del lago dove sono stati disposti tavoli rotondi. Nell'aria la musica proveniente dalle prove che si svolgono sul grande prato adiacente al cortile e di tanto in tanto una pausa e un furioso battere di bacchetta contro il leggio, accompagnato da urla in inglese. Il Maestro è di cattivo umore.

«Abbiamo dovuto eliminare il buffet. È un peccato, perché così non si potrà girare e fare la conoscenza degli altri intervenuti, tutte persone interessanti.» La cosa non mi dispiace affatto. Non sono il tipo da *small talk*, le chiacchiere insignificanti e leggere non fanno per me. E poi sono qui per lei. Per capire. È solo con lei che vorrei parlare.

Ma è praticamente impossibile. Mentre mi mostra il prato disseminato di sedie, i cortili, il loggiato, l'ampio edificio dove i partecipanti allo stage soggiornano e, infine, la stanza dove "potrò rinfrescarmi", Agata è continuamente fermata da camerieri, giardinieri, ospiti già arrivati, elettricisti, da chiunque insomma incroci la nostra strada.

«Ecco, ti lascio qui, ci vediamo dopo. Cercami, sarò qui in giro, così parliamo… così ti spiego.» Il sorriso è offuscato da un velo di imbarazzo mentre quasi scappa via e più tardi il "qui" si rivela uno spazio troppo ampio perché io la possa ritrovare con facilità.

La rivedo che manca poco all'inizio del concerto. Sono seduto a debita distanza da chiunque altro e sto leggendo il programma della serata che omaggerà Mozart, con il Concerto per pianoforte e orchestra K. 595, Johann Strauss Jr, con il valzer *Voci di primavera*, e Johannes Brahms, con la Sinfonia n. 2. Quando alzo gli occhi è lì, sulla pedana dove si siederanno gli orchestrali. Bella da togliere il fiato in un abito lungo dello stesso colore del lago.

Ringrazia, presenta la serata e l'orchestra. Applausi. Sul palco ora c'è il Maestro Molteni, quindi appare il giovane primo violino, che si posiziona alla sua destra, e infine la pianista, Sofia Molteni, in un lungo abito rosso che spicca sul nero degli orchestrali. Immagino che il colpo d'occhio sia stato studiato.

Il concerto, con mia sorpresa, si rivela molto piacevole, i brani scelti sono allegri e adatti a questa serata che, rinfrescata dalla brezza che proviene dal lago, scivola dall'azzurro cobalto al rosso di un tramonto infuocato, per finire in un blu scuro punteggiato di stelle.

Al termine, dopo i molti applausi e due bis concessi con evidente piacere, Agata mi viene a prelevare e mi accompagna al tavolo dove scopro, con sollievo, di esserle seduto accanto, anche se le sedie sono distanziate e il tavolo da sei non permette nessuna intimità. Inoltre lei inizia a parlare in francese con il primo violino, poi continua ridendo alle battute del timpanista tedesco, e così via di commensale in commensale per gran parte della cena.

Io però non smetto di guardarla per tutta la sera, ammirando ciò che l'abito mostra e lottando per dominare l'impulso di allungare la mano e sfiorare con la punta delle dita la pelle abbronzata della schiena, lasciata nuda dalla profonda scollatura.

Quando si rivolge a me, è solo per chiedermi dell'ospedale e di Sebastiano.

Le dico che nei reparti la situazione si sta normalizzando e che questo ci ha permesso di ripartire con i trapianti, prima che in autunno arrivi la seconda, temuta, ondata di contagi.

«Per quanto riguarda Sebastiano, ha superato la maturità più triste di sempre e ora è in vacanza con alcuni suoi amici in Puglia. Gli ho fatto fare il tampone prima di partire e sa che lo dovrà rifare quando tornerà. Su questo non si può transigere. E poi gli ho ripetuto per settimane come un mantra ciò che gli è consentito e ciò che non lo è.» Niente luoghi chiusi, distanziamento dove possibile, mascherina in caso di vicinanza.

«Uno zio molto premuroso.»

Annuisco, anche se, ne sono sicuro, non è la definizione che userebbe mio nipote.

«A ottobre inizierà l'università a Roma.» E do voce al pensiero che riaffiora di tanto in tanto: incredibile, ma Seba mi mancherà.

«Posso immaginare come ti senti.» Il sorriso che mi regala è carico di sincera comprensione.

A fine cena, prima di occuparsi degli addetti al catering, mi dice con una voce che tradisce un po' di nervosismo:

«Per favore, rimani ancora un po', vorrei parlarti, appena possibile. C'è una cosa… una cosa che ti devo dire.»

E io rimango lì a domandarmi che cosa mi dovrà dire delle mille cose che vorrei o delle altrettante che non vorrei sentire da lei. E mentre la guardo allontanarsi vedo il Maestro Molteni venire verso di me. Ha gli stessi colori di Agata, lo stesso sorriso aperto.

«Ah, il dottor Ruggeri, giusto? Grazie di aver accettato il nostro invito.»

«Grazie a voi. Serata splendida, concerto fantastico.» Aggettivi invece a caso, ma lui non sembra badarci:

«Ci tenevamo a conoscere il mentore italiano di Agata. E a ringraziarla della disponibilità dimostrata nei suoi confronti.»

Il mentore italiano? Perché, ce n'è un altro?

Poi mi racconta del lavoro della figlia al centro di ricerche di Cleveland e lo fa con grande entusiasmo, troppo per i miei gusti.

«Sì, un'esperienza sicuramente molto interessante, che Agata si merita. So che sta facendo grandi cose, ma noi non vediamo l'ora di riaverla a Milano.» E mi domando se quel "noi" non suoni un po' come plurale majestatis.

«Ah, be'... questo sarà difficile. Data la situazione converrà con me, dottore, che è bene che la famiglia rimanga unita, e poi a Cleveland è molto stimata e oltretutto molto meglio retribuita che in Italia. Non credo proprio che Agata abbia intenzione di rinunciare alla prospettiva di una carriera negli Stati Uniti per tornare in Italia... chi lo farebbe?» Il tono è mondano, divertito, ma lo sguardo dello stesso azzurro di sua figlia è severo, quasi ostile.

Sto per rispondergli a brutto muso "Io, io l'ho fatto", di andare all'estero e poi tornare cercando di mettere a frutto qui il bagaglio di conoscenze acquisite, e vorrei anche dirgli che, così facendo, Agata butta nel cesso una borsa di studio che per legge non potrà essere riassegnata a nessun altro. E che dopo averla formata per anni, e a caro prezzo, la sanità italiana perderà un medico. Ma non dico nulla, perché non ne ho il tempo. Arturo Molteni, dopo avermi dato una irritante, paternalistica, pacca sulla spalla, è già passato oltre, a un altro ospite.

Discorso chiuso.

Mi guardo intorno. Agata è dall'altra parte del cortile, lontana, forse non solo fisicamente. Sta parlando con qualcuno e sorride. Sorride spesso. E non solo a me. Ormai mi è chiaro quale sarà l'argomento della nostra conversazione, se riusciremo mai ad averla una conversazione: mi deve comunicare che ha deciso di rimanere negli Stati Uniti.

E il fatto che mi consideri un orco mi conferma quanto io mi sia illuso, quanto abbia semplicemente travisato quello che è successo fra noi, per lei non sono altro che un suo ex strutturato troppo esigente e troppo severo. Quello scambio di sguardi ha segnato solo me, dunque.

Alla luce di tutto ciò l'invito assume un significato diverso da quello sperato e io, improvvisamente, mi lascio travolgere dalla rabbia e dal risentimento, e mi domando cosa ci faccio qui.

Noto un gruppo di ospiti che si sta accomiatando. Li seguo e prendo una navetta con loro.

Sul traghetto mi impongo di non voltarmi mai indietro.

Agata

«Certo che è strano...» Chiara, dalla cucina di casa nostra, scuote i riccioli scuri via Skype. «Ma tu hai provato... hai cercato...»

«Ho provato e cercato, ma l'organizzazione del concerto, come temevo, mi ha fagocitato. E pensare che ero tornata solo per poterlo vedere! Volevo soltanto avere il tempo di spiegare che cosa era successo e dirgli che non vedo l'ora di tornare a Milano.»

«Questo potevi dirglielo subito. Tipo "Benarrivato, Edoardo, sappi che conto i minuti che mi separano dal ritornare a Milano, da te".»

«E se a lui che io torni o meno non interessasse? In fondo non mi ha mai fatto capire che...» D'un tratto non so cosa avrebbe dovuto farmi capire. Che gli manco? Che l'ospedale ha bisogno di me? Sono entrambe possibilità tanto remote quanto desiderate. «In ogni caso io gli ho scritto appena mi sono organizzata e lui è sempre rimasto sul professionale.»

«E cosa avrebbe dovuto fare? Gli hai scritto sempre e solo della ricerca che state portando avanti a Cleveland. Non hai lasciato molto spazio ad altro...»

«E ti pare che io potessi introdurre l'argomento "bacio con

gli occhi"? Magari mi sono inventata tutto. Ti immagini? Altri tre anni di puro imbarazzo fino alla fine della specialità.»

«Escludo che dopo averti spalmata contro il portone...»

«Non mi ha "spalmata" contro nessun portone.» Ma nel dirlo porto automaticamente la mano là dove si erano posate le sue dita.

«Sai cosa intendo. Forse tu non ti ricordi in che stato sei tornata a casa.»

E come potrei dimenticarmelo? E come dimenticare il tempo passato nel suo ufficio a raccontarci, il suo sguardo carico di comprensione e di qualcosa d'altro che al momento non sono riuscita a cogliere. E quando mi ha spiegato che le mie emozioni erano umane e positive per un medico, ecco, in quel momento avrei voluto alzarmi, girare intorno alla scrivania e abbracciarlo. E forse baciarlo. No, non forse, è sicuro che avrei voluto baciarlo. Ed era già la seconda volta quel giorno. E non solo per la sua comprensione. Proprio no. È quindi stato nel tentativo di tenere questi miei impulsi sotto controllo che gli ho chiesto di parlarmi di sé. Lui ha saputo stupirmi e l'intimità che si è creata è apparsa subito preludere ad altro. A un molto atteso altro, aggiungerei.

Ma basta ricordare, che i ricordi tendono a adattarsi ai tuoi desideri e le delusioni diventano poi ancora più cocenti.

«In ogni caso anche questa volta non mi ha lasciato il tempo di spiegare niente.»

«Ma esattamente che cosa gli rimproveri? Te ne sei andata nel giro di due giorni mollando tutto.»

«Nulla, a lui non posso rimproverare nulla.» Anche se vorrei poterlo fare. «Ma lo sai, è stata un'imboscata quella dei miei, imboscata che, sia chiaro, ho subito.»

«Hai ventisei anni, una casa e un lavoro qui. Non eri costretta a piegarti alle pretese dei tuoi!» Il tono è severamente tranchant.

«E infatti non mi sono piegata alle loro pretese, ho semplicemente colto un'occasione che dal punto di vista professionale era troppo interessante, è solo che…»

«Che avresti voluto la sua benedizione.» Scuote la testa, so che mi disapprova.

«Avrei voluto discuterne e avere un suo parere. Avrei fatto quello che lui mi suggeriva. Invece non me ne ha lasciato il tempo, ha scritto un'e-mail gelida in cui mi esentava dal presentarmi all'ultimo turno. Io non avevo intenzione di partire subito, ma si era aperta questa finestra per chi voleva rimpatriare e che poteva richiudersi senza preavviso. Sai come funzionano i voli ora. Inoltre la dottoressa Hoover mi ha preceduto telefonando direttamente a Edoardo. Cosa ti dicevo? Una vera e propria imboscata.»

«Però poi è venuto al concerto.» La voce di Chiara è ora conciliante.

«Per andarsene subito dopo la cena e senza salutarmi, vorrei sottolineare.» La delusione brucia ancora. È chiaro che l'interesse non è reciproco.

Mi vergogno troppo per raccontare a Chiara della gaffe del cellulare, di quando Edoardo ha visto ORCO sul display. Adesso mi sembra un gioco infantilmente sciocco e mi dispiace l'abbia scoperto in quel modo. È possibile che si sia offeso? Devo ammettere che sì, è possibile.

«Vedrai che tutto si aggiusterà.»

Perché, c'è qualcosa da aggiustare? Oltre al mio cuore, naturalmente. Sciocca Agata.

«E com'è in abiti "civili"?» Chiara si è avvicinata ancora di più al monitor. Questo è un argomento che le interessa molto, a quanto pare.

Chiudo gli occhi e lo vedo di nuovo scendere dal battello. Pantaloni eleganti blu, camicia bianca aperta sul collo, giacca tenuta sulla spalla con nonchalance, sorriso rilassato: il ritratto della disinvoltura.

«Notevole. Sì, direi proprio notevole.»

«Era la prima volta che lo vedevi senza camice?» Sì, è decisamente un argomento che le sta a cuore.

«L'avevo già visto in tenuta da corsa» dico con falsa indifferenza.

«Mmh, calzoncini quindi!»

«Non mi ricordo, non li ho notati» mento. Quegli short aderenti! Mi esce un sospiro, bene, è arrivato il momento di cambiare discorso.

«E Vicino e Ragazza di Vicino come stanno?»

«Ah, sapessi! Qui succedono cose! Cose... spaziali, ecco. Non c'è superficie della casa che non sia stata testata per... be', hai capito per cosa.»

«Sì, ho capito, spero solo che tu non sia rimasta a guardare.»

«No! Certo che no!» Ma il tono troppo scandalizzato è palesemente sospetto. «È che lui è così... così focoso! E poi i regali! Devi vedere... Amazon ha il suo bel da fare, fiori, cioccolatini e persino libri! Ieri le ha regalato un paio di spiritosissime manette ricoperte di peluche rosa che l'hanno fatta molto ridere.»

Persino libri, ma pensa!

«Continuano a non uscire?» Questa è la cosa che sopra a

ogni altra ci ha colpito in questi mesi del post-lockdown, il fatto che non abbiano più lasciato l'appartamento. O meglio, che lei non sia più uscita, è lui che sbriga tutte le commissioni.

Chiara sostiene che ci sia una perfetta divisione dei compiti. Entrambi lavorano tutto il giorno al computer, lui si occupa della spesa e lei cucina. Anche se una volta era Vicino a cucinare e questa era una delle cose che più ci piacevano di lui, insieme alle sei lattine, naturalmente.

«Ma non è strano che lei non senta il bisogno di uscire?»

«Avrà paura, no? In fondo il mostro è ancora lì fuori che gira indisturbato. La vorrà proteggere, è un gesto molto carino da parte sua.» Ma lei, lei si vorrà far proteggere?

«Quello che fanno è pulire e disinfettare spesso la casa... si vede che hanno proprio paura del virus.»

Improvvisamente mi ricordo di Vicino che passa e ripassa l'aspirapolvere sempre sullo stesso punto. Un'immagine che mi aveva un po' inquietato.

«In ogni caso, hai già una data di rientro?» Chiara torna al suo argomento preferito.

«No, non ancora, ma sarà dicembre, probabilmente verso la fine.»

«Hai messo a parte i tuoi genitori di questa decisione?» La voce ha un tono ironicamente indagatore.

«Sì, sì, certo che sì... era nei patti, non ci saranno problemi.» Noto con stupore che sto acquisendo una certa abilità nel mentire, soprattutto a me stessa.

«Sempre che con le norme anti-Covid ti permettano di tornare in Italia...»

«Sono italiana, devono. Dovrò fare il tampone e la

quarantena, ecco tutto.» Incrociamo le dita. Mancherebbe solo di dover essere costretta a rimanere qui.

«È che mi manchi molto...»

«Ma se ci sentiamo e vediamo tutti i giorni! Passo il tempo che dovrei dedicare alla colazione con te e con Enrico...» Anche loro mi mancano moltissimo. Oltretutto li ho lasciati in un momento delicato per entrambi.

«Non è la stessa cosa, era più divertente quando eri qui... e poi si parla di una seconda ondata per l'autunno, non sarà facile affrontarla da sola.»

«Quando arriverà la seconda ondata, saremo tutti più preparati.» Ma non è che ne sia proprio convinta.

«Più che preparati rischiamo di essere assuefatti.» Scuote la testa sconsolata. Comunque, l'importante è che fra quattro mesi tu riesca a tornare.»

«Ma certo, sarà così. Qui è tutto fantastico e la ricerca la prendono sul serio, però io, prima di tutto, sono una clinica, non una ricercatrice, e poi voi mi mancate troppo.» La mia vita, i miei amici.

«E che mi dici di Enrico, tutto bene?» Chiara sa, è l'unica con cui mi sono confidata.

«Sì, sì, ormai è un mese che è tornato in reparto e va tutto bene, a parte l'imbarazzo di dover fare pipì davanti ad Antonella quando meno se lo aspetta, il resto è tutto come prima.» Eppure a me sembra di sentire i pettegolezzi e vedere le occhiate dei colleghi, e voglio tornare anche per potergli stare vicino.

«Immagino siano le regole.»

«Sicuramente è quello che Ruggeri gli ha imposto per poterlo riammettere come allievo.»

Con suo grande stupore, aggiungerei, dato che Enrico si vedeva già (parole sue) "seduto nella sala d'attesa di un medico di provincia a promuovere nuovi, inutili, farmaci". Invece il nostro Orco (ma chi ha il coraggio di chiamarlo più così?) ha lottato assumendosi una grossa responsabilità, pur di riammetterlo in reparto ed evitargli una carriera da informatore scientifico.

Enrico mi ha raccontato tutto questo quando finalmente è tornato a parlarmi dopo giorni di assedio via WhatsApp da parte mia. Dice che non sopportava più i *pling* continui dei miei messaggi. Continui! Esagerato. Mi limitavo a rimandare lo stesso unico messaggio a cadenza regolare: "Ti decidi a parlarmi?", e alla fine ha ceduto.

E una notte (sua) siamo stati ore in videochiamata, mentre mi raccontava di un adolescente terrorizzato dall'esame di maturità e di due genitori che volevano vedere il problema risolto prima che il suo futuro ne venisse compromesso. Lo sguardo un po' perso, ma la voce sicura.

«Che non ne avevo neanche ragione, i miei risultati scolastici erano eccellenti, però andavo nel panico al pensiero delle prove d'esame e mi era diventato impossibile studiare. I miei si sono preoccupati e mi hanno portato dal nostro medico e quindi da uno psichiatra che, date le pressioni della mia famiglia, mi ha prescritto uno stimolante. Che è servito. Infatti ho ricominciato subito a studiare e ho passato brillantemente la maturità.»

A questo punto ha chiuso gli occhi, sembrava cercasse di ricordare, o forse dimenticare.

«Poi però gli stimolanti sono serviti per il test di medicina e a seguire per gli esami universitari. È vero, toglievano il sonno e l'appetito, ma andava bene così. Ma le prescrizioni durano al massimo sessanta giorni, poi vanno rinnovate. Se cambi psichiatra, vieni di nuovo "interrogato" per superare il sospetto che tu, le tue medicine, abbia intenzione di venderle a qualche liceale con la tua stessa paura degli esami. Ma alla fine ottieni una nuova prescrizione e pensi sempre che il prossimo esame sarà l'ultimo, che dopo non avrai più bisogno di pillole. Invece scopri che senza la tua pastiglia verde, senza i tuoi 10 milligrammi di metilfenidato, non riesci più a studiare, ma neanche a concentrarti e alla fine neppure ad alzarti la mattina. Quindi trovi un'amica che le ricette te le firma senza fare troppe domande... e devi assumerne sempre di più.»

«E adesso?»

«E adesso ho concordato con la psicologa dell'ospedale e con Ruggeri un percorso che mi porterà a interromperne l'assunzione. Nel frattempo ho almeno smesso di abusarne. Non è stato facile, ma, sai, Ruggeri mi è stato molto vicino, sostenendomi e spronandomi. Inaspettato e incredibile, guarda.»

E io capisco che sono orgogliosa di Enrico per come sta lottando per vincere la sua dipendenza. Ma soprattutto, sono orgogliosa di Edoardo Ruggeri. E questo un po' mi spaventa.

Milano
Dicembre 2020

Edoardo

Arriviamo alla fine di questo 2020 stremati. La seconda ondata, pur attesa, dà il colpo letale alla sanità lombarda, quella che dal di fuori era vista come un'eccellenza dai non addetti ai lavori mostra ora tutte le sue falle, soprattutto per quanto riguarda le cure sul territorio e le scelte scellerate relative alle RSA, che non solo non sono state protette ma, al contrario, esposte al contagio.

Dall'inizio di ottobre i contagi sono saliti con l'andamento di una marea, a novembre vengono decisi i colori delle regioni, dal giallo al rosso a seconda della gravità delle situazioni. Gli ospedali tornano in sofferenza e le rianimazioni si riempiono di nuovo.

Noi interrompiamo i trapianti. Io sono sempre più stanco e frustrato. Lo siamo tutti.

Ormai si guarda al vaccino come all'unica ancora di salvezza, fra dieci giorni cominceremo la campagna vaccinale, che partirà dagli operatori sanitari, e sono settimane che assillo Pesenti perché ci dica quando avremo le prime dosi, affinché si possa organizzare un centro qui in reparto per la somministrazione al personale e, subito a seguire, ai nostri malati.

Nel frattempo ho incaricato Antonella di stilare un programma di vaccinazione, ma, con mio grande stupore, scopro che non tutti hanno intenzione di aderirvi.

«Scusa, Antonella, non credo di aver capito, perché due delle tue infermiere non vogliono sottoporsi al vaccino?» Sono letteralmente basito.

Lei scuote la testa sconsolata:

«Dicono che loro non si ammalano mai e che quindi non trovano sensato...».

Mi passo una mano fra i capelli cercando di mantenere la calma:

«Sensato? Loro non lo trovano *sensato*? Ma che cosa cazzo gli insegnano al corso di laurea in infermieristica?».

Lei mi lancia uno sguardo di compatimento:

«E questo non è niente. Se tu dessi retta un po' di più alle chiacchiere davanti al distributore del caffè o in mensa, ti accorgeresti che i discorsi sulla libertà di scelta e sull'obiezione di coscienza non sono appannaggio delle "mie" infermiere o delle OSS, e scopriresti quanti medici hanno già deciso di non vaccinarsi».

Non ci posso credere. Ci penso per tutta la mattina durante il giro e il controgiro, e devo farmi forza per non chiedere a brutto muso a tutti quelli che incontro, da Veronica all'addetto alle pulizie, se hanno intenzione di vaccinarsi o no. Giusto per non sembrare arrogante o, più probabilmente, pazzo.

Ma appena ho finito di controllare le cartelle sono già su un ascensore che mi porterà da Pesenti.

«Come ha intenzione di agire l'ospedale contro chi non assolve all'obbligo vaccinale? Ma prima di tutto, la mascherina, grazie» vado diretto.

Lui sbuffa, indossa una chirurgica piuttosto vissuta che prima cerca a lungo in un cassetto, mentre io non posso fare a meno di alzare gli occhi al cielo.

«Al momento non mi risulta che verrà imposto l'obbligo per nessuna categoria.»

«Be', però lo possiamo dare per scontato, almeno per noi…»

«Guarda, Edoardo, io non darei per scontato proprio nulla» mi interrompe lui. «E se vuoi un mio parere da vecchio burocrate ospedaliero, ti direi che se lo introducessero i TAR sarebbero presto subissati da ricorsi e i ricorrenti avrebbero tutte sigle sindacali al loro fianco così che, se non ottenessero riconosciuto quello che loro ritengono un diritto, si comincerebbe con gli scioperi. E tu sai bene come vanno a finire gli scioperi in sanità quando a fermarsi sono i medici. E non credere che questi sostengano tesi complottistiche, no, non sono anime semplici loro. Qui siamo di fronte al rifiuto dell'obbligo vaccinale e non del vaccino, al rifiuto di riconoscere il vaccino come essenziale per esercitare la professione.»

I soliti stupidi arroganti che si credono al di sopra della legge. A volte anche quella divina.

«Un medico non può esercitare senza essere vaccinato! Spero che il governo assuma una linea che non ammetta deroghe e che i sanitari che non si vaccineranno vengano sospesi dall'ospedale e dagli Albi professionali.» Mi pare il minimo.

Lui apre le braccia in un gesto sconsolato:

«Siamo in un paese libero».

«Libero di morire e far morire?»

«Sai una cosa, Edoardo? Mi colpisce questo tuo rigore adamantino applicato sempre solo agli altri...»

E questo, da dove arriva?

«Cosa intenderesti dire?»

Lui si sporge verso di me:

«Che non sei così severo con i tuoi specializzandi, per esempio. Uno ha una dipendenza ma ce lo teniamo, l'altra se ne va in America, glielo lasciamo fare e passiamo tutto sotto silenzio senza chiederle la restituzione della borsa di studio già erogata... non credi che sia stata una grave mancanza da parte tua non informare la direzione?»

Mi alzo esasperato. Non ho intenzione di cadere nella trappola del "benaltrismo", oltretutto giocando palesemente al ribasso.

«Ettore, non metterei le due cose sullo stesso piano, una pandemia non può essere paragonata alle vicende del mio reparto.»

«Del *tuo* reparto? Ti ricordo che sei primario solo ad interim di un reparto che è soggetto in ogni caso alle regole dell'ospedale. Mi domando come pensi di comportarti per i crediti della signorina se lei dovesse tornare...»

«Accetterò l'esperienza all'estero come svolta da noi.» Se lei dovesse tornare.

Questa mia decisione chiaramente non lo trova d'accordo e segue un duello di sguardi che dura diversi secondi, durante i quali Pesenti mi trasmette tutto il suo dissenso. Alla fine, però, è lui a cedere:

«Fai come vuoi, finché puoi. Ma chissà cosa ne penserà il primario, quando finalmente ne verrà nominato uno» sibila.

Non lo degno di una replica ed esco sbattendo la porta.

Mentre mi dirigo verso l'ascensore sono decisamente alterato, la conversazione con Pesenti ha avuto ancora una volta l'effetto di farmi perdere il controllo, e il mio umore peggiora ulteriormente quando le porte si aprono e mi ritrovo faccia a faccia con Vittorio Ferrari. Giaccone da moto e casco di ordinanza in mano.

«Ciao, Edoardo.» Ciao, Edoardo? Chi crede di... ma lui mi gela:

«Allora, ho saputo che Agata è tornata».

Il colpo mi arriva dritto al cuore. Agata è tornata e io non lo sapevo. Fantastico. Mi rendo conto che le illusioni coltivate in questi mesi e, nonostante tutto, tenute vive dal sottile filo rosso delle e-mail settimanali, si sbriciolano ora in questo ascensore davanti a un ragazzotto arrogante.

«Tornerà in reparto fra dieci giorni, dopo la quarantena.»

«Al momento sono ancora io che decido se potrà o non potrà rientrare in reparto» ringhio.

Lui alza ironicamente le braccia in un gesto di resa e con un sorrisetto mi dice condiscendente:

«Naturalmente sei tu a deciderlo, chi altri?».

E io mi scopro a desiderare fortemente di mollargli un pugno giusto per spegnergli quel ghigno sulla faccia, ma in questo momento le porte dell'ascensore si aprono sul mio piano e devo abbandonare l'idea. Prima di uscire però gli domando:

«Ti vaccinerai?».

«Sì, certo.» L'espressione della sua faccia denuncia tutta la sua sorpresa.

«Peccato.» Non mi sarebbe dispiaciuto fosse tra gli obiettori di coscienza più convinti per vederlo così allontanato dall'ospedale e sospeso dall'Albo.

In questa storia comincio a dare il peggio di me. E con "questa storia" intendo tutto ciò che ruota intorno ad Agata.

Entro in reparto non al mio meglio ed Enrico sceglie proprio questo momento per dirmi tutto contento:

«Ha sentito Agata? È riuscita a tornare! È a casa!».

Mi rendo conto di dover fare un grande sforzo per mantenere sotto controllo gesti e parole:

«No, non lo sapevo.» Ma credo di fallire miseramente con il tono, perché Enrico mi guarda perplesso:

«Appena le hanno dato l'ok per il rientro si è precipitata in aeroporto. Mi ha chiamato subito dopo essere atterrata, dicendomi che stava cercando di contattarla».

Quindi ha cercato di mettersi in contatto con me. Guardo il cellulare, tre chiamate perse.

Però con Ferrari è riuscita benissimo a mettersi in contatto. D'un tratto mi sento svuotato. Assurdamente, in quest'anno così debilitante, il suo viso sorridente e i suoi occhi azzurri sono stati il mio luogo sicuro dove tornare con la mente per trovare conforto.

Finisco il mio turno con fatica e poi, mentre sto uscendo, incrocio Veronica.

«Sapevi che mi chiamano Orco?» la interpello in maniera un po' brusca e di sicuro fuori contesto.

Ma lei non pare scomporsi:

«Sì, certo. Orco cattivo, se vogliamo essere precisi» mi risponde serena.

«Non me l'hai mai detto!» La mia voce è carica delle frustrazioni accumulate oggi.

«Pensavo lo sapessi e che, sinceramente, ne andassi fiero. In fondo ti sei sempre comportato da Orco cattivo. Anche se ultimamente… ecco, ultimamente ti sei addolcito.» Mi scruta e poi conclude: «A cosa lo dovremo mai questo cambiamento? All'età? Alla convivenza con tuo nipote? O all'amore? Chi può dirlo!».

«Veronica, a volte non sai riconoscere i limiti.»

«Questo è proprio vero.» E si allontana tutta soddisfatta.

Torno a casa logorato dalla giornata, che si è rivelata più pesante del solito, e accendo la TV mentre mi preparo un panino. Una Sue Ellen particolarmente serafica è in linea da Roma. La sua calma che rasenta l'indifferenza e le sue risposte inconcludenti fanno presto innervosire la conduttrice che la incalza con una certa ferocia. C'è, quindi, almeno un po' di giustizia a questo mondo.

Suona il cellulare e con mia sorpresa è Sebastiano.

«Ciao, zio, ti disturbo?»

«No, non disturbi, sono appena tornato e per rilassarmi sto guardando un programma… comico. Stai bene?»

«Sì, dài.»

Una risposta che non riesce a rassicurarmi.

«E l'università? Come ti trovi?» indago cercando di evitare il tono da interrogatorio.

«Ecco, è per questo che ti chiamo…»

Ecco, lo sapevo, alla fine si è reso conto di aver fatto la scelta sbagliata.

«… perché ti volevo dire che ho fatto domanda di trasferimento al Politecnico di Milano.»

Mi siedo di botto sul divano.

«Qui? E come mai? Non hai i tuoi amici a Roma?»

«Sì, be'… alla fine qualche amico ce l'ho pure a Milano e il

Politecnico è un'università prestigiosa... e poi con la mamma lontana... insomma, non mi è dispiaciuto avere qualcuno di famiglia vicino...» Nella voce un po' d'imbarazzo, e capisco che questa è la ragione vera. La giornata di oggi mi ha scosso più del dovuto, perché improvvisamente il fatto che torni a vivere a Milano, che senta il bisogno di un affetto vicino e, soprattutto, che questo affetto sia io, mi commuove.

«Ma non ti preoccupare, ho trovato posto in un pensionato universitario, sai noi matricole siamo le uniche ammesse alle lezioni in presenza. Ha senso, no?»

Sì, ha senso.

«Così tu e cappottino rosso avrete la vostra intimità, quando tornerà» ridacchia.

Questa sua battuta mi fa più male di quanto avrei creduto, ma ho la forza di dargli una risposta banalmente spiritosa:

«Intendi dire i molti cappottini di diversi colori. E, per tua informazione, Agata è già tornata».

«Mio zio, Edoardo Casanova» ridacchia ancora.

La chiamata si conclude con le note tecniche, arriverà la prossima settimana, così faremo il Natale insieme mentre Paola è ancora a Washington, perché alla fine le presidenziali le ha vinte il suo candidato, Biden. O forse è Trump ad averle perse. In ogni caso, ora ne deve seguire l'insediamento e se dovesse tornare in Italia non le sarebbe più possibile rientrare negli USA.

Poi il cellulare squilla di nuovo.

«Edoardo, ciao, scusa l'ora, ma è tutto il giorno che cerco di parlarti.» Ed eccola qui cappottino rosso, nella voce una certa felice urgenza. «Volevo dirti che sono riuscita a tornare. Ho fatto il tampone e sono in quarantena per dieci giorni, ma appena posso sono in reparto… se sei d'accordo, naturalmente.» Un po' di titubanza in queste ultime parole.

«Sì, certo, ti aspettiamo» rispondo con fare professionale, anche se il respiro mi si è spezzato al solo sentire la sua voce.

«Non vedo l'ora.» Il tono è allegro e impaziente e io sicuramente per la prima volta oggi, ma forse per la prima volta da molto tempo, mi scopro a sorridere.

Dovrò lavorarci se non voglio fare la figura dell'idiota e diventare lo zimbello del reparto.

Agata

La discussione con papà non è stata di certo delle più facili. Lui, semplicemente, non capisce. Non capisce perché io preferisca l'Italia agli Stati Uniti, uno stipendio dimezzato e una sanità che di certo non raggiunge le eccellenze statunitensi. E soprattutto, diciamocelo, quello che lui non capisce è perché io desideri una vita lontano da loro e dalla musica.

«Almeno in questo momento così complesso, vorrei che tu rimanessi qui con noi. Puoi continuare a praticare la medicina anche qui. Guarda, Agata, lasciami dire che trovo questa tua testardaggine un atteggiamento irragionevole. Non capisco cosa ti spinga a tornare in Italia.»

E io mi sono dovuta mordere la lingua per non ricordargli di come lui, a poco più di vent'anni, fosse partito per New York senza troppe remore, lasciando sua madre vedova e sola per inseguire il suo sogno, e mi sono limitata a blandirlo:

«Papà, questi mesi a Cleveland sono stati preziosi per la mia formazione di ematologo, e ti ringrazio molto per aver parlato con la presidente del consiglio di amministrazione dell'ospedale...».

«Miss Wilhelmina Moore è una cara amica, oltre che una delle nostre maggiori benefattrici. Ha capito la nostra esigenza di averti qui ed è stato facile per lei trovarti un posto all'interno del team di ricerca.» Confermandomi così ciò che sospettavo, quella che era sembrata un'importante opportunità per me nasceva in realtà da un loro bisogno. Papà aveva quindi mosso le sue pedine.

In ogni caso, io sono riuscita a superare la contrarietà di mio padre e il dispiacere di mia madre e sono tornata a quella che considero la mia vita, e ne sono felice. Rimanere accanto ai miei significherebbe vivere alla loro ombra. Anni fa, al momento della scelta della facoltà, mio padre aveva addirittura vagheggiato che io potessi far loro da assistente: «Magari potresti prendere una laurea in musicologia, c'è un'ottima facoltà a Cremona, se desideri completare i tuoi studi in Italia». Quando gli avevo comunicato che mi sarei iscritta a medicina ne era rimasto oltremodo stupito. Per lui ogni professione lontana dalla musica e dal teatro è sintomo di aridità d'animo. Ma alla fine, il giorno della mia laurea, era apparso raggiante come tutti gli altri padri presenti.

Solo che adesso ho ancora nove giorni di quarantena da trascorrere chiusa nella mia camera. E mi annoio. Studio, che ho l'esame del primo anno da superare, guardo la nuova serie della *Casa di carta* (con la diretta conseguenza che poi canticchio *Bella ciao* per tutto il giorno fino a quando Chiara, esasperata, non bussa sul muro che divide le nostre camere per farmi smettere), mangio le cose buone che la mia coinquilina mi lascia fuori dalla stanza, chiacchiero con lei attraverso la porta, messaggio con Enrico a cui al mio arrivo ho chiesto di avvisare Ruggeri dato non riuscivo a contattarlo. Anche se lui, con mio disappunto, è andato un po' oltre, avvisando anche Vittorio Ferrari, e sinceramente non so su che basi. Alla mia richiesta di spiegazioni, è tornato ancora una volta sulla Vigilia di Natale dell'anno scorso, su come mi avesse visto "così stretta a Ferrari".

«Enrico, mi ero stretta a Vittorio solo per non cadere. Togliti per favore dalla testa che lui mi piaccia o che io piaccia a lui, grazie.»

«A me è sembrato contento di saperlo.»

«Guarda, sinceramente credo non si ricordi nemmeno più il mio nome. E va bene così.» E ho troncato ogni ulteriore discussione.

Poi parlo in videochiamata e chatto con la mamma sui molti che ora conosco al di là dell'oceano e, di tanto in tanto, guardo fuori dalla finestra. Soprattutto, osservo ciò che succede nell'appartamento di fronte.

La scelta di condividere il lockdown e le successive restrizioni ha lasciato dei segni evidenti su Vicino e Ragazza di Vicino, segni che forse io, che sono stata lontana, noto di più. Per esempio, ora non lavorano più nella stessa stanza alternando momenti al computer a tazze di caffè accompagnate da baci e coccole, ma lei sta in soggiorno e lui in cucina, e anche le cene sono sbrigative e, viste da qui, consumate in silenzio. Non guardano più commedie divertenti abbracciati sul divano. Niente più peonie nella boule di vetro, né cioccolatini nella scatola di velluto. E litigano. E molto. Che un po' ci sta, dopo mesi di convivenza forzata. Ma ieri, in un accesso di collera, lui ha rotto un piatto per terra, certo poi l'ha abbracciata per scusarsi ma… insomma, non è di certo il quadro idilliaco che ho lasciato partendo. Mi domando perché continuino una convivenza ora non più necessaria. Questa nuova situazione mi lascia un po' di amaro in bocca.

Poi al terzo giorno succede. Mi suona il cellulare, sul display appare ORCO e già questo è sufficiente per farmi arrossire e mettermi in agitazione. Rispondo quasi balbettando. Mai Edoardo mi aveva chiamato fino a ora. E anche se la telefonata che finalmente sono riuscita a fargli il giorno del mio arrivo ha mantenuto una certa cortese cordialità, è con timore che attendo di conoscere le ragioni della chiamata.

«Volevo confermarti che per i crediti si è deciso varrà la tua esperienza a Cleveland, la dottoressa Hoover ci manderà tutti i documenti.»

«Grazie per essertene interessato.» Già, i crediti. Come ho fatto a dimenticarmene?

«La quarantena ti lascerà tempo per studiare, immagino, ti invierò qualche dispensa per l'esame.»

«Grazie.»

«E come stai?» La voce gli si ammorbidisce un po', o a me piace pensare sia così.

«Bene, sto bene.»

Una pausa un po' troppo lunga in cui io cerco invano qualcosa di intelligente da dire che non sia l'ennesimo ringraziamento e poi è lui a spezzare il silenzio, spiazzandomi:

«Non pensavo tornassi».

«E cosa te lo ha fatto pensare?»

«Be', dovevi stare via sei mesi, e invece i mesi sono diventati otto.» Il tono è di offeso rimprovero.

Sei o otto mesi, perché non sarei dovuta tornare? È stato il pensiero fisso per l'intero periodo trascorso a Cleveland. Tutto mi mancava. Chiusa in laboratorio, avevo nostalgia delle voci e dei rumori del mio reparto, dei colleghi, dei pazienti. È stato bello vivere con i miei, poterne godere la vicinanza, ma tornare a casa e non poter parlare con nessuno fino a quando loro finivano di provare o/e studiare mi metteva una certa malinconia, e persino davanti ai prosciutti e alle mozzarelle d'importazione della loro tavola rimpiangevo i piatti colorati e saporiti di Chiara.

E mi mancava Edoardo, quello che avevo visto nel suo sguardo in quei pochi minuti sotto il portone di casa mia, e mi mancava in un modo così profondo da mettere in secondo piano la frustrazione di non poter comprendere meglio quello che era successo, il dolore della sua chiusura.

«Tuo padre mi ha accennato che desideravi rimanere a Cleveland...»

Per un attimo chiudo gli occhi – ah, papà, papà!

«Era quello che desiderava lui, non io. Non nego che sia stata un'esperienza proficua, che magari in futuro ripeterò. Ma adesso devo pensare alla specializzazione in ematologia che ho intenzione di prendere in Italia.»

«Quindi sei tornata per rimanere.»

«Sì, sono tornata per rimanere.»

«Bene, perché è ora di rimettere tutto in ordine, darai l'esame e comincerai il secondo anno di specialità. Oltretutto sta per arrivare l'allievo del primo anno ed è necessario che tu ti occupi di lui.» Voce asciutta, ma io, anche se tutto mi consiglierebbe di chiudere qui la telefonata, mi sento in dovere di chiedere:

«Durante la mia assenza come avete fatto per le visite a domicilio? Con chi mi avete sostituito?» Chi è venuto con te?

«Il lockdown è finito il giorno della tua partenza, il 3 maggio, e con la riapertura la situazione si è andata normalizzando, i malati meno gravi hanno potuto presentarsi di nuovo in ospedale, anche se con tutte le dovute precauzioni. Per due settimane ho chiesto aiuto agli altri reparti finché non siamo tornati a regime.»

«Ah, sì? E chi si è reso disponibile?»

«Un'allieva del primo anno di Oculistica.»

Oculistica?

«E ti è stata utile?» Dimmi di no…

«Dato che non c'erano fondi dell'occhio da controllare, decisamente no.» È chiaramente seccato e io riesco per fortuna a trattenermi dallo scoppiare a ridere. Poi è sempre con voce ruvida che mi chiede: «Riesci a mantenere l'isolamento?» come se volesse mitigare l'interesse che la domanda rivela.

«Sì sì, sto chiusa tutto il giorno in camera mia, e di tanto in tanto interrompo lo studio guardando una serie su Netflix, giusto per non impazzire» cerco, invano, di alleggerire l'atmosfera.

«Capisco. Bene, allora ti mando le dispense e chiamami se hai bisogno di qualcosa… di qualsiasi cosa. Ci risentiamo nei prossimi giorni per aggiornamenti.»

«Bene, grazie davvero.»

«A presto, Agata.»

«A presto.» Il mio nome pronunciato da lui, anche con questo tono sbrigativo, ha il potere di rimescolare tutti i miei organi interni. Sospiro di frustrazione. Tornerà mai un momento di calda intimità come quello trascorso raccontandoci nel suo studio? Tornerà mai quella nuova, stupefacente, sensazione di frizzantezza al cuore provata quando mi ha baciato con gli occhi sul portone di casa?

Mentre ricordo e rimpiango domandandomi che cosa abbia rovinato tutto – forse solo un suo ripensamento, un suo ricollocare la nostra storia nella vita di entrambi –, apro la rubrica del cellulare e finalmente cambio il suo nome da Orco a Edoardo, è arrivato il momento, anche se mi piacerebbe proprio capire se lui prova quello che provo io, qualcosa di più di un semplice interesse, ecco. E decido che quando tornerò in reparto cercherò di risolvere l'enigma Edoardo Ruggeri.

Sto per posare il telefono, ma arriva una nuova telefonata. È Madre, la mamma di Chiara.

«Ciao, Agata.»

«Buonasera, signora Maria, tutto bene?»

«Sì, tutto bene, e tu?»

«Sì, grazie. Cercava Chiara, immagino.»

«Sì, non mi risponde al cellulare.»

«È andata a riposare.»

«Meh, ma dorme alle sei del pomeriggio?»

«È che sono quattro mattine che si alza alle cinque, credo sia molto stanca» tento una difesa, temo vana, della mia amica e infatti:

«Io sono trent'anni che mi sveglio alle cinque… voi non c'avete il fisico, non c'avete, io alla vostra età saltavo i fossi per il tondo, saltavo».

«Maddai, per il tondo?» Non trovo altro da dire davanti a siffatta affermazione.

«In ogni caso, volevo chiedere una cosa che sai pure tu.»

«Se posso, volentieri.»

«È per Natale, ecco, ma i congiunti a noi, chi vengono a essere?»

«La famiglia stretta, chi vive con noi.»

«Io vivo solo con mio marito Giuseppe, ma anche se non ti vedi afforza afforza tutti i giorni con fratelli e cognate, vorrei invitarli almeno a Natale.»

«Guardi, signora Maria, pare ci permetteranno di riunirci al massimo in sei.»

Dalla Puglia un grosso sospiro scoraggiato.

«Allora, Natale ognuno alle case proprie.»

«Temo proprio di sì.»

«Adesso in che colorazione state?»

«Noi siamo gialli questa settimana.»

Altro grosso sospiro.

«Speriamo che arrivi presto il vaccino così ci liberiamo da questo incubo, ci liberiamo.»

«E speriamo lo si faccia tutti, a partire da noi operatori sanitari.»

«E certo che voi ve lo dovete fare, e se qualcuno è contrario mandamelo a casa che lo sistemo io.»

«Sarà fatto.»

«Be', ti lascio, di' a Chiara di chiamarmi quando si sveglia. Voleva spiegata la ricetta di riso patate e cozze.»

«Va bene.»

«Che noi ci mettiamo le zucchine, ci mettiamo» spiega con tono un po' bellicoso.

«Ah, ok.» E chi se la sente di contraddirla? Oltretutto su un argomento a me completamente ignoto.

Chiudo la telefonata profondamente convinta che il sano pragmatismo di Madre, come ormai anch'io la chiamo, almeno fra me e me, salverà il mondo.

Poi lancio lo sguardo al di là dei vetri, ma decido di non controllare cosa sta succedendo dall'altra parte del cortile. Ho già una mia dinamica di coppia a cui pensare, ora.

O forse no?

Edoardo

È il 27 dicembre e oggi si preannuncia un giorno impegnativo, il giorno in cui finalmente daremo il via al nostro piano vaccinale per il personale. E oggi torna Agata. Già, Agata... Ma devo dare la priorità alle questioni pandemiche e non a quelle personali, che hanno una scaletta differente in questo momento.

I vaccini sono arrivati nella notte e ora mi sto accertando che tutto sia pronto e si possa partire alle otto come stabilito. Abbiamo trasformato una parte dell'ingresso dell'ospedale in centro vaccinale con quattro postazioni, e deciso che altrettanti medici e infermieri si turneranno su sedici ore, contiamo di terminare le somministrazioni al personale entro la settimana e di iniziare a chiamare i pazienti dal prossimo lunedì.

Io sarò fra i primi a sottopormi all'iniezione e Veronica lo farà subito dopo di me. Entrando nella postazione, dove un imbarazzato Enrico esegue un'anamnesi fin troppo accurata, incrocio un gruppo di giovani allievi infermieri che aspettano il loro turno. Quando esco, ce ne sono già alcuni seduti ad attendere eventuali reazioni.

È l'ultima ragazza in fondo ad attirare la mia attenzione, la vedo ciondolare la testa e riesco ad afferrarla prima che cada dalla sedia. Ad accorrere subito è Antonella, che chiede a gran voce una barella, nel frattempo sdraiamo la giovane allieva sul pavimento e sto per impartire istruzioni quando la sento più che vederla, Agata qui inginocchiata accanto a me.

E, anche solo per rimanere sul qui e ora, mi viene automatico chiederle:

«Cosa abbiamo?».

«Probabile shock anafilattico» risponde prontamente, mentre sta già posizionando al braccio della ragazza lo sfigmomanometro che Antonella le ha passato.

«Pressione 80 su 50, la paziente presenta tachicardia, dispnea e un'eruzione cutanea sul viso e... sul busto.»

«Bene, come procediamo?»

«Con 0,4 mg di epinefrina via endovena e una sacca di fisiologica.»

Antonella di nuovo è pronta a porgerle l'epinefrina che Agata inietta. È stata sollecita e professionale e non si è fatta prendere dal panico.

I barellieri ora sono qui, la ragazza, che lentamente si sta riprendendo, viene portata in reparto, dove le verrà somministrata la sacca di fisiologica. Tutto è durato pochi minuti.

Finalmente mi volto a guardarla. È possibile che sia persino più bella di quanto mi ricordassi?

È Veronica a levarmi d'impaccio:

«Molteni, ha visto che comitato di benvenuto le abbiamo organizzato? Ma non si abitui a questi vizi!».

«No, non lo farò, promesso!» Sorride, ma senza mai distogliere il suo sguardo dal mio.

«Te la sei cavata bene, Agata.»

«Grazie» mormora.

E rimaniamo per qualche secondo di troppo lì impalati a guardarci, con Veronica che ci osserva incuriosita finché esclama:

«Bene, direi che è arrivato il momento di tornare in reparto, cosa ne dite?».

E mentre Agata va a cambiarsi, io devo subire l'ironia della mia collega:

«E così adesso la chiamiamo Agata e le diamo del tu...».

«Veronica...» l'ammonisco.

«No, scusa, giusto per curiosità, ora chiamerai tutti i tuoi allievi per nome, darai, finalmente aggiungerei, del tu a tutti e ti farai chiamare, udite, udite, Edoardo?»

Scuoto la testa. Fosse così facile. Ma non voglio discuterne con lei. Non ora, almeno. C'è un'altra cosa che mi preoccupa in questo momento:

«Quanto pensi che questo episodio di anafilassi inciderà sulla partecipazione alla nostra campagna vaccinale?».

Lei sospira e si lascia cadere sulla sedia di fronte alla mia scrivania:

«Vorrei dirti poco o nulla, ma temo che non sarà così. Gli allievi, naturalmente, hanno troppa paura dei tutor per non presentarsi, questo è chiaro. Mi aspetto più resistenza dalla vecchia guardia, e certo quello che è successo alla ragazza non aiuterà, bisognerà recuperare la scheda dell'anamnesi e vedere se aveva evidenziato qualche tipo di allergia che potrebbe aver scatenato la crisi».

«Facciamo in modo che non diventi l'emblema delle conseguenze che può avere il vaccino. Manda qualcuno a parlare con la sua tutor e chiedi che la notizia non trapeli...»

«Per quello è troppo tardi, mentre tu rianimavi la loro

compagna, gli altri allievi hanno ripreso la scena con il cellullare... scommetto che ora è già tutto in rete.»

«Questa non ci voleva, non il primo giorno quando la strada è ancora tutta in salita.»

Lei sospira:

«È solo l'inizio, Edoardo, da qui alla fine della campagna dovremo affrontare ancora mille difficoltà. Dovremo essere preparati a farvi fronte».

Io annuisco:

«Sì, certo, lo saremo... ora però c'è una cosa di cui ti devo parlare, una proposta che ti voglio fare mentre sono ancora primario ad interim e ho spazio di manovra».

Si sporge leggermente verso di me, improvvisamente interessata:

«Bene, ti ascolto».

«Da ora in poi ti occuperai tu degli allievi.»

Lei mi scruta indagatrice, poi annuisce:

«Sì, volentieri, lo sai. E poi lo trovo giusto, già mesi fa ti avevo avvertito che ti stavi occupando di troppe cose... mi domandavo come tu potessi fare tutto».

«Semplicemente trascurando molte altre cose» le rispondo sincero.

Perché finora, in questi mesi di primariato e inizio pandemia, tutto si è cristallizzato attorno a un'unica priorità: mandare avanti il reparto per quello che si poteva, evitando a tutti i costi il contagio. Ma, ho scoperto a mie spese, la macchina burocratica è rimasta indifferente all'eccezionalità della situazione, continuando a pretendere moduli, valutazioni, certificazioni, richieste. E io e l'odiosa burocrazia a lungo ignorata siamo ora arrivati alla resa dei conti, visto che mi devo occupare di tutto ciò se voglio che il reparto continui a operare.

A Pesenti non è sembrato vero potermi richiamare ai miei doveri:

«Primario e manager Ruggeri, primario e manager, ricordatelo! Siamo un'azienda e chi è in posizione apicale ne è leader e garante della qualità del servizio! Il problema è, soprattutto nel tuo caso, leader si nasce o si diventa?». A conferma, se mai ne avessi avuto il bisogno, della stima che il nostro direttore sanitario nutre per me.

«E poi ho un'idea che mi gira nella testa da quando sono tornato da Montisola e vorrei avere il tempo di lavorarci.»

«Chiedere al Maestro Molteni la mano della sua unica figlia?»

«No, non quello.» Anche se in verità… «Riguarda la necessità di fare qualcosa per i nostri pazienti, che ora sono così isolati e soli… ti dirò più avanti.»

Lei mi lancia un'occhiata incuriosita:

«Sii sincero, quanto pesano in tutto ciò il tuo rapporto con Agata Molteni e il tuo evidente desiderio di conoscerla meglio, se posso osare, in termini biblici?».

«Non ho intenzione di discutere la cosa con te o con chicchessia. E poi ti stai facendo un film tutto tuo.»

Lei si sporge ancora di più verso di me:

«Edoardo, scusa, ma da come la guardi, da come le parli, per tacere di come hai preso, malissimo ammettilo, la sua decisione di accettare la *fellowship* negli Stati Uniti… ecco, da tutto ciò emerge chiarissimo il tuo interesse per questa ragazza. E dato che mai ti ho visto così coinvolto…» qui tento una protesta «no mai, Edoardo, soprattutto non con me ma neanche con le varie ragazze che ti sono girate intorno. Fidati, a te Agata Molteni piace, e molto, me lo dice il mio sesto senso.»

«Ok, diamo per scontato che tu abbia dei superpoteri, non è che una storia fra un'allieva e il primario sia vista più di buon occhio che con il suo strutturato. Attirerebbe in ogni caso come minimo della riprovazione.»

«Il massimo che qui puoi attirare è un pettegolezzo e, come ho già avuto modo di dirti, molta invidia. E poi, Edoardo, stiamo parlando veramente solo di una "storia"? È solo questo che vuoi da Agata? Non è che a questo punto della tua vita...»

Non le rispondo. Non so cosa dire. Non ho riflettuto sulla cosa, so di volerla, questo è sicuro e finora solo su quello mi sono concentrato. Ma ora...

«Hai mai pensato di dirglielo?» Entrambi sappiamo a cosa si riferisce, ed entrambi sappiamo che portata avrebbe il mio confidarmi con Agata.

«Direi che al momento è molto prematuro.»

«Mah, non so, se questa volta fosse una cosa seria...»

«Non saprei neanche come introdurre l'argomento.» Uso un tono divertito, ma dentro di me sale di nuovo quell'ansia, quella paura del rifiuto. Quella paura che io possa essere per lei solo una figura autoritaria.

«Inizia a raccontare di te e le cose verranno da sé.»

«Mi risulta difficile inserire l'argomento PMA tra il canottaggio e l'hard rock...»

«Non fare il cinico, Edoardo.» Lei si alza, ma prima di uscire mi dice sorridendo: «Fra cinque settimane sarai immune. Ce la farai a resistere?».

Non faccio in tempo a risponderle a tono che mi arriva un messaggio di Enrico sul cellulare. È un video che gira sui social e mostra me e Agata chini sulla giovane infermiera. Il testo che lo accompagna dice: "Primo giorno di vaccinazione per i sanitari e subito una grave reazione allergica, ci stanno forse usando come cavie?".

Lo mostro a Veronica. Lei sospira:

«Vado a parlare con la tutor, vediamo di individuare chi ha postato il filmato e di farlo togliere, per quello che può servire».

«Manda Enrico e Agata, per loro sarà più facile parlare con i ragazzi.»

Annuisce ed esce.

Io rimango ancora un minuto seduto alla mia scrivania. Le parole di Veronica mi occupano la mente. Cosa voglio da Agata? Una storia? O è arrivato il momento di impegnarsi in qualcosa di più? In qualcosa di meglio? Di sicuro vederla ha riacceso molte sensazioni che, devo essere sincero, mai si erano spente. Agata Molteni ha il potere di far regredire le mie emozioni all'adolescenza. Ma la cosa non mi disturba. Anzi. Mi fa sentire terribilmente vivo.

Agata

Il ritorno a Milano è coinciso con qualche conferma e qualche novità, come spesso capita dopo un'assenza prolungata.

La situazione è ancora pesante, ma la possibilità di vaccinarsi ci rende tutti più ottimisti e stiamo contando i giorni che ci separano dalla seconda dose e dal momento in cui l'immunità sarà completa, o quasi. Delle cinque settimane ne sono già trascorse tre, insomma, un po' di luce comincia a intravedersi in questa notte buia.

Ho ritrovato tutti tranne Alessandro, l'allievo del quarto anno che finita la specializzazione ha ottenuto un incarico all'ospedale di Merate, e abbiamo un nuovo arrivato al primo anno, Ludovico, un ragazzo veneto dall'invidiabile aplomb. Ma la sorpresa più grande è stata sicuramente quella del passaggio di testimone fra Edoardo e Veronica Bisleri. Più grande e, devo dire, meno gradita. Perché se ben comprendo le ragioni di questa scelta obbligata (Edoardo mica è Superman, anche se in fondo credo lui ne sia convinto), d'altra parte è pur vero che così lo vedrò molto meno.

L'abbiamo saputo alla fine del briefing giornaliero, dopo una lunga filippica sui casi di anafilassi e sulla letteratura medica, ancora scarsa e basata solo sull'esperienza statunitense. Filippica tenuta con il solito tono autorevole, per non dire autoritario:

«Dallo studio effettuato dai *CDC*, Centri per il controllo e la prevenzione delle malattie degli Stati Uniti, emerge chiaramente che le reazioni allergiche gravi al vaccino anti Covid-19 di Pfizer-BioNTech sono rare e che il rischio di anafilassi è estremamente basso. E che se è vero che tecnicamente la probabilità di grave reazione allergica è circa 8,5 volte più alta di quella al vaccino contro l'influenza stagionale, si tratta comunque di un numero molto basso, e rimane il fatto provato che l'incidenza di anafilassi è di molto inferiore alle conseguenze negative associate all'infezione da Covid-19. E con questo spero di aver chiarito tutti i dubbi e di non dover più tornare sull'argomento». Poi ha proseguito: «E ora, prima di concludere, ho il piacere di informarvi che da oggi la dottoressa Bisleri assumerà la responsabilità degli allievi, che quindi riferiranno a lei in qualità di tutor».

E questa notizia l'ha data fissandomi, come se la cosa riguardasse soprattutto me. E io, nonostante non mi senta di sicuro al centro del mondo di Edoardo, mi sono domandata per un attimo se fosse per evitare me che aveva preso questa decisione. Sentendomi subito molto stupida. E un po' triste.

In realtà, almeno per il momento, al controgiro è sempre presente, anche se ascolta più che parlare lasciando spazio a Veronica. E a me mancano i momenti di confronto con lui, il suo spiegare ogni cosa nei minimi dettagli, e persino mi mancano, incredibile, le sue domande a bruciapelo e le sue continue critiche alle nostre cartelle cliniche. Il suo interagire con noi. Con me.

Anche se è come sempre molto attento a tutto. A volte fin troppo.

Per esempio stressa e pressa Enrico sull'alimentazione.

«Mi ha detto che devo nutrirmi adeguatamente se non voglio che cominci a farmi pesare» mi ha comunicato il mio amico un po' preoccupato perché, dato che nel frattempo la Lombardia è tornata in zona rossa, procurarsi del cibo non è cosa facilissima. La mensa è chiusa e davanti ai pochi bar che hanno deciso di tenere aperto solo per l'asporto le lunghe file scoraggiano dal perdere il tempo che non abbiamo, e così si va di "schiscetta", come si chiama da queste parti il contenitore con il cibo portato da casa. Ci siamo quindi procurati un microonde ordinato su Amazon e, con la complicità di Antonella, l'abbiamo clandestinamente introdotto nello spogliatoio, nascondendolo in un armadietto e tirandolo fuori alla bisogna con la massima circospezione. Tipo che uno dei due si occupa del forno e l'altro fa da palo.

Il problema vero, però, è il contenuto della schiscetta.

Data la mia scarsa propensione per la cucina e l'altrettanto scarso interesse di Enrico verso il cibo, è Chiara che si occupa dei nostri pasti, sfogandosi a cucinare i cibi più "significativi" della cucina pugliese, il cui profumo (anche a causa di una costante e importante presenza di aglio) tracima dallo spogliatoio raggiungendo i corridoi e l'ingresso del reparto. E così oggi ci troviamo a giustificarci con Edoardo.

«Agata, si può sapere da dove arriva questo odore?» mi chiede quando mi sorprende sulla soglia dello spogliatoio.

«Dai ciceri e tria.» Non so mentire, soprattutto a lui. E poi in questo caso sarebbe impossibile, il profumo di questo piatto a base di pasta e ceci è una prova schiacciante.

«E dove li avreste presi?» domanda incuriosito.

«Li ha cucinati Chiara, la mia coinquilina, lei è pugliese.» E con questo sono convinta di aver chiarito tutto.

«Fatemi capire, state trasformando questo reparto in una succursale di Strippoli?»

«No... è che...» Vorrei non mi guardasse in questo modo. Nel modo che mi fa rimescolare dentro. «Insomma... come sa...» Enrico mi raggiunge per portarmi aiuto, ma entrambi balbettiamo e ci impappiniamo come due scolaretti. E io che mai vorrei essere colta in fallo da lui. Ma poi, cos'è Strippoli?

Edoardo, però, si mostra molto conciliante:

«Sono momenti complicati e qualche strappo alla regola si può tollerare. Mangiare dovete pur mangiare. Soltanto cercate di mantenere un profilo basso». Ma lo dice sorridendo, poi fa un cenno di saluto con la testa e si allontana. Le mani affondate nelle tasche del camice. La testa un po' china.

«Ma scusa, cos'è Strippoli?» domando.

«Una storica osteria pugliese» mi risponde Antonella, che ha seguito divertita tutta la scena.

«Ah, ecco.»

Ma Enrico mi guarda di sottecchi. So cosa vuole dirmi. I colleghi mi prendono già in giro, perché quando Ruggeri si rivolge a me (possiamo contare le volte sulla punta delle dita) mi chiama Agata e mi dà del tu facendomi guadagnare la fama di cocca del primario.

«Ma non è solo perché ti chiama Agata, è che quando parla con te gli si addolcisce la voce, non te ne sei accorta?»

«Ma esattamente, quando parla con me? Di solito si rivolge a tutti noi usando la seconda persona plurale.» Ma io, scioccamente, vorrei che Enrico avesse ragione.

«E vogliamo tralasciare il fatto che tu, regolarmente, arrossisci?» insiste il mio compagno di ciceri.

«Enrico, smettila o vado a dire a Ruggeri che non hai finito la tua pasta e ceci.»

In ogni caso, al di là del non lavorare più a stretto contatto e di quello che dicono i colleghi, Edoardo è molto presente. Insomma, il mio timore di vederlo sempre più di rado si è rivelato infondato.

Viene al centro vaccinale quando sono di turno per accertarsi che tutto vada bene, passa e ripassa davanti alla nostra scrivania, spesso la mattina è alla postazione dei caposala, vicino a cui si trova il lettore dei badge, e alla sera mi capita di incrociarlo nei corridoi quando vado a casa.

Sto andando a cambiarmi a fine turno e il mio pensiero si sofferma proprio sul fatto che non solo lo vedo spesso, ma, soprattutto, lo guardo spesso, ed è così anche per lui. I suoi occhi mi cercano, mi seguono, mi fissano, in mezzo a tanti è su di me che si concentrano, li avverto, e quando mi volto incontro il suo sguardo febbrile e urgente che mi fa dolorosamente battere il cuore e pensare a scenari in cui io e lui non indossiamo la mascherina. Né altro, in verità.

Ma qui ci fermiamo, agli sguardi, all'elettricità che scorre fra di noi quando ci troviamo nella stessa stanza, al ricordo di quel desiderio che so di aver provato, che so che lui ha provato. E sento il cuore chiuso in una morsa. È possibile innamorarsi nel bel mezzo di una pandemia? In un momento in cui i protocolli medici impongono il distanziamento sociale? Come si fa a mantenere la distanza se ti capita di innamorarti? Come si può non desiderare di vedere il viso della persona per cui provi una forte attrazione? La sua bocca?

Sentire le sue mani su di te... le sue dita... Basta, Agata, basta. Mi mordo le labbra fino a farmi male giusto per togliermi queste immagini dalla testa, e poi, ragionandoci, c'è tutta la parte del "conoscersi", del "parlare", ecco quello è ancora possibile farlo. Certo, bisogna essere in due a volerlo. Sospiro, mi infilo il cappotto e mi avvio verso l'uscita.

«Agata!» Vorrei non girarmi così prontamente al suono della sua voce. «Puoi fermarti cinque minuti? Vorrei parlarti di una cosa... un'idea che mi è venuta e per cui mi occorre il tuo aiuto.»

Ed eccoci ancora nel suo ufficio seduti uno davanti all'altro. Farfalle che si agitano fin troppo nel mio stomaco.

Lui si allunga sulla scrivania, i suoi occhi così vicini e poi:

«Sai, credo sia arrivato il momento di organizzare qualcosa di bello per i nostri ricoverati, voi fate un lavoro eccellente con la lettura, ma vorrei qualcosa di più significativo. Qualcosa di eccezionale che li facesse sentire speciali. E per questo ho bisogno di te».

«Certo. Farò tutto quello che posso, lo sai.» Ed è proprio così.

Lui mi fissa serio e io intuisco che sarà arduo soddisfare la sua richiesta.

«Vorrei trasmettere un concerto di tuo padre in streaming, un concerto dedicato ai nostri pazienti. Vorrei che in questo momento di solitudine venisse regalato loro qualcosa di bello, qualcosa di unico. Cosa ne dici? È fattibile?»

Lo guardo, e mentre cerco di controllare la voce affinché l'ammirazione che provo per lui non traspaia troppo (ammirazione? si chiama così ora?) dico:

«Non c'è problema, sono sicura che i miei genitori ne

saranno felici.» Userò qualsiasi arma, anche il ricatto emotivo, se necessario.

«Bene, grazie, Agata.»

Rimango insensatamente a fissarlo in attesa che aggiunga qualcosa, finché mi alzo per uscire ma lui mi sorprende. Di nuovo.

«Ti va se ti accompagno?»

Se mi va? Forse non si rende conto che sono tornata dagli Stati Uniti praticamente nella sola speranza che lui mi accompagnasse a casa almeno un'altra volta.

Usciamo e camminiamo vicini, il freddo è intenso ma almeno le mascherine preservano il viso dall'aria gelida. Ancora una volta percorriamo strade semideserte, con le vetrine dei negozi spente. Ma anche se tutto intorno a me rimanda tristezza, il mio cuore, in netta controtendenza, balla a un ritmo sfrenato fra mille luci colorate.

«Allora, Agata, felice di essere tornata o ti manca Cleveland?» Chissà perché mi convinco che non sia questo ciò che avrebbe voluto dirmi.

«In realtà eravate voi a mancarmi, e molto.» Tu, tu mi mancavi, accidenti a te, Edoardo Ruggeri. Tu che mi fai sciogliere anche solo per come pronunci il mio nome.

«Be', ammetto che la cosa non mi dispiace affatto.» Il tono è spiritoso e io mi impongo di non attribuire significati forse inesistenti alle sue parole.

Proseguiamo per qualche metro in silenzio.

«È un momento così difficile per iniziare qualcosa, qualsiasi cosa, non trovi?»

«Sì, è vero.» Di cosa stiamo parlando? Di iniziare a giocare a Padel? È impossibile. Iniziare una storia di sesso? Impossibile anche questo. Cominciare a raccontare i propri sentimenti? Questo sì che è possibile, anche distanziati, anche con le mascherine. Quindi attendo che lui mi dica *che cosa* vorrebbe iniziare. E finalmente, quando ormai siamo vicini a casa e ho quasi perso ogni speranza:

«Agata, mi domandavo se tu...» E mentre sono lì che pendo dalle sue labbra mi suona il cellulare. Che a me non suona mai. Che vorrei ignorare, ma che la mia ansia mi impone di guardare. È Chiara.

Gli lancio uno sguardo implorante: ti prego, aspetta solo un attimo. E rispondo sperando di cavarmela in fretta. Ma, conoscendo la mia coinquilina, so che non sarà così.

«Agata dove sei?» La voce è agitata.

«Praticamente sotto casa.»

«Per favore, sbrigati, qui di fronte stanno succedendo cose... ecco, cose preoccupanti e io non so se è necessario intervenire.» Intervenire? Meglio che salga subito prima che Chiara faccia qualche pazzia.

«Scusa, devo salire, c'è in corso un'emergenza nel palazzo di fronte.» Lo dico con tono ironico, ma riesco a spiazzarlo lo stesso. Lui china la testa in un cenno d'assenso e anche un po' di sconfitta. Non posso lasciarlo così.

E allora, prima di chiudere il portone, gli dico quello che il cuore mi suggerisce:

«Edoardo, ti domandavi "se io"? Sì, la mia risposta è sì, qualsiasi sia la domanda».

Milano
Febbraio 2021

Edoardo

«A proposito di ragazze» è un vezzo di Paola introdurre un nuovo argomento di suo esclusivo interesse fingendo che scaturisca da un discorso già iniziato, «Sebastiano mi ha parlato di una ragazza.»

«Di una ragazza? Una sua amica?» fingo di non capire. Come se non conoscessi mia sorella e il suo fiuto per le notizie che ritiene degne di nota.

«Di una *tua* amica, con un certo cappottino rosso… È una bella novità, posso sperare in sviluppi?» continua lei ignorando la mia reazione.

«È una collega. E su che basi sarebbe una bella novità? Non la conosci nemmeno, Seba l'ha appena intravista e per il momento non è successo proprio niente.»

«Ma tu vorresti che…?»

«Diciamo che non mi dispiacerebbe, ma la situazione è molto complicata per fattori esterni e… interni per così dire, difficile fare qualsiasi passo.»

«Le hai già detto…»

«Le ho parlato della malattia, sì.»

«Wow, questo dà un certo "peso" a questa storia. E le hai detto che eventualmente…?»

«No, non ancora.» Confesso che non ho idea di come introdurre l'argomento. Non l'ho mai detto a nessuno, chi lo sa al di fuori della mia famiglia e di Veronica l'ha appreso dalla mia anamnesi. Qualche giorno fa ho accompagnato Agata a casa solo ed esclusivamente per rimanere un po' con lei, senza poter fare altro che lasciarla sul portone, anche se un tentativo di parlarle l'ho fatto. Ed è da quel momento che mi chiedo se quella sua risposta di slancio sia stata data veramente alla domanda che non ho formulato: "Agata, mi chiedevo se tu prenderesti in considerazione l'idea di frequentarci fuori dall'ospedale". Domanda che ora mi appare in tutta la sua pomposa prolissità.

«Edoardo, lo sai, è un discorso che sei tenuto a fare solo quando e se deciderete di avere un futuro insieme, sposarvi e mettere su famiglia... non prima.»

«Paola, escludo di voler aspettare fino a quell'eventuale momento. Non penso sia il caso di presentarle l'anello di fidanzamento e nel contempo comunicarle l'indirizzo dei miei spermatozoi.»

«In questo caso, se vuoi un mio consiglio, il tema va affrontato al terzo appuntamento.» Paola, la pratica, ha trovato subito un'alternativa.

«Al terzo?» domando incuriosito.

«Sì, al primo si condivide il buono e il bello delle proprie vite, le luci, insomma, al secondo ci si accerta che siano state percepite al meglio e al terzo appuntamento si rivelano le ombre.»

«È da considerarsi un'ombra quindi...»

«No, certo che no, ma è sicuramente un argomento delicato.»

«In ogni caso, noi non siamo neanche al primo, di appuntamento, e con la pandemia che ancora impazza quando pensi che riusciremo ad arrivare al terzo? A dicembre 2023 forse.»

«Allora presentaglielo come un caso clinico.»

«Fortunatamente non abbiamo nessun paziente…»

«Ma sarà prevista una discussione teorica di casi clinici, no?»

«Sì, certo.»

«Se lei è una ragazza intelligente lo capirà da sola e tu potrai passare al quarto appuntamento in scioltezza» ridacchia. Lo trova divertente. Lei.

«Sì, però c'è sempre la possibilità che scappi a gambe levate e poi, è un po' da pavidi, no?» Scelgo anch'io un tono ironico, quasi la cosa non mi pesasse sul cuore. Come non mai.

«Sì, forse sì… allora scrivile! Lasciati ispirare dai grandi romanzi epistolari d'amore… Werther… Ortis…»

Non posso fare a meno di scoppiare a ridere davanti all'afflato romantico di mia sorella, donna dotata di grande pragmatismo e refrattaria a qualsiasi tipo di sentimentalismo:

«Una visione ottimistica dell'amore, quindi».

«Non dico che tu, se respinto, ti debba suicidare…»

«Questo mi conforta molto. Ma adesso devo proprio andare, Paola, grazie dei tuoi preziosi consigli.»

«Che non seguirai.»

«Esatto.»

Ma il problema di riuscire a trovare una via che mi conduca ad Agata e che mi permetta di parlarle rimane. In questo frangente, in cui a un nuovo sentimento tutto è negato, mi rendo conto che anche il più platonico degli amori si nutre di vicinanza, di mani che si toccano, di dita che si sfiorano e di sorrisi non nascosti da mascherine.

Andando per gradi, quello che prima di tutto vorrei sapere da te, Agata Molteni, è, se io non ricoprissi la posizione che ricopro, se io non ti fossi... ecco sì, gerarchicamente superiore, diciamo che, ammetto, è un modo respingente di descrivere la situazione, insomma, tu prenderesti in considerazione di... di cosa? Di uscire con me? Per andare dove? Cene, cinema, teatro, tutto il pacchetto romanticismo è proibito, come accidenti si corteggia una donna in tempo di pandemia?

E poi quando sarebbe bene lei sapesse (come mi ricordano con una certa insistenza Paola e Veronica) che cosa la malattia mi ha tolto?

Ora però devo pensare al briefing di domani, durante il quale annuncerò l'iniziativa a cui tengo molto.

Alla riunione sono presenti tutte le persone che vorrei vedere coinvolte nel mio progetto, compreso Simone, il responsabile dei volontari.

Inizio rivolgendomi alla nostra psicologa:

«Maria Grazia, l'anno scorso, quando ho deciso di chiudere il reparto alle visite di parenti e volontari tu mi hai tacciato di crudeltà...».

Lei, pensando a un rimprovero, tenta una timida autodifesa dietro la Ffp2, ma io non la lascio neanche iniziare:

«... e avevi ragione. Non dico che le azioni da me intraprese non fossero necessarie, come avete visto il nostro reparto finora è rimasto *Covid free*, l'unico in questo ospedale. Devo però ammettere di essermi dimenticato dell'importanza dei gesti d'affetto, delle attenzioni di chi amiamo, delle cose belle, che rasserenano».

Mi guardo intorno, so che quello che sto per dire li stupirà.

«Quasi vent'anni fa ero anch'io nel letto d'ospedale di un reparto di oncoematologia.» Vedo che ora ho tutta la loro attenzione e la loro curiosità. Veronica, seduta accanto a me, si volta a guardarmi colpita. Dopo averlo nascosto per anni, eccomi qui a raccontarlo a una platea decisamente più vasta di quanto avrei mai potuto immaginare. «E mi ricordo bene quanto le attenzioni della mia famiglia siano state importanti in quel momento della mia vita. Mi ricordo di come mio padre tutte le mattine portasse i croissant appena sfornati per tutto il reparto, il suo modo di ringraziare chi si stava occupando di suo figlio. Di mia sorella Paola, sempre accanto a me. Dei compleanni organizzati in corsia, con tutte le sue amiche e i miei compagni di classe probabilmente precettati da lei, della sala da pranzo trasformata in cinema o in teatro. Perché, è una sua e ora anche una mia convinzione, il bello, e qualche volta anche il buono, cura.»

Faccio una pausa, e cerco con gli occhi Agata:

«E così ho chiesto alla dottoressa Molteni di coinvolgere suo padre, il Maestro Arturo Molteni, che generosamente ha acconsentito a organizzare un concerto in streaming. Un concerto per noi, e con "noi" intendo tutti coloro che ruotano intorno a questo reparto. Parenti e volontari inclusi». L'applauso parte da Simone, seguito da Maria Grazia e quindi da Veronica, e poi sono tutti qui ad applaudire.

«Bene. Sono contento che l'iniziativa incontri il vostro favore, perché ci sarà bisogno dell'aiuto di ciascuno di voi affinché tutto funzioni, osservando, naturalmente, le necessarie misure di contenimento.» E uso una voce severa, una voce da Orco insomma, perché il lavoro sarà veramente molto. «E ora possiamo passare agli altri argomenti in agenda...»

Alla fine del briefing, Agata si avvicina e non posso fare a meno di sorriderle.

«Papà mi ha inviato delle proposte, quando possiamo vederci?» E io non riesco più a trattenermi:

«Agata, usciresti con me se si potesse uscire?». Non potevo formulare una domanda più inutile e ridicola.

«Sì, certo che sì...» E poi, dopo una piccola pausa: «Ricordi? La risposta è sì, qualsiasi sia la domanda. In ogni caso, "uscire" non significa andare chissà dove, e se vogliamo un po' di intimità possiamo trovarci nel cortile posteriore dell'ospedale. Lì l'entrata è chiusa a causa delle misure anti-Covid e non ci va più nessuno...». Ancora una volta, come quel pomeriggio nel mio studio, è lei a prendere in mano la situazione.

«Giusto, bene allora, ci vediamo lì... diciamo all'una, così discutiamo del concerto?» E già mi sento in qualche strano modo felice. La vedrò. Le parlerò.

E all'una precisa spingo il maniglione antipanico che conduce al piccolo slargo che serviva come entrata alle sale prelievi e che, abbandonato, in pochi mesi ha assunto l'aspetto di un giardino segreto. Lei è già lì seduta sul muretto con un panino in mano e una bottiglietta d'acqua accanto. Mi siedo anch'io. A debita distanza. A troppa distanza.

«Allora, come va la preparazione dell'esame?» Veramente non trovo altro argomento per rompere il ghiaccio?

«Bene, va bene, ma devo ammettere che il *binge watching* della *Casa di carta* procede meglio.» La risposta ha il potere di rasserenare l'atmosfera, perché non è quella che si dà al proprio primario. Qui, seduti su un muretto sconnesso, in questo cortile momentaneamente in disuso di cui la natura ha ripreso rapido e completo possesso, siamo un uomo e una donna attratti l'uno dall'altra.

«Potresti far avere a Veronica Bisleri la lista delle serie che stai seguendo, sicuramente lei troverebbe modo di inserire qualche domanda sull'argomento nel test d'esame.»

«Lo farò senz'altro» ride. Ha una risata argentina.

Fa freddo e il silenzio è assoluto e straniante, solo il passaggio delle rare macchine al di là della cancellata lo interrompe per pochi secondi. Stretti nei piumini (il suo è azzurro cielo, ama i colori forti, me ne devo ricordare) ma con indosso ancora i camici, non possiamo fare altro che guardarci e parlarci. E io trovo tutto ciò molto piacevole, ma in qualche modo anche una vera tortura. Scuoto la testa per allontanare il pensiero di ciò che le mie mani e la mia bocca vorrebbero fare e mi impongo di ricordare la ragione per cui siamo qui, oggi.

«Mi dicevi che hai parlato con tuo padre del concerto...»

«Sì, ho fatto una videochiamata con lui e con la mamma ieri sera, sono entusiasti di poter fare qualcosa per il nostro ospedale. Propongono una *matinée*, o meglio quella che da loro sarebbe una *matinée* e da noi il primo pomeriggio. Papà studierà un programma leggero e il più possibile allegro, Vivaldi, Mozart... pensava a un'ora di concerto, mi sembra una durata adeguata, cosa ne dici?»

«Un'ora andrà benissimo.»

«Per quanto riguarda la registrazione organizzeranno tutto loro. Riprese, mixer audio e video e regia. Verrà trasmesso su Twitch e a questo proposito mi è venuto in mente che potremmo chiamarlo "Concerto per Twitch e Orchestra", che te ne pare?»

Sorrido e annuisco, un po' travolto dal suo entusiasmo.

«A chi avevi pensato per la parte tecnica qui da noi?»

Decido di non confessarle che non avevo considerato ci fosse una "parte tecnica" di cui occuparsi.

«Mi sto organizzando» mento con una nonchalance che non mi riconoscevo.

«Appena saprai a chi affidarla, li faremo mettere in contatto con Cleveland.»

«Perfetto.» La guardo, l'entusiasmo per il progetto che ha subito fatto suo le ha acceso le guance e illuminato gli occhi. È bellissima, e a questo punto davvero non posso fare a meno di dirle ciò che da molto attende di essere detto:

«Agata... forse troverai fuori luogo quello che sto per dirti, in quel caso, be', perdonami, ma devo confessarti che quando ti ho vista per la prima volta, ti ricordi? Quando sei entrata nella stanza con quel tuo cappotto rosso...». Lei annuisce, d'altronde come potrebbe non ricordare il suo primo giorno di praticantato? «Ecco, sono stato travolto da un'emozione insolita, be', diciamo sconosciuta.» In realtà, un desiderio improvviso e irragionevole che mi ha spaventato e a cui ho, naturalmente, reagito con razionalità un po' da stronzo, ammettiamolo. «E poi più ti conoscevo e più vedevo le cose che facevi per gli altri, pazienti e colleghi, come ti comportavi in reparto. E così a questa reazione istintiva andava aggiungendosi altro... prima curiosità, poi interesse, ammirazione e un desiderio di conoscerti meglio ed essere qualcosa per te.» Ecco, l'ho detto.

Lei non dice nulla, solo le sue pupille si dilatano.

«E poi… e poi quando ti ho accarezzata quella sera sotto casa tua» scuoto la testa, accarezzata, che parola grossa! «e anche l'assurda gelosia che mi coglieva quando ti vedevo con Vittorio Ferrari…»

«Ferrari? Eri geloso di Vittorio?»

In realtà lo sono ancora, ma meglio nasconderle questa mia debolezza.

«Sì, lo sono stato, scioccamente lo ammetto. Ma questo, insieme ad altri più piccoli dettagli, mi ha fatto capire che qualcosa stava succedendo, che qualcosa era già successo.»

Lei tira un respiro e poi con voce sommessa dice:

«Ti capisco, anche le mie emozioni hanno fatto lo stesso percorso e ci sono stati momenti in cui ho profondamente desiderato che mandassi al diavolo tutte le regole anti-Covid e almeno mi baciassi» A queste parole il mio cuore ha una contrazione talmente forte da risultare quasi dolorosa, gioiosamente dolorosa, aggiungerei.

«Ma poi a Montisola tu…»

La interrompo, questo va chiarito subito:

«Se guardo indietro ho un grande rimpianto: l'occasione perduta di Montisola. Avrei dovuto rapirti, portarti in mezzo al lago e…».

Sorridiamo, entrambi.

Lei tace ma si siede più vicino a me, fissandomi.

E alla fine dice:

«Sì, avresti dovuto».

Agata

Fa freddo ma non lo sento, sono troppo concentrata su questo momento, il momento in cui Edoardo Ruggeri mi ha rivelato di volermi conoscere. Meglio. E al mio cuore questa cosa suona benissimo, ma c'è ancora *quella* cosa da chiarire.

Raccolgo il coraggio e, senza guardarlo negli occhi, cerco di spiegare:

«Senti, a proposito del fatto che ti chiamavo Orco…».

Lui risponde con un'alzata di spalle:

«Pare che tutti mi chiamino così».

«Ma poi abbiamo smesso.»

«Davvero?» Dal tono della sua voce sembrerebbe dispiaciuto. Vuoi vedere che gli piaceva farsi chiamare Orco?

«Dopo che abbiamo visto come ti sei comportato con Enrico.»

«Ho semplicemente fatto quello che andava fatto e quello che Enrico si meritava.»

«Sì, è vero, ma l'hai fatto in un modo… be', in un modo che ci ha fatto capire… che mi ha fatto capire molto di te, di quello che sei e se è possibile ha accresciuto ancora di più la… la stima che provo per te.» Mi fermo qui, anche se in realtà io di lui sono innamorata. Ecco, l'ho ammesso.

«Ne sono oltremodo contento.» L'ironia del commento è stemperata dal tono profondo della sua voce.

Tiro un grande respiro e mi sforzo di ricordare che dovremmo parlare del concerto. Poi prendo il cellulare per controllare ciò che papà mi ha scritto dopo la nostra prima conversazione su Skype in proposito, durante la quale, probabilmente sfiancato dall'apatia dovuta al periodo di sosta forzata, ha mostrato un immediato interesse:

«Trovo che la tua proposta sia estremamente allettante, Agata: un concerto per l'ospedale! La musica che porta sollievo e luce in questo momento triste e buio».

«L'idea non è mia, ma di Ruggeri, il mio strutturato» ho specificato del tutto inutilmente, perché mio padre sa benissimo chi è Ruggeri.

Dopo una pausa che mi ha dato la misura della sua insofferenza, ha sospirato e ha detto:

«Mi domando quanto di questa tua richiesta parta dal desiderio di compiacere Ruggeri.»

«La trovo un'iniziativa bellissima, lui ti stima molto e si è rivolto a me che sono tua figlia, tutto qui. E poi, papà, un po' di visibilità in Italia non guasterebbe alla tua carriera, no?» Ho scelto la via della lusinga che con mio padre, devo dire, funziona praticamente sempre e invece lui non si è fatto incantare:

«Agata, nutri dell'interesse per Ruggeri?».

Non ho risposto. E si è trattato di un silenzio-assenso.

Lui ha scosso la testa:

«Insomma, la classica infatuazione per il proprio mentore, capita spesso, passerà». Chissà se stava parlando ancora di Ruggeri o di sé. E in ogni caso, per quanto mi riguarda, non è di certo una cotta passeggera per un insegnante, dato che è il suo lato più umano ad avermi attratto.

«No, non è un'infatuazione.»

«Ne sei sicura?»

«Papà, quando sono vicino a lui l'*Eroica* parte da sola.»

Un altro sospiro e poi:

«Allora non c'è che da sperare che lui contraccambi i tuoi sentimenti. Non sopporterei di vederti soffrire, lo sai».

E questo, lo so, è stato il suo modo ruvido di darmi la sua benedizione.

Mentre leggo a Edoardo le proposte di mio padre, mi avvicino ancora un po' e lui si avvicina a sua volta, il mio ginocchio sinistro che sfiora il suo ginocchio destro. Mi chiedo se anche per lui questo non poterci almeno toccare non rappresenti una tortura e credo di sì, perché per un attimo chiude gli occhi come se fosse stato colpito da un pensiero doloroso.

«Agata, non vedo l'ora di...» Ma a questo punto veniamo interrotti da due portantini che hanno scelto il cortile per la pausa sigaretta.

E a me non resta che riempire quei puntini con tutto ciò che io non vedo l'ora di provare con lui.

Sembra che tutte le volte che stiamo per dirci qualcosa di essenziale, qualcuno decida di disturbarci, anche se nel caso di Chiara la preoccupazione era proprio fondata.

Quando mi sono precipitata in casa, l'ho trovata che si mangiava le unghie fremendo davanti alla portafinestra mentre guardava ciò che stava succedendo da Vicino.

Non mi ha neanche salutato, e con tono carico di nervosismo mi ha subito aggiornata:

«Allora… hanno litigato, lei ha preparato le valigie e lui a quel punto ha cominciato, credo, a chiederle di rimanere. Poi, quando lei ha preso il cellulare, penso per chiamare un taxi, lo ha afferrato dalle sue mani e l'ha scagliato contro il muro».

Mi sono dovuta sedere perché, pur rientrando le liti nel novero delle cose che capitano nella vita di coppia, il gesto di strapparle e romperle il cellulare cominciava terribilmente ad assomigliare a una violenza. E c'era già stato il piatto gettato a terra.

«E adesso?» ho chiesto con un filo di voce.

«E adesso sono lì che si baciano, guarda… ora l'ha presa in braccio e la porta di là, penso in camera.» Si è voltata verso di me, gli occhi carichi di paura e preoccupazione: «Credimi, c'è stato un momento in cui sono stata a un passo dal chiamare il 112…».

«Certo che ti credo» le ho detto.

«Prima di baciarla lui si è inginocchiato davanti a lei, che sembrava infastidita e cercava di allontanarsi.»

Chiara ha emesso un profondo sospiro.

«Le dinamiche all'interno di una coppia sono difficili da giudicare.» Non ho trovato di meglio di questa bella frase che suona sensata, anche se io di dinamiche di coppia non ne so nulla.

«Sì, immagino di sì.» Poi, scuotendo la testa ancora incredula per ciò che aveva visto: «Be', vado a telefonare ad Antonio». Mi sono resa conto che è lì che lei cerca conforto e tenerezza. La trovo una cosa bellissima. «Tu, tutto bene?» mi ha domandato passandomi accanto.

«Sì, tutto tranqui.» Non ne ho voluto parlare. Non in quel

momento dopo aver discusso di una lite e sospettato violenze. Edoardo e i miei sentimenti per lui meritano spazio e luce.

Quando però Chiara era ormai sulla soglia della stanza si è voltata dicendo:

«Bisognerà tenerli d'occhio, ora.» E io ho annuito. Come se fosse una cosa sotto la nostra responsabilità. Ma, in fondo, un po' lo è, no?

E così, quando possiamo, diamo un'occhiata, ma non è più successo nulla. O quasi. Perché se è da tre giorni che non li vediamo, abbiamo però notato che il grande televisore a parete è sparito e che mancano molti libri nella libreria. Ma di Vicino e della sua ragazza neanche l'ombra. Anche se non c'è dubbio che siano in casa, dato che possiamo vedere i loro cappotti e la borsa di lei ancora appesi al portabiti dell'ingresso. Con Chiara ci siamo dette che stanno sicuramente praticando del sesso riparatore, in realtà più per tranquillizzarci l'una con l'altra che per vera convinzione. Perché è vero, in un giorno riusciamo, fra me e lei, a osservare l'appartamento di Vicino al massimo per un'ora e nelle altre ventitré può sempre succedere il mondo. Ma è anche vero che, visto da casa nostra, l'appartamento sembra disabitato. Tutto è rimasto come cristallizzato: la cucina intonsa, i computer sul tavolo, il trolley vicino alla porta, i pezzi del cellulare sparsi sul parquet. Le luci sempre accese.

Devo dire che la cosa ci preoccupa.

Abbiamo dunque ricominciato a lasciarci dei post-it sul frigorifero, ma questa volta non seguono l'esaltante escalation che illustrava quella che, ne eravamo più che sicure, fosse una meravigliosa, romantica, storia d'amore fra un uomo estremamente attraente e una ragazza bellissima. No, ora i biglietti assomigliano a tristi e freddi bollettini di guerra, i "niente da segnalare" si alternano ai "tutto tace".

E questa mattina siamo di nuovo qui, spalla a spalla a guardare quello che succede a pochi metri da noi. Quando, all'improvviso, sussultiamo. Eccolo Vicino che attraversa la stanza e, senza badare ai resti del cellulare (cosa non proprio da lui), indossa il giaccone ed esce. Chiudendo la porta a chiave.

«Pensi che l'abbia chiusa dentro?» mi chiede Chiara cupamente.

«Potrebbe avere anche lei una chiave.»

Una pausa durante la quale entrambe formuliamo in silenzio la stessa domanda: "E se non ce l'avesse?".

«Ok, io vado.» La mia voce ha un tono deciso che stupisce me per prima.

«Dove?» Ma la sua è una domanda oziosa, perché conosce bene la risposta.

«Di là» indico con il mento.

«Vengo anch'io.»

«Invece tu stai qui e controlli che lui non torni mentre io sono nell'appartamento.»

«E cosa dirai se è tutto a posto? Magari lei ora sta riposando dopo una maratona di sesso.» Ma chi ci crede? Tre giorni sarebbero troppi anche per Sting. Poi Chiara va in cucina, esce sul nostro balcone e lancia la sua sciarpa su quello di fronte. «Ecco, potrai dire che devi recuperare la sciarpa e che la porta era aperta...»

Annuisco. Non mi piace, ho paura, ma so che andare a controllare è l'unica soluzione. Cioè, ci sarebbe anche da avvertire le forze dell'ordine, ma per raccontare cosa?

«La chiave l'ha messa come al solito sotto il vaso?» domando sempre fissando l'appartamento di fronte.

«Sì, mi sembra di sì.»

«Tu stai all'erta, vedrai che sarà un gioco da ragazzi.» Faccio la spavalda ma ora la voce mi trema un po'. Stiamo per fare una pazzia che potrebbe costarci una denuncia per violazione di domicilio. Come minimo.

«Va bene, ma appena arrivi, se tutto è a posto, racconti la tua scusa, esci a recuperare la sciarpa e io saprò. Ok?»

«D'accordo, dammi cinque minuti da quando entro, se non mi vedi sul balcone chiama il 112.»

«Ok. E se lui torna?» E mi rendo conto che anche la sua voce non è tanto ferma.

«Porto il cellulare con me, ma vedrai, sarò velocissima.»

Lei mi prende bruscamente il polso, mi fissa negli occhi:

«No. Cinque minuti. Entri, dai un'occhiata e se non è tutto a posto tu torni di corsa qui, qualsiasi cosa ci sia in quella casa. E poi chiameremo il 112. Ok?»

«Ok.» E sono già sulle scale.

Mentre attraverso il giardino alzo gli occhi verso il nostro appartamento e vedo Chiara che agita nervosamente il cellulare. Affretto il passo e, grazie al portone lasciato aperto, mi intrufolo dentro al palazzo. Comincio a cronometrare. Cinque minuti. Arrivata al pianerottolo sollevo il vaso, trovo la chiave e sono nell'appartamento. Vado alla finestra e faccio il gesto del pollice alzato per rassicurare la mia coinquilina. Tutto bene.

Ma tutto bene cosa? Sono a casa di uno sconosciuto che, per quello che ne sappiamo, potrebbe essere un serial killer. O semplicemente un uomo del tutto innocente che ormai vive solo. Ma il cappotto e la borsa della sua ragazza ancora appesi nell'entrata raccontano un'altra storia. O forse no. Ho un brivido. E non è per l'aria gelida di febbraio.

Rimango immobile per pochi secondi. Poi sento gemiti e urla provenire dalla stanza in fondo al corridoio. Li seguo con il cuore in gola e mi ritrovo nella camera da letto.

La scena che mi si para davanti è allo stesso tempo bizzarra e inquietante.

Ma non ho tempo di fare nulla, perché tutt'a un tratto mi rendo conto che il cellulare sta suonando da un po' e contemporaneamente sento aprirsi la porta. E il sangue mi si gela nelle vene.

Vicino.

«Dove sei, Agata? Sta tornando! Sta tornando!! Scappa!!» La voce di Chiara mi arriva concitata attraverso il telefono a cui ho risposto con colpevole ritardo. Mi sento come paralizzata, ma devo farmi forza e affrontare Vicino prima di occuparmi di ciò che ho scoperto.

Ripercorro il corridoio per tornare nel soggiorno mormorando una preghiera al santo delle ragazze imprudenti con le gambe che sembrano non voler collaborare, ed è lì che lo trovo. La sua sorpresa è comprensibilmente grande. Rimane per pochi secondi a fissarmi stupito e poi:

«Ma... ma lei chi è? E cosa ci fa in casa mia?». Mi sta di fronte, più alto e più massiccio di quanto sembrasse dall'altra parte del cortile, gli occhi iniettati di sangue, l'espressione ora più alterata che stupita. Io cerco di ricordare cosa dovrei fare, cosa dovrei dire. Mi affiora alla mente il vago ricordo di una sciarpa, e mentre cerco di radunare le idee, che sembrano essere tutte scappate a nascondersi, lui fa un passo minaccioso verso di me. Allora io quasi senza pensare allungo la mano verso il tavolo e afferro il primo oggetto che trovo. E lo colpisco. In faccia. Sull'arcata sopracciliare per l'esattezza. Con la boule di cristallo. Quella delle peonie. Quella pesante. Quello che segue è il rumore di un osso che si spezza.

Lui crolla subito a terra con un tonfo sordo mentre il sangue comincia a uscire abbondante dalla ferita. Mi inginocchio automaticamente per esaminarlo quando uno schianto di vetri infranti e infissi divelti mi fa girare verso la finestra.

E, con mia immensa sorpresa (e un bel po' di sollievo), Edoardo è qui.

Edoardo

La telefonata arriva alle sette di mattina. Una chiamata di Pesenti a quest'ora non può che essere foriera di cattive notizie. E infatti…

«Ruggeri, Tedeschi arriva lunedì e vuole prendere subito il controllo del reparto. Fategli trovare l'ufficio in ordine. Niente specializzandi in overdose su lettini volanti, per favore.»

Chiudo gli occhi e solo il fatto che sto vivendo un momento felice mi impedisce di mandarlo dove vorrei e dove meriterebbe di essere mandato.

Quella che sembra una cattiva notizia, però, mi libera dall'imbarazzo di dover decidere.

Un'ora più tardi sono in ospedale e, mentre mi dirigo in laboratorio per conoscere gli esiti del mio ultimo tampone, incrocio Veronica:

«Allora, Tedeschi lunedì è qui?». Il che conferma ciò di cui sono convinto da lungo tempo: di essere sempre l'ultimo a venire a conoscenza degli avvenimenti di questo ospedale, anche di quelli che mi riguardano direttamente.

«A quanto pare.» Non fingo indifferenza. Sono indifferente.

«Sei sicuro della tua decisione? Non te ne pentirai?» Mi scruta per scovare cedimenti.

«Sì, sono sicuro, no, non mi pentirò.» Lei annuisce, sembra convinta, poi mentre ci accingiamo a continuare ognuno per la propria strada domanda:

«Stai andando a ritirare gli esiti del tampone di ieri?».

Mi fermo e la fisso con uno sguardo che spero esprima tutto il mio disappunto:

«Ma la parola privacy ha qualche significato in questo ospedale?» protesto, anche se ormai sono rassegnato.

«No, credo di no.» E se ne va tutta fiera.

Il tecnico di laboratorio nel consegnarmi il risultato esclama garrulo:

«È negativo, dottore».

«Grazie di avermi evitato il disturbo di doverlo leggere.» Ma la mia ironia si perde nel suo buonumore:

«Di niente, di niente» mi sorride compiaciuto.

Me ne vado stringendo il referto. "Ora con questo farò finalmente cose che..." mi dico appena rimetto piede in reparto, ma non riesco a terminare il pensiero perché Antonella, guardando il foglio che ho fra le mani, mi informa:

«Anche Agata l'ha fatto ieri, come te giusto allo scadere dei quindici giorni dalla seconda dose e anche il suo è risultato negativo».

La guardo esasperato:

«Decisamente si ignora il rispetto dei fatti privati, qui». Ma Antonella si limita a scuotere ironicamente il capo e ad affermare: «È il suo bello, no?» prima di tornare a guardare serafica il monitor del computer.

Agata, però, non è ancora arrivata. Veronica è pronta per il giro e chiede a Enrico di cercarla sul cellulare.

«C'è la segreteria» annuncia lui con sguardo perplesso.

«Non è mai arrivata in ritardo, anzi… e poi senza avvisare, non è da lei.» Antonella dà voce al comune pensiero.

«Be', non è il caso di preoccuparsi per un ritardo di pochi minuti.» Veronica cerca di minimizzare. Ma io sono già preoccupato. Non è qui, non ha avvisato e non è raggiungibile. Ci metto un nanosecondo a prendere la decisione:

«Vado a vedere cos'è successo. Chiamatemi se arriva».

Tutti annuiscono.

In cinque minuti sono sotto casa di Agata. Per tutto il percorso ho lasciato squillare il telefono, che mi ha rimandato sempre alla segreteria. Suono un paio di volte al citofono senza che nessuno risponda. Il livello di preoccupazione sale. Cosa sta succedendo, Agata?

Il portone si apre per far uscire un'anziana signora e il suo carlino e io ne approfitto per entrare. So che abita al terzo piano, nient'altro, e sono disposto a suonare a tutti pur di trovarla, ma quando sono sul pianerottolo una porta si spalanca all'improvviso e ne esce la coinquilina di Agata, rossa in viso e con gli occhi sbarrati per l'angoscia, che parla concitata al telefono.

Quello che mi dice quasi urlando è confuso, ma chiaramente urgente:

«Agata è di là… voleva controllare che la ragazza stesse bene… ma adesso lui è arrivato e lei è in pericolo.»

Di là dove? Quale ragazza? Lui chi?

Seguendo il dito di Chiara mi rendo conto che quel "di là" si riferisce all'appartamento di fronte. Raggiungo il balcone e, abbassando lo sguardo, vedo Agata che fronteggia un uomo, anche da qui si percepisce la tensione. Quando lui fa un passo minaccioso verso di lei che si ritrae impaurita, senza pensarci salgo sul parapetto e salto dal balcone, atterrando su quello vicino, un calcio alla portafinestra che si infrange rumorosamente sul pavimento e sono dentro.

Lo sguardo di sollievo che Agata mi lancia fa crescere in me il desiderio di abbracciarla, proteggerla e salvarla da qualsiasi cosa la stia turbando, un'urgenza così forte da far male. Ma c'è un uomo a terra svenuto, il viso coperto di sangue che esce da una ferita lacero-contusa al sopracciglio destro e ho solo il tempo di metterle una mano sulla spalla per rassicurarla.

«Controllagli le pupille, io vado a cercare del ghiaccio e qualcosa per lavargli la ferita.» Ma quando torno con un asciugamano bagnato e una confezione di gamberetti surgelati suonano alla porta e un gruppetto di persone fa la sua comparsa nel soggiorno: Chiara, che riceve dalla sua amica il bizzarro ordine di "andare a liberare la Ragazza di Vicino", qualsiasi cosa questo significhi, e due agenti di polizia che osservano perplessi Agata, la quale, inginocchiata accanto all'uomo, gli sta prestando i primi soccorsi:

«Credetemi, sono un medico» li rassicura, ottenendo da loro solo sguardi dubbiosi dovuti, ritengo, soprattutto all'incongruo sacchetto di gamberetti del Baltico che gli sta applicando sulla fronte.

Mi inginocchio vicino a lei:

«Con cosa l'hai colpito?».

«Con la boule delle peonie» Con cosa? Poi vedo il grosso vaso di vetro che è rotolato più in là rimanendo intonso. E penso che al tipo sia andata anche bene.

Lo sguardo sospettoso degli agenti è ora su di me:

«E lei chi sarebbe?» mi chiede il più anziano dei due.

«Il dottor Ruggeri, il mio… il mio fidanzato» risponde Agata per me senza alzare gli occhi dall'uomo, che ora sta gemendo. Il suo fidanzato. È chiaro che l'ha detto per semplificare le cose. Ma quella parola riesce lo stesso a scaldarmi il cuore.

Poi, ad affollare ulteriormente la stanza, arrivano anche i paramedici, che prendono in carico l'uomo, ormai cosciente.

I poliziotti, dopo averci intimato di non muoverci, seguono Chiara insieme ad altri paramedici e così scopro che c'è una ragazza nell'altra camera, che viene prontamente caricata su una barella e portata via.

«Adesso noi andiamo di là da dove venite» ci intima poi l'agente più anziano, «e voi tre mi raccontate come si sono svolti i fatti.» Cosa che, devo dire, incuriosisce molto anche me. Vorrei proprio sapere come e perché siamo finiti tutti qui.

Questa volta per tornare nell'appartamento delle ragazze decido di attraversare il cortile a piedi e non in volo. Arrivati, ci sediamo al tavolo della cucina mentre il poliziotto, taccuino alla mano, rimane in piedi.

«Allora, chi di voi tre vuole iniziare a raccontarmi come sono andate le cose?»

Inizia Chiara, che sembra la più informata dei fatti. Alla fine del racconto l'agente si passa la mano fra i capelli in un gesto di sconforto e, devo dire, ha tutta la mia comprensione.

«Quindi… vediamo di capirci… come avete fatto a decidere che era necessario intervenire?»

«Abbiamo… osservato, ecco» risponde Agata.

«E quanto avete dovuto "osservare"?»

«Un po'», «Il giusto» rispondono insieme.

Il poliziotto deve essere dotato di pazienza infinita perché riformula la domanda:

«Da quanto osservavate cosa stava succedendo nell'appartamento di fronte?».

Le due ragazze si scambiano un'occhiata veloce, poi Chiara dà una risposta che mi spiazza. E spiazza anche l'agente, in verità.

«Da quando abitiamo qui, da più di un anno...»

«Cioè, voi stavate osservando quello che succedeva di là da più di un anno?» Giusto per essere chiari.

«Sì, ma prima c'era solo lui, poi è arrivata lei... sembravano così felici e a noi piaceva... be'... guardare, ecco, e commentare... ci lasciavamo dei post-it dove...» Agata tenta di venire in soccorso della sua amica, ma si capisce che si vergogna un po'. In questo momento la trovo adorabile.

«Dei post-it? E cosa ci scrivevate?» L'agente a questo punto ha preso posto anche lui intorno al tavolo, credo abbia capito che qui la faccenda andrà per le lunghe.

Le ragazze si guardano decisamente imbarazzate:

«Be'... cose».

«E possiamo sentirle queste "cose"?» E mentre io formulo il pensiero che è impossibile che Agata e Chiara abbiano conservato i post-it, quest'ultima si avvicina al cassetto della cucina e ne trae un mucchietto piuttosto consistente di pezzetti di carta rosa e gialli. Incredibile.

«Il primo l'abbiamo scritto all'arrivo della ragazza, prima ci limitavamo a commentare quello che vedevamo...» spiega e, sempre più imbarazzata, comincia a leggere messaggi dove si parla di esercizi alla sbarra a petto nudo, di fianchi e di V che "puntano lì", di film condivisi, di petali di rosa, di cene romantiche, serenate con la chitarra e colazioni a base di pancake ai mirtilli...

Premesso che per questo Vicino nutro sentimenti profondamente ostili, mi verrebbe da ridere se non fosse un momento drammatico.

«Un vero e proprio osservatorio sulla vita degli altri, direi.» Il tono dell'agente fa trapelare tutta la sua disapprovazione e a questo punto decido di intervenire:

«Le faccio notare che è stata proprio l'attenzione verso ciò che succedeva nell'appartamento di fronte a permettere loro di capire che qualcosa non andava, e a farle intervenire in difesa di qualcuno che ritenevano in pericolo». Agata mi lancia uno sguardo grato.

«Entrando dalla finestra?» La perplessità dell'agente aumenta di domanda in domanda.

A rispondere questa volta è Agata:

«No, io sono entrata dalla porta, e quando sono arrivata...».

«Dalla porta? E come?» E qui le ragazze danno spiegazioni rocambolesche che fanno scuotere la testa al poliziotto, che infine chiede:

«E chi è entrato dalla finestra e perché?».

«Io... io sono entrato dalla finestra, l'uomo stava minacciando la dottoressa Molteni, la mia... la mia fidanzata» intervengo. La storia si complica, meglio mettere in chiaro che Agata si è difesa da un pericolo imminente. E mi stupisco di scoprire quanto mi sia piaciuto pronunciare le parole "la mia fidanzata".

«E invece quando lei è... atterrato, diciamo, la signorina aveva già reso inoffensivo l'uomo.»

«Già.» Ci fissa uno per uno.

«E lei è un medico...»

«Sì, anche la mia fidanzata è un medico e la signorina è infermiera.»

«Bene...» Sembra essersi convinto che non ha davanti a sé tre delinquenti. «E quindi cos'ha fatto dopo essersi introdotta nell'appartamento?»

«Ho cercato di capire dove fosse la ragazza, poi ho sentito dei gemiti e sono andata verso quella che ho scoperto essere la camera da letto... be', di certo non mi aspettavo di trovare quello che ho trovato.»

«E cioè?»

«Cioè Ragazza di Vi... insomma, la ragazza legata al letto e addormentata nonostante il televisore acceso che trasmetteva *Harry, ti presento Sally* a tutto volume. Era da lì che venivano i gemiti, ha presente la scena in cui... be', era legata con delle manette e c'erano molti libri sparsi sul letto e nella stanza.»

L'agente si appoggia allo schienale della sedia e allarga le braccia in segno di scetticismo:

«Mi sembra una situazione che può rientrare in un rapporto sentimentale, e anche le manette... le ha viste, no? In peluche rosa! Tutto potrebbe benissimo ricondursi a un gioco erotico fra consenzienti più che a un sequestro di persona e a una violenza privata, non crede?».

«Non so. C'era qualcosa che non mi convinceva. Lei voleva andarsene, lui l'ha impedito con una certa veemenza, ecco. E c'era già stata una scena violenta...» Ma il dubbio le si è insinuato nella voce.

«E ha ragione, signorina.» Ci giriamo tutti verso la porta della cucina, dove è apparso l'altro poliziotto. «La ragazza ha in effetti dichiarato di essere stata trattenuta contro la sua volontà e costretta» abbassa lo sguardo sul suo taccuino «a una maratona di film e libri romantici pretendendo di ripeterne le scene salienti.» Alza gli occhi e ci osserva: «Bizzarro modo di voler convincere qualcuno a rimanere con te e ancor più bizzarra forma di sequestro. In ogni caso, secondo i paramedici le sono stati anche somministrati dei sedativi per tenerla tranquilla.»

«E ora come sta?» chiede Chiara.

«Un po' intontita, disidratata e molto scossa. Ma si rimetterà presto. Lui, invece, a parte il taglio sulla fronte che desta qualche preoccupazione, ha solo una leggera congiuntivite causata dalla visione compulsiva dei video.»

«Ah, ecco...» si limita a commentare Agata.

A questo punto il poliziotto anziano si alza e prima ci affibbia un lungo predicozzo su cosa un privato cittadino può o non può fare nel caso veda qualcuno in pericolo, poi, appurato che nessuno di noi è a conoscenza dei nomi degli abitanti di quella casa e che abbiamo agito in buona fede convinti, a ragione, di salvare una persona, fornite le nostre generalità, mostrati i documenti che dimostrano le nostre professioni, lasciati i nostri recapiti, informati che verremo richiamati per le dichiarazioni formali, ci lascia finalmente liberi di tornare alle nostre vite.

Le due ragazze si tengono strette l'una all'altra. E io penso che in questo momento ne abbiano bisogno e, anzi, che anch'io vorrei tenere Agata fra le braccia. A lungo. E così, ne sono sicuro, sarebbe più facile lasciarci alle spalle questa esperienza.

Agata

Appena veniamo lasciati soli, Edoardo chiama l'ospedale, informando i colleghi sulle ragioni del nostro ritardo, poi si offre di preparare un caffè di cui, sostiene (e a ragione), tutti e tre abbiamo bisogno.

E mentre dalla cucina arrivano rumori piacevolmente rassicuranti, io e Chiara ci accasciamo sul divano.

È lei per prima a dare voce ai nostri pensieri:

«Ma come abbiamo fatto? Come abbiamo fatto a sbagliarci così tanto? Eravamo così convinte che lui fosse la quintessenza del romanticismo! La pietra di paragone su cui misurare la nostra vita sentimentale!».

«Abbiamo guardato le cose da fuori costruendoci un nostro film, un film che, come accade spesso, temo, non corrispondeva alla realtà e si è rivelato essere una proiezione del nostro pensiero e dei nostri desideri. Lo credevamo un gentiluomo, volevamo che lo fosse, e invece era un maniaco pericolosamente possessivo.»

Abbiamo pensato, o forse solo fortemente desiderato, che i gesti romantici di quell'uomo fossero espressione di un sentimento sincero da parte di una persona innamorata e, soprattutto, in possesso del proprio equilibrio mentale. Forse dobbiamo imparare ad andare al di là della fascinazione che certe lusinghe possono suscitare, badare al sodo ma senza mai dimenticare la poesia. Il pane e le rose, insomma.

«Lei ci sembrava così felice! La pensavamo fortunata! E invece quella poveretta era in balia di un mostro, tinto di rosa, ma pur sempre un mostro!» Chiara non riesce a trattenere le lacrime. La abbraccio nel tentativo di consolarla.

Già, ci sembrava felice, e invece è finita legata al letto con le "simpaticissime" manette di peluche, costretta a vedere film d'amore a oltranza e ad ascoltare e recitare brani della letteratura romantica.

Sospiro, e la mia amica sembra leggermi nel pensiero:

«Inquietante, vero? Checché ne dica il poliziotto, io trovo raccapricciante quello che lui le ha fatto. Da parte mia non guarderò più un film di Nora Ephron con gli stessi occhi». E nel dirlo rabbrividisce.

«Non voleva lasciarla andare, credo la considerasse ormai cosa sua. È così che dicono spesso gli uomini, no? "Sei mia".»

E a questo punto Edoardo entra con il caffè, si siede e, mentre mi allunga la tazzina, dice:

«Non tutti gli uomini guardano alle donne come a una loro proprietà, ci sono uomini che cercano un rapporto alla pari, punto di partenza su cui costruire una vita a due. Come diceva Fromm? L'amore è un'arte che richiede sforzo e saggezza.»

Edoardo cita *L'arte di amare* di Erich Fromm. Non è questa una ragione più che sufficiente per innamorarsi di lui?

Improvvisamente Chiara lo fissa come se lo vedesse solo ora. Poi si scuote, si asciuga gli occhi, posa sul tavolino la tazzina con il caffè che non ha toccato, si alza e dice:

«Vado a telefonare ad Antonio e ci metterò un po'. Voi andate pure in ospedale, io farò felice una collega, le chiederò di cambiare turno e mi prendo la notte». Poi si volta verso Edoardo:

«Grazie, dottor Ruggeri... di tutto».

«Chiara, per favore, chiamami Edoardo.»

«Bene, Edoardo, a presto, allora.» E se ne va lasciandoci soli.

Lui si siede accanto a me.

«Siete state brave e coraggiose, ma anche molto, molto imprudenti.»

«Guarda che non sono stata io a saltare da un palazzo all'altro...» Ma lo amo ancora di più per quel gesto, per esserci stato accanto.

E all'improvviso mi viene in mente una domanda che avrei dovuto rivolgergli qualche ora fa, all'inizio di tutto questo:

«Come mai sei venuto qui?».

«Quando non ti abbiamo vista arrivare ci siamo preoccupati, oltretutto non rispondevi al cellulare e quindi sono venuto a vedere cosa stava succedendo. E sono molto contento di averlo fatto.»

«Anch'io sono molto contenta che tu l'abbia fatto.» Solo qualcosa di bello, come averlo accanto, può dissipare la tristezza di ciò che abbiamo vissuto, di ciò che abbiamo visto.

Siamo di nuovo molto vicini.

«Poi... c'era una cosa che volevo mostrarti.» E dalla tasca estrae un foglio che riconosco subito. È il risultato di un antigenico. Me lo porge ma io non lo guardo neanche, so che se lui è qui è perché il tampone è risultato negativo.

«L'ho fatto anch'io.»

«Lo so.» E il cuore sembra prendere lo stesso passo dei nostri respiri.

«Quindi significa che...»

«Sì» risponde in un soffio.

Ancora una volta ci affidiamo agli occhi, e i suoi dicono solo un risoluto sì.

Le nostre mascherine volano via, lontane da noi. E il bacio che finalmente ci scambiamo ha il potere di cancellare molte delle terribili emozioni vissute in tutti questi mesi. Le sue labbra dolcissime si allontanano e poi tornano a cercare le mie. Le mie labbra si allontanano e poi tornano a cercare le sue. E credo che solo la presenza di Chiara a pochi metri da noi ci impedisca di portare a compimento qui e ora il viaggio che i nostri cuori e i nostri corpi hanno già da tempo iniziato.

Non è facile staccarci l'uno dall'altra, ma dobbiamo tornare in ospedale, dove raccontiamo solo che sono dovuta intervenire in soccorso di un vicino, cosa peraltro formalmente vera, e poi veniamo sopraffatti dalle nostre incombenze. L'assenza di questa mattina ha fatto accumulare molto lavoro che riesce ad assorbirmi fino a quando fuori è ormai buio. Ma sotto la mascherina non posso fare a meno di mantenere per tutto il giorno un sorriso felice.

È Edoardo che viene a cercarmi mentre sto finendo di compilare le ultime cartelle.

«Come stai?» Il tono caldo di interesse e affetto con cui pronuncia queste parole ha come conseguenza che immediatamente mi si riempiano gli occhi di lacrime.

«Sto bene.» E mi è subito accanto, mi sfiora il viso con una carezza veloce che la stoffa della mascherina non riesce a spegnere. Intorno a noi i colleghi fingono di essere impegnati e di non accorgersi del gesto.

«Hai sentito Chiara?»

«Sì, sì, sta bene anche lei.»

«Notizie della ragazza?»

«Non si sa nulla, senza conoscerne il nome è impossibile sapere dove l'hanno ricoverata. Chiederemo agli agenti.»

Poi lo ritrovo più tardi, alla fine di questa giornata interminabile, che mi aspetta all'ascensore. Bello questo uscire insieme dal lavoro, fa molto "coppia", ecco. E mi piace un sacco.

Appena siamo per strada, fuori dall'ospedale e lontano dai nostri ruoli, chiede:

«Agata, cosa ne diresti di cenare insieme?».

La sfrontata nonchalance con cui pone questa domanda è completamente annullata dallo sguardo carico di attesa.

Rimanere con lui? E magari potrebbe essere per tutta la notte? Wow.

«Optando quindi per un efficiente sfruttamento del nostro tampone negativo? Mi sembra una bellissima idea...» mi scopro a rispondere. E mi rendo conto di come ormai la mia bolla non esista più, di come a poco a poco io ne sia uscita per incontrare e accogliere il mondo esterno, grazie a Enrico e a Chiara, che mi hanno insegnato l'amicizia disinteressata e solidale, e grazie a Edoardo, che con un solo sguardo ha saputo e sa regalarmi un caleidoscopio di emozioni mai provate.

«Sono d'accordo, sfruttiamolo.» E sento il sorriso anche nella sua voce. «Credo, però, che mi servirà più tempo di quello di una semplice cena per capire come tu e Chiara siate riuscite a trasformarvi in novelle emule di Grace Kelly» prosegue lui mentre ci incamminiamo fianco a fianco.

Mi volto a guardarlo stupita. E cosa c'entra Grace Kelly?
«Hai mai visto *La finestra sul cortile* di Hitchcock?»
Scuoto la testa:
«No, ma ho visto *Spiderman* e tu questa mattina...».

Edoardo

Ci fermiamo nella panetteria sotto casa e prendiamo qualcosa di pronto per cena. Avrei voluto molto di più per la nostra prima serata insieme, ma la zona gialla che sta per virare all'arancione non concede voli romantici.

Peraltro il *qualcosa di pronto* rimane nei sacchetti buttati a terra appena chiudiamo dietro di noi la porta del mio appartamento.

Finalmente. Queste sue labbra che sono rosa come le ricordavo e morbide come le sognavo. E anche il bacio che ci scambiamo arriva direttamente dai miei sogni e coinvolge tutti i sensi. Il gusto della sua bocca, la morbidezza della sua pelle, il suo profumo fresco di primavera.

L'ondata di desiderio che mi travolge è così forte da bloccarmi il respiro. Mentre le nostre labbra rimangono unite, le nostre mani toccano, accarezzano, esplorano e quando il bacio termina rimaniamo abbracciati, tremanti, scossi per la potenza di quello che proviamo. Sollievo, gioia, passione. Ed era solo un bacio.

Non ho resistito e ho letto il messaggio che Agata ha mandato a Chiara, mentre lo scriveva: "Stanotte non torno, non preoccuparti se domattina quando smonti trovi la casa vuota". Abbiamo tempo. Tutta la notte davanti a noi.

Quello che desidero succeda, quello che ora deve succedere, non può avere limiti di tempo o di spazio, quando avverrà sarà un momento solo nostro come questa storia si merita. Ma in chiaro spregio dei miei buoni propositi, nel giro di pochi secondi siamo in camera mia che ci spogliamo a vicenda con un certo giustificato impeto. Poi darle piacere diventa il mio unico scopo.

«Non è stato bellissimo?» mi chiede parecchio tempo dopo con un soffio di voce.

«Sì, bellissimo.» Anch'io le rispondo sottovoce, non voglio spezzare questo incantesimo, mi godo la gioia di averla qui accoccolata vicino a me, calda e appagata, con il respiro che scivola nel sonno mentre le sussurro:

«Buonanotte, Agata». Amore mio.

La mattina dopo è sabato ed è fantastico svegliarsi con lei che si stiracchia elegantemente e in modo terribilmente sensuale accanto a me. E nonostante tutto in me chieda di tornare là, nel mondo incantato fatto solo di Agata, delle sue labbra, delle sue mani, del suo corpo accogliente e morbido, c'è qualcosa che mi tormenta e credo che sia arrivato il momento che lei sappia.

La stringo fra le braccia come per trovare il coraggio, sperando di non rovinare questa storia ancora così fresca e scintillante.

«Agata, ti ricordi di quando ti ho raccontato della mia malattia?»

Lei si rannicchia contro il mio petto, mentre io affondo il viso fra i suoi capelli.

«Sì, certo.»

«Sai, nel timore che rimanessi sterile...» Ma com'è difficile raccontare alla ragazza ai cui occhi vorresti apparire perfetto che invece sei difettoso.

«Ti hanno fatto una TESE?» mi anticipa lei spiazzandomi.

«Sì.»

«Hanno fatto bene, no? Così potrai avere figli in futuro.»

«Sì, hanno fatto bene, però come tu sai le implicazioni sono...»

Ma lei si scosta per potermi guardare negli occhi e mi posa due dita sulle labbra.

«Non vedo il problema. Però non parliamone adesso, adesso vorrei essere baciata, grazie.»

E così, dopo essermi a lungo preoccupato, aver subito pressanti incitamenti da parte di Veronica, ascoltato i vani consigli di Paola e affrontato molte discussioni con entrambe (e con me stesso), ecco che il momento che ho tanto paventato si scioglie in un bacio appassionato e in molto piacevole altro.

Più tardi, seduti in cucina, consumiamo una colazione a base di torta pasqualina e tramezzini al salmone recuperati dal pavimento dell'ingresso, condizione di cui incredibilmente sembra non abbiano sofferto. Mentre beviamo caffè e ci sorridiamo. Non facciamo altro che sorriderci da ieri. Agata mi mette straordinariamente di buonumore.

Poi lei posa la tazza sul tavolo e un velo di imbarazzo sembra offuscarle lo sguardo quando mi dice:

«Senti... ieri mattina... ho detto agli agenti che sei il mio fidanzato perché...»

Non le lascio finire la frase:

«Perché, non ti piacerebbe lo fossimo? Fidanzati?». Dimmi di sì.

La sua voce è seria e sincera quando risponde:

«Sì, certo che mi piacerebbe».

Le mie labbra si aprono in un ennesimo sorriso felice:

«Piacerebbe anche a me e quindi non ci resta che renderlo reale». Le prendo il viso fra le mani, il suo dolcissimo viso che finalmente posso vedere nella sua meravigliosa interezza: «Agata Molteni, vorresti considerare l'idea di passare il resto della tua vita con il qui presente Edoardo Ruggeri?».

«Sì, certo che sì.» E sto per baciarla quando una scintilla impertinente le illumina lo sguardo: «Così diventeremmo congiunti, bello e anche pratico in questo periodo, no?».

E io scoppio a ridere. Fantastica, impagabile Agata.

Ma ecco che il cellulare l'avvisa che è arrivato un messaggio. Lei controlla, e quello che legge le fa improvvisamente fare un balzo sulla sedia ed esclamare:

«Ma è impossibile!». Mi lancia uno sguardo esterrefatto. «Mio padre scrive che saranno pronti a trasmettere il concerto domattina alle dieci... le sedici per noi.»

«Bene. Abbiamo ben trentadue ore per organizzarci.» Sono ottimista. Oggi mi sembra che nessuna impresa, anche quella di organizzare lo streaming di un concerto per un centinaio di persone sparse per tutta la città, mi sia preclusa.

«Ma come faremo? Tipico di mio padre prendere decisioni senza pensare alle ricadute sulle vite degli altri!»

«Non ti preoccupare, è tutto sotto controllo.» Nulla può intaccare il mio stato d'animo.

«Ok, sono contenta che tu la prenda così... ma mi dici come faremo in poche ore?»

«Ci faremo aiutare, conosco una persona che fa al caso nostro.»

«Un tuo amico?»

«Non proprio... anche se in realtà ci diamo del tu.»

Un'ora più tardi Seba, sorridente e fastidiosamente ammiccante, una più che incuriosita Agata e io ci mettiamo in coda fuori dal negozio GameStop.

Con mio grande stupore il ragazzo mi riconosce subito nonostante la mascherina.

«Mi ricordo di te! L'appassionato di giochi Arcade!» Seba mi guarda incredulo. Gli faccio segno di lasciar perdere. Meglio evitare di ritrovarmi di nuovo coinvolto in una conversazione demenziale sui miei presunti gusti in fatto di videogiochi.

Ma il commesso si è già concentrato su Sebastiano:

«E tu devi essere suo nipote! Sei qui per FIFA 2021?» E sta per avvicinarsi allo scaffale per prendere il gioco quando io lo fermo:

«In realtà siamo qui per chiedere un favore». Mentre lo dico, l'ottimismo che mi ha sorretto fino a qui si appanna un po'. Perché questo ragazzo dovrebbe aiutarci? Leggo il cartellino che porta appuntato al taschino della camicia e proseguo: «Christian, abbiamo bisogno di te per una buona causa».

«Se è per una buona causa, volentieri, cosa posso fare per voi?»

Agata e io iniziamo a spiegargli cosa abbiamo intenzione di organizzare, ma lui ci blocca subito:

«Bella questa cosa del concerto in ospedale, dottore, ma hai bisogno di un negozio di elettronica e non di videogiochi.» Ma non abbiamo neanche il tempo di esprimere la nostra delusione che lui aggiunge: «Venite, andiamo dal mio amico Fausto che lavora qui di fronte».

E tutti e quattro attraversiamo la strada per entrare nel negozio di una catena di elettronica dove Christian e Sebastiano si mettono a discutere animatamente con Fausto, che del negozio è il responsabile, di ingressi e uscite, mixer video e mixer audio, doppio live streaming su Zoom e Twitch, diretta sul computer e countdown, di televisori collegati con cavo HDMI nonché di refresh rate del proiettore, mentre Agata prende appunti sul cellulare. Io mi limito a sperare che tutti sappiano quello che stanno dicendo.

Alla fine Fausto mi libera dai dubbi:

«Ok, quando possiamo venire a portare l'attrezzatura?».

Ci accordiamo per domani mattina, li avverto che dovranno fare il tampone, ma nessuno dei tre si preoccupa della cosa. Scopro inoltre che Fausto e Christian si sono già vaccinati, essendo entrambi volontari della Croce Verde. Bravi, ragazzi.

Lascio i tre al loro cyberconciliabolo e vado in ospedale. Agata invece passerà da casa sua per vedere come sta Chiara e poi mi raggiungerà in reparto per organizzare con Simone gli spazi e scrivere la mail di istruzioni per chi si collegherà da remoto.

Separarmi da lei, anche se per poco, non è facile... le storie giovani come la nostra per crescere hanno bisogno di tempo trascorso insieme. Rifletto sul fatto che non mi è mai successo di desiderare questo nelle mie relazioni precedenti. Con Agata è tutto diverso. Tutto nuovo.

Sto per entrare in reparto quando ricevo un suo messaggio.

"Quando sono con te mi sento in vacanza."

E io penso che trova sempre le parole per dare un nome ai miei sentimenti. Amare – e sapersi amati – è così: sentirsi leggeri. Felicemente impazienti. In vacanza da ogni preoccupazione.

Epilogo

Agata

Il reparto non è mai stato così animato, di domenica mattina.

Il nostro "team tecnico" (come lo definisce Edoardo), formato da Seba, Christian e Fabio, si aggira per i corridoi tirando rotoli di cavo da una stanza all'altra, maneggiando attrezzatura elettrica, trascinando consolle audio e video e trasportando in precario equilibrio uno schermo gigantesco destinato a essere installato nella sala da pranzo, dove i ricoverati in grado di lasciare le camere potranno assistere al concerto seduti su sedie che i volontari stanno posizionando a distanza di sicurezza l'una dall'altra.

Nel frattempo Simone si è appropriato dell'ufficio di Edoardo, da dove si sta accertando che tutti coloro che ci seguiranno da casa abbiano i software necessari a ricevere il segnale per vedere il concerto in streaming. Una squadra di volontari è già pronta ad andare in soccorso di chi non è in possesso dei dispositivi adatti o è in difficoltà a connettersi tramite il link che è già stato comunicato.

Edoardo ha inoltre precettato Veronica, gli strutturati degli altri reparti e, naturalmente, tutti noi specializzandi, affinché si segua il concerto nelle stanze insieme a chi non può alzarsi.

In tutto questo si cerca di mandare avanti il reparto, con Antonella che finge esasperazione per la confusione e l'extra lavoro in termini di tamponi e distribuzione di Ffp2 che abbiamo portato nel suo regno.

Chiara mi raggiungerà qui, mentre Madre si collegherà dalla Puglia con un nutrito gruppo di ascolto.

Io tento di concentrarmi sui fogli di dimissione aiutata da Enrico, sforzandomi di non cercare in continuazione con gli occhi Edoardo. Perché se lo guardo i ricordi di questa notte mi si riaffacciano nitidi alla mente... e anche quelli della notte precedente. E questo danneggerebbe gravemente la mia capacità di concentrazione.

A un quarto alle sedici tutte le sedie sono occupate dai nostri pazienti, tutti i televisori presenti nelle camere collegati e nessun paziente è stato lasciato solo.

Due minuti prima dell'inizio del concerto Edoardo e io ci appoggiamo all'unisono alla parete di fondo; per noi non è avanzata nemmeno una sedia, ma siamo vicini e tanto basta. In un istante, la sala da pranzo del reparto di un ospedale milanese si trasforma di colpo nella platea di un teatro lirico e il mio papà, elegante e solenne, appare sul podio. Le lacrime cominciano a scendere senza che io possa farci nulla. Edoardo, nel buio, mi prende la mano. E io gliela affido. Grata. Questa mano che non ha mai saputo posarsi sul pianoforte come i miei genitori avrebbero sognato mi ha condotto fino a qui, tra le sue dita; e finalmente non potrei essere più fiera di lei.

Mio padre saluta il pubblico, si volta, alza la bacchetta ed ecco che partono le note della *Primavera* di Vivaldi, seguita dall'ouverture delle *Nozze di Figaro* e da quella del *Guglielmo*

Tell e quindi dai brani più allegri e dalla danza russa dello *Schiaccianoci*, un programma in crescendo che fa brillare gli occhi e accende i cuori di allegria.

A un certo punto papà ci invita a battere le mani al ritmo della musica e io finalmente capisco cosa si intendeva con doppio collegamento. Noi sentiamo l'orchestra e l'orchestra sente noi. Fantastico.

Alla fine del concerto l'applauso è scrosciante e sul monitor appaiono le immagini via Zoom di tutti coloro che hanno goduto di questa splendida musica e che ora tributano il giusto omaggio agli artisti. Non sarà come essere alla Scala, ma l'emozione per tutte quelle persone raggianti e plaudenti è grande.

Quando gli applausi si spengono, mio padre si rivolge alla platea, solo fisicamente distante:

«È con vivo piacere che ho accolto insieme all'orchestra l'invito del vostro ospedale e vi ringrazio dal profondo per avermi dato l'opportunità di condividere con voi questa grande musica, nella speranza che abbia donato a tutti un momento di serenità. Spesso si parla di "musica immortale"... Ecco, con tutto il rispetto per la Medicina e le cure sempre più avanzate che ci offre, io penso che l'immortalità sia quella dimensione misteriosa che noi uomini raggiungiamo quando insieme ci emozioniamo profondamente per qualcosa. Per questo è stato così importante per mia moglie e per me che la musica entrasse nel luogo a cui dedica la sua vita la nostra amatissima figlia, di cui siamo orgogliosi e a cui vorremmo dedicare il prossimo brano».

Pochi secondi ed ecco le note dell'*Allegro con brio* della terza sinfonia di Beethoven. L'*Eroica*. Quella che secondo lui dovrebbe accompagnare come sottofondo i momenti cruciali della mia vita.

Però tutto questo è sleale!

Ancora applausi, poi tè e biscotti per tutti. Io lascio la platea e Edoardo e mi rifugio nel suo ufficio ora libero per telefonare ai miei genitori e spargere altre lacrime, ne sono sicura.

È solo alla fine della conversazione che mi accorgo come la stanza sia vuota, fatta eccezione per qualche scatolone sul pavimento. Niente più mucchi di «Journal of Hematology & Oncology», niente più libri sugli scaffali, spariti anche i mug dello sponsor. Ma cosa…?

Edoardo

Finito il concerto sono costretto fermarmi per ascoltare i commenti pieni di gratitudine di pazienti e colleghi, mentre Agata si allontana per condividere un momento con i suoi genitori al telefono.

A mia volta io mi fermo a ringraziare il mio "team tecnico", che ha fatto miracoli con il collegamento. Sono stati generosi nel dedicarci il loro tempo e professionalmente ineccepibili. Sebastiano mi informa che «la mamma ha molto apprezzato l'iniziativa ed è orgogliosa di te». E questo mi ricorda che devo aggiornare Paola su un paio di novità riguardanti la mia vita. Ma, mentre mi allontano, il mio indiscreto nipote aggiunge: «Ah, e ho detto alla mamma di Agata...» riducendo le novità a una sola.

Ho anche l'occasione per parlare con Chiara:

«Madre ha adorato il concerto! E anche Antonio, il che è strano perché pensavo che non capisse nulla di musica classica, invece ha persino riconosciuto Čajkovskij».

«Vedi? A volte si danno per scontante delle cose che poi si rivelano sbagliate. Forse dovresti rivalutare questo tuo fidanzato.»

«Ti assicuro che lo sto facendo, soprattutto dopo la sorpresa di Vicino...» Scuote la testa.

«Hai avuto notizie della ragazza?»

«Sì, è ancora ricoverata ma sta già meglio. Ho saputo che ha sporto denuncia per maltrattamenti e sequestro di persona. Hai sentito il poliziotto, no? A lui è sembrata persino una situazione romantica... è semplicemente bastato che le manette fossero di peluche rosa! Agata e io in ogni caso siamo pronte a testimoniare.»

Le sorrido. E spero solo che durante il processo non venga richiesta la lettura dei post-it.

Sto per andare a cercare Agata quando incrocio Veronica:

«Che momento speciale, oggi; per una volta hai messo di buonumore anche il direttore sanitario.»

«Grazie.»

«E ti ho visto con Agata. Bravo anche per questo.» Mi scruta per un attimo. «Le hai detto?»

«Be', diciamo che ha capito senza bisogno che entrassi nei dettagli delle procedure da seguire nel caso...»

«No, intendevo se le hai comunicato la decisione che hai preso.»

«Veramente non ancora. Avevo intenzione di parlargliene questa sera quando saremo... a casa.»

Lei sbuffa e alza gli occhi al cielo:

«Si vede che non capisci proprio niente di donne».

«E perché?» Cos'ho fatto o cosa *non* ho fatto questa volta?

«Perché noi detestiamo scoprire da sole cose che ci avete tenuto segrete e, dato che ora Agata è nel tuo ufficio, non ci metterà molto a fare uno più uno, circondata da scatoloni...»

Sospiro. Non ci avevo pensato.

Entro nel mio ufficio e la trovo che fissa le mie cose pronte per il trasloco.

Si volta verso di me con la fronte corrucciata e una domanda negli occhi.

Mi tolgo la mascherina e le prendo le mani.

«Agata, ho dato le dimissioni dall'ospedale. » Avrei voluto dirglielo in un altro momento e in un altro modo.

Lei mi fissa sconcertata.

«Ma... perché? Perché l'hai fatto?» Il tono è così addolorato da far male.

«L'ho fatto per me.» Negli occhi di Agata leggo lo sgomento. Ma saprò trovare le parole per spiegare, per farle capire. «Sai, in questi ultimi mesi ho scoperto cose di me che non conoscevo, o meglio che per troppo tempo non ho voluto ammettere. E le ho scoperte grazie a una certa ragazza dal cappotto rosso...» finalmente un guizzo nei suoi occhi «una di queste è che fare il tutor agli specializzandi mi piace e che addirittura mi è mancato in questi mesi e così quando mi è arrivata la proposta da un altro ospedale universitario a pochi chilometri da qui, ho pensato che era l'occasione giusta. E poi...» faccio un passo e la prendo fra le braccia, i miei occhi nei suoi «...l'ho fatto per te, Agata, perché è il tuo momento di spiccare il volo, sentirti forte, dimostrare il tuo valore». Le poso un bacio sulla fronte «E poi per noi... l'ho fatto per noi... voglio che la nostra storia sia solo nostra e non e di tutto l'ospedale. Una donna e un uomo, non la specializzanda e il primario.»

Lei sospira:

«Mi mancherà non vederti tutti i giorni...» ma la voce ora non è più triste.

Non le dico che so già che per me sarà durissima. So che mancheranno a entrambi questi giorni insieme. Ma sono convinto che sia giusto così. Che questo permetterà al nostro amore di crescere libero.

«Ci sarò sempre per te, Agata.»

Lei si arrende al mio abbraccio e io le poso un bacio sui capelli che profumano di buono.

«Ci pensi? Sarà fantastico ritrovarci a casa a fine turno.»

«Sì, lo sarà.» Poi improvvisamente si allontana di un passo e domanda rapita:

«Edoardo, riesci a sentirla anche tu? La senti l'esplosione degli ottoni? E il crescendo degli archi? Insomma, senti anche tu questa musica? È l'*Eroica*!»

Io la guardo senza capire e poi, per assurdo che sia, mi accorgo che sì, anch'io riesco a sentirla.

«Sì, la sento! Ma che incantesimo mi hai fatto Agata?»

«Ti ho solo guardato intensamente negli occhi!» ora sta ridendo «ma gli occhi non mi bastano più.» E con la sua consueta allegra intraprendenza si toglie anche lei la mascherina e senza che io abbia il tempo di accorgermene le sue labbra sono unite alle mie.

Nota dell'autrice

Non è stato facile decidere se ambientare questo mio ultimo libro durante la pandemia di Covid-19 o semplicemente ignorare il periodo terribile che solo ora, forse, ci stiamo lasciando alle spalle. Ma ancora una volta ho scelto che fosse la vita reale a fare da sfondo a ciò che scrivo: così ho provato a raccontare di chi, pur trovandosi in prima linea ad affrontare la bufera, è riuscito a non soffocare le emozioni e ad aprirsi ai sentimenti.

Ad accompagnarmi in questo viaggio, vecchi e nuovi generosi amici.

Prima di tutto, Teresa di Benedetto che da infermiera di un reparto Covid ha vissuto la tragedia in prima linea: a lei il mio grazie per quello che ha fatto, e non solo per me o per questo libro (ed è stato veramente molto). Il personaggio di Chiara le deve l'abilità culinaria, l'origine pugliese, l'umanità e la sensibilità sul lavoro.

La mamma di Teresa, la signora Emanuela Pappagallo, che mi ha regalato a sua volta la voce di Madre: le ho letteralmente tolto le parole di bocca e le sono profondamente grata. Senza di lei il libro non avrebbe lo stesso colore e sapore.

La mia amica Annalisa (quella che si fa chiamare Cecile) per avermi ricordato quanto Wodehouse sia divertente.

La dottoressa Marta Bruno Ventre che come sempre e più di

sempre mi ha messo a disposizione le sue conoscenze mediche e dell'ambiente ospedaliero.

Mio nipote, Giorgio Galbiati, che mi ha spiegato (o almeno, ha cercato di farlo) come funziona un collegamento via Twitch fra Cleveland e Milano.

Laura Gagliardi, con cui ci siamo ritrovate ancora una volta a lavorare al libro, ormai una piacevole e fruttuosa consuetudine.

Giulia Ichino a cui, questa volta più che mai, devo il mio grazie per il tempo, l'entusiasmo e la professionalità profusi in questo nostro libro.

Tutte le blogger che mi seguono e sostengono da sempre.

E, soprattutto, le mie lettrici e i miei lettori: siete adorabili.

Della stessa autrice

Virginia Bramati

Quello che ancora non sai di me

Brossura - pp. 300 - euro 14,90

Caterina è cresciuta in Calabria, circondata dal calore di una grande famiglia, è diventata insegnante di Latino e Greco e sta per sposarsi con Francesco: ha davvero tutto per essere felice. Ma allora perché, al momento di aggiornare la sua posizione nelle graduatorie ministeriali, invece di Cosenza le sue dita indicano come destinazione Brescia? E come spiegare ai genitori e a Francesco questi mille chilometri che per un intero anno scolastico li separeranno?
Luca è avvocato, ma la missione che si è scelto è un'altra. In una grande villa donata da un benefattore a Sirmione, sul lago di Garda, ha dato vita non a un redditizio bed and breakfast di lusso bensì a una casa-famiglia per adolescenti allontanati dalle famiglie: sono ragazzi cui la vita ha tolto quasi tutto, e Luca – insieme alla pirotecnica Piera Mandelli, assistente sociale del Tribunale – vuole aiutarli a trovare il loro posto nel mondo.
E poi c'è Carla, che da dietro la vetrina del suo negozio osserva tutti senza giudicare, che con un tocco di colore restituisce il sorriso alle sue clienti, che appoggia il phon su una pila di libri e ama il suo mestiere proprio perché – come la lettura – le offre la possibilità di ascoltare ogni giorno nuove storie: Carla, la parrucchiera di Sirmione. Sarà proprio lei ad aiutare Caterina, Luca e i ragazzi della casa-famiglia a scoprire ciò che ancora non sanno di sé…

Virginia Bramati

Cercasi amore vista lago

Brossura - pp. 240 - euro 14,90

Bianca Maffei: 33 anni, una laurea in architettura e una passione per i cantieri. Nonostante lavori in uno studio importante, adora mettersi scarponcini e caschetto e andare dove le gru lavorano e i carpentieri danno forma allo spazio. Lei riesce a sentire la forma che la casa prenderà, a vederla quando ancora è fatta di pochi segni tracciati sul terreno, e questo la rende felice. Fino a che, con la crisi, non capita anche a lei di essere vittima di una "riorganizzazione"... Il solo lavoro che riesce a trovare è in un'agenzia immobiliare fuori città, nel paesino di Verate. Lascia così Milano per mettersi alle dipendenze del geometra Volpe, pittoresco individuo dalle cravatte sgargianti e dall'etica discutibile. Eppure, appena arrivata a Verate, Bianca trova per sé un incantevole abbaino con vista sul fiume, proprio sopra la mitica Osteria Moretti. Sarà proprio lì che Bianca scoprirà che cosa cercano davvero le persone, quando "cercano casa": e quanto pericoloso sia giocare senza scrupoli con i loro desideri. Armata solo del suo "fiuto" specialissimo, dovrà fare i conti con monolocali all'apparenza tristissimi, grandi metrature cui nessuno sembra interessato e con la terribile sensazione di essere finita in un vicolo cieco. Senza rendersi conto di essere invece partita per una grande avventura che la condurrà fino alla casa più meravigliosa che potesse immaginare...